漫娱图书
SINCE BOOKS

花会开花 星辰闪耀

世间万物自有千千万万种方式爱你

我是不晓得我是个什么怪物

若可以 我也想将我的棺木搬至你跟前

让你问一问我的生辰

请你听一听我是不是满心满意喜欢你

目录

C O N T E N T S

時辰诀
SHI
CHEN
JUE
我是烛九阴，她是令蘅。
我和她的起点被遗忘，
终点还未知。

她立在月影里，明眸皓齿，眼波流转。
熟悉又不熟悉。
熟悉的是她弯弯的眉眼，
不熟悉的是她唇角微勾的神态。

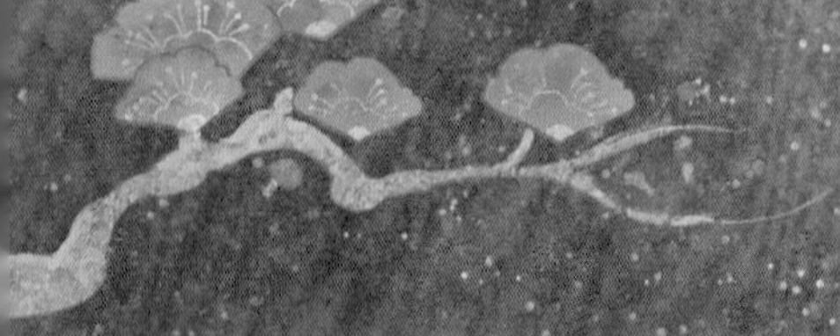

春风寄杜蘅

第一章

春风寄杜蘅 壹

SHI CHEN JUE

01

阿音推门而入时，屋内只有一点点散乱的荧光自床榻上飘起，从敞开的玻璃窗中飞出。阿罗侧卧在西式红木大床上，手指在空中抬了抬，那里还残留着方才玉蝶飞走的流光。她从未见向来精神的阿音如此狼狈过，两手裹住睡袍环在腰间，脸上的妆容一塌糊涂，没了往日的风光，蔫儿得似被糟蹋了一把的小白菜。

“小白菜”瞥她一眼，眼神仍旧敛着那股子灵气，不客气地在沙发上坐下来，在茶几上摸了一把，摸到一盒白色的女士香烟，旁边搁着细长的火柴盒。她熟练地点起烟——烟可是个好东西，它先是充盈你无话可说的口腔，而后精神你千疮百孔的肺腑，再将被遗弃的情绪带出来，自鼻腔或喉头一哼，总有那么些轻蔑的样子。

最后呢？最后它跑到你的眼前，令你的双眸变得雾蒙蒙的，将残存的失落与哀愁一遮，便再不剩什么了。

阿音这样无所事事地想着，思绪却骤然停顿，忽然记起阿罗是从不抽烟的，却在茶几上备好了自己惯用的牌子。她侧目看向阿罗，阿罗仍旧侧躺着，没有起身的意思，将苍白的脸颊枕在臂弯里，一头青丝柔顺又服帖。

阿音原本不想到这里来，她在楼梯上坐了许久，又在院里的秋千上坐了许久，最后在床榻间辗转反侧。无人知晓她怀揣怎样的勇气自李十一的房里落荒而逃，连她自己也以为咬咬牙便能一刀两断，可有星火燎原般的热毒自她脊柱中央生发，似有成千上万只蚂蚁在啃噬她的骨头，令她痒彻心扉。

她仅仅能揣着剩余的自尊，令自己不大像一个抽大烟的女人，脚步轻缓地走到阿罗面前，强撑着同她聊两句无关紧要的话。

她问阿罗："方才那是什么？"

她的高音寻常，低音在哆嗦，惹得阿罗瞧了她一眼，片刻后才道："木兰，归位了。"适才传信的玉蝶早已消失不见，阿音动了动肩头透过窗户望向外头的木兰星，不晓得这位魂策军的新统领，能否再次寻到她的飞龙。

阿音"唔"一声，眯起眼又吸了一口烟。却见阿罗起身，走到屋子角落，轻摇小扇，将吊着的炉子下的炭火吹得更旺些："若难受，便过来。"姑娘通常细心，阿罗的玲珑心却更通透一些，她一眼便瞧出了阿音的难受，以致她并不想再多说一句无聊的话。

阿音吸吸鼻子，扬手将烟灭了，抬步走过去，见阿罗拎起药炉，倒出一碗清香四溢的药汤递给她。阿音轻轻地抽着气，对着药汤的样子，似穷凶极恶的囚徒。她闭眼抖着手接过来，哑着嗓子同阿罗说："别看。"她不想让任何人再瞧见自己这个样子，她恨不得像掩住阿罗双目这样捂住所有人的眼睛同耳朵，对他们说——别听，别看，这不是我。

然而她又是谁呢？

阿罗在她的话语里温顺地闭上眼睛。

月影西沉，天地间只剩不识时务的知了聒噪地问人知否知否。阿音饮药后，平复许多，起身走到茶几前，为自己倒一杯水喝。她捧着杯子在窗前看了一会子，而后坐到床边的地毯上，小口小口地喝。才喝了两口，便听见头顶的床褥上，阿罗悠着嗓子轻轻说："方才你同她争吵，我听见了。"

阿音的耳朵一动，想要转过去，又硬生生止住，仍旧望着被窗户分割成豆腐块的月光。

阿罗知她心中所想："声音并不大，旁人应当听不见，只是我的五感向来灵敏些。"

阿音两肩耷拉下来，她将杯子放在地上，把头埋进臂弯里。直到阿罗以为她不会再开口时，才有细小如幼兽的声音闷闷地自臂弯里传来。

"我怕十九听见。"她顿了顿，好似扯出了一个不大诚恳的笑，"宋十九出现以前，我以为，我同十一，会是最亲近的姐妹，哪怕不住一块儿了。"她不大管阿罗能不能听懂，但她实在想说。

"但她出现以后，我便知道不是了。"她眼睁睁瞧着李十一与宋十九越来越亲近，瞧着宋十九在李十一的目光里长成一个大人。李十一同自己在一处时，只有皱眉和不皱眉；而同宋十九在一起时，她时常说笑，时常打趣，时常逗弄，时常在宋十九聪慧而稚嫩的笑语里露出如沐春风的惬意表情。

她十分明白李十一待她和宋十九的不同，同样为螣蛇所累，李十一对她保有了好友间最大限度的尊重和支持，在劝说她未果后，便能豁出性命为她讨一个退路，若用话本子里的词来形容，那称得上两肋插刀、肝胆相照。

而对宋十九，李十一早已将她看作自己的一部分，她能为她做主，也甘愿为她做无用功——这叫风雨同舟、生死与共。

阿音将头抬起来，说："许多时候，我也不甘心，总觉得人与人的关系，是拿尺子量的，我自小欠李十一多少，长大便要还多少；李十一欠我多少，下半辈子也合该还多少。

“我故作潇洒地说我这病症同李十一没什么干系，是我自个儿的缘故，我生性轻狂，仍旧是不拘情爱的姑奶奶，成日窜在院子里，悠在大家跟前，她们自在，我也自在。

“可我今儿才发现，我并非丁点儿都未怨怼过，并非真就洒脱、甘心。我时常将这事当作李十一欠我的，认为因着这缘故，我也得是她心底头一位的亲友，只要她不想还，我便踏实。却不承想，李十一什么都知道，她总想要同我算清，想要和我两不相欠。

“这样想着，自认为瞒住所有人的我，真是可笑极了。你说说，我这小半辈子，怎的就这样惨呢？”阿音笑一声，将头靠在床榻上，今儿折了大精神，困意如潮水一样袭来。

她枕着床边，呢喃道：“姑奶奶我，不想做惨的那一个。姑奶奶我就是……”

生得太漂亮了，四万八千女神佛，才左右不容我。

她伏在床边，睡眠吞噬了不甘心的梦呓，也吞噬了所有苦心经营的乔装，她飞扬的眉尾弯下来，画了一个温顺的弧度，好似你随便说个什么，她也能明眸皓齿地朝你笑，好脾气地点头应好。

阿罗瞧了她一会子，轻柔地给她盖上薄薄的巾被，心道大抵能一夜好眠。

门锁“咔嗒”一声开了，随后是极轻的下楼声，柔弱的姑娘自大门里出去，独自踏着月光走在梧桐叶覆盖的小道上。分明是夜晚，她却习惯性地撑了伞，低头踩着一片片由路灯裁剪出的灰黑的梧桐叶。

我叫阿罗，也叫阎浮提。

我原本只是黄泉边上游荡了几万年的冥气，妲己打桥上过，裙中香令我有了鼻息；褒姒饮了孟婆汤，望着黄泉尽头的幽火展颜，我才有了一双容纳颜色的明眸。不知经了多少回生离死别的脚步声，我才有了听觉，继而又生出了五感。我托着腮听黄泉畔的故事，从津津有味听到索然无味时，便有了人形。

我头一个见到的，便是令蘅。

那时她穿着雪白的交领长裙，一头黑发散了一半，另一半绾作抛家髻，上头除却一只白玉钗，半点装饰也无。她自黄泉边走来，惯常是独来独往的一个人，裙摆隐隐生着风，眉目也隐隐生着光。

我后来才明白，那不叫光，叫漂亮，叫姣美，叫动人。

令蘅爱叫我的小字阿罗，久而久之，便没什么人记得我的名字，只叫我阎罗大人。令蘅爱看书，爱写字，爱穿白衣裳，不爱戴朱钗。我便也看书、写字、穿青罗裙，不绾发梳头。两千余个春夏秋冬，我听府君令，整公文，办公差，做得细致妥帖，从无差错，可我总觉得，这样的日子，便是差错。

我是在一个乌云密布的午后碰见的傅无音。我那时撑伞自奈何桥边过，正同五钱说着话，忽闻一阵震天的哭声，那桥边坐着的姑娘，便是傅无音。她穿着旧朝流行的马面裙，墨绿色的上衫搭着水粉色的裙子，配上满头的钗环，似五钱曾养过的五色锦鸡。

五钱同我说，她未嫁出去，不肯投胎。我不免多瞧一眼，见她红着鼻头抽抽噎噎地抬头看我，眼里的光亮像是锦鸡最亮丽的羽毛。她抹一把眼泪，一面打嗝一面用目光追随着我，直瞧得我停下了脚步。

我听见孟婆劝她：“姑娘，这回不成，还有下一回，奈何桥那头，保不齐有精神的小伙儿等着。”孟婆热心肠，总爱与人唠几句。我后来在人间遇见黄包车师傅，也是如此。我想，渡人者将人自这头拉到那头，嘴里也要将思想一路颠着，才算完整一程。

傅无音又哭：“你方才说泰山府的人不识得美丑，因而也不晓得我好看不好看，那你怎知那头是精神的小伙儿，却不是一头猪？”

我同五钱对视一眼，陷入沉思。

孟婆亦陷入沉思，只是想得比我短暂些，又道：“那你说，什么样的算是好看？婆子我略有几分薄面，顺嘴打个招呼，将你送到有漂亮公子的人家附近，可好？”

傅无音哼唧两声，抬手指我：“这位公子，便十分漂亮。”

我一愣，连同五钱对视的心思也没了。我向来老派，不大赶时髦，身上还是往日时兴的唐制胡服，头上也只素素地顶一个花苞似的发髻，也不怪她将我认作小公子。只是我头一回听人说我漂亮，竟不大晓得该怎样落落大方地应承下来，于是我撑了伞，携五钱离去。

傅无音在泰山府哭了好几日，也不知是哭累了，还是想通了，总算肯投胎去。我翻检她这几日给我递的信，第一封是张先的《千秋岁》：“天不老，情难绝。心似双丝网，中有千千结。”第二封是乐婉的《卜算子》：“若是前生未有缘，待重结、来生愿。”第三封是范成大的《车遥遥篇》：“愿我如星君如月，夜夜流光相皎洁。”

第四封是她临别的那一日送来的，说她这便投胎去了，若有缘相见，她再来。

我将四封信折好，夹在书里。

自她入轮回后，我每每往人间去，也曾试图瞧一瞧她过得如何，这才知晓查人下落需将前世精魂覆于神茶令上探之，我那时恰掌神荼令，却缺了她的精魂。

再重逢时，她过得仍旧精神，眉间却有了傅无音连哭几日也未烙上的沟壑。

因着这样荒唐的误会，我以冥气为药相赠，想解她煎熬。待到冥气入体，我与她感应相通，竟逐渐能体会七情六欲、世间百苦。

我叫阿罗。

我在黄泉边听了几万年的故事，从未想过，有朝一日，自己会置身其中。

02

李十一给阿音下了一剂猛药，阿音醒来时才发现自己着了她的道。然而她不得不承认，兜兜转转李十一仍是最了解她的一个，若不是将她吓得落荒而逃，阿音恐怕还要许多年才能说出这一句话。

她枕在手臂上，说："我不想同李十一要好了。"

自小到大，在她同李十一吵架的过程中，李十一通常不说话，任她歇斯底里地发泄，她疼也不哄，哭也冷眼瞧着，待她骂痛快了，再以退为进地激一两句。许多时候，阿音自个儿就会觉得没意思，哭哭啼啼的同怨妇似的，丢脸丢到姥姥家了。而后她便会哼哼唧唧地给自己找台阶，李十一便抿着嘴笑，领她去街口吃一碗胖肚薄皮的大馄饨。

如今这样一闹，她猛然发觉，从前那种醉生梦死的日子，温水煮青蛙似的，一不留神就把人煮秃噜皮了，她还未觉得有什么难挨。可李十一给了她一记响亮的耳光，将她的皮扒了骨头抽了，同她说，你瞧瞧你成了什么样子——

过得很不漂亮的样子。

阿罗笑道："那便不要好了，你若要同人相伴说话，得了空，来寻我，也未尝不可。"

阿音抬眼，越过她带着桃香的两腮，望着她目不转睛地盯着自己的模样，看了好一会子，忽然好奇，问她："你一直便是这个相貌、年龄和身段？"

阿罗点头："是。"

阿音道："这便是了，你总是个年轻姑娘，我却要生老病死。如今是姊妹，再过几年便是姑侄，再过几十年，我掉光了牙，脸也变得皱巴巴，咱们便成了祖孙了，还怎样拉手说闲话？"

阿罗张了张嘴，要说话，阿音又伸出一个指头，偏脸问她："待我死了，入泰山府做小鬼，你却是阎罗大人，是也不是？"

“是。”

阿音一拍手：“得，君臣上下，我又岂敢僭越。”

伶牙俐齿，同傅无音似的，分明眼睛肿得似个桃儿，眯着绷着也要装腔作势地斜眼瞧人。阿罗鼻息一动，看着她温暾地笑起来。阿音偏脸看她，她同阿罗打过的交道实在不多，以至于她未好生端详过她的笑容，她不大明白，为什么从那鬼魅之地里生出的人，能这样干净柔情，软糯得似葡萄上的白霜。她自顾自沉默了一会子，同阿罗说：“咱们走吧。”

“去哪里？”阿罗问。

“闯江湖。”离李十一远远儿的。

阿音见阿罗沉默，便劝她：“你身子骨弱，必定未好生闯荡过江湖，我南来北往的，能替你张罗好些地道的吃食。而我……一时半刻也离不了你，我做你的书童、你的丫鬟、你的洒扫婆子，任怎么差遣都成，你似带着五钱一样带着我，好不好？”

她极少这样低声下气，令阿罗觉得自己似一根强韧的稻草。她不置可否，自床上起来坐到妆台前，也不动作，只通过镜子望着阿音。

阿音上前去，问她：“做什么？”

阿罗侧过脸，吩咐她：“梳头。”

小丫头。

行李不多，未至晌午便收拾完了，阿罗事先差五钱同十一十九还有涂老幺打过招呼，待下楼时，便见李十一立在门边候着。

涂老幺坐在门槛上，愁得很。他最怕分道扬镳，更不知怎的傻阎王就把精得跟猴儿似的阿音拐走了，他埋头琢磨，就见阿音同阿罗走到了李十一面前。

阿音低着头，梗着脖子仍旧很嚣张，眼神儿却不大敢张扬了，貌似冷漠地观察地上的尘土。倒是阿罗同李十一交代了几句，李十一双手插在裤兜里，一副精神不大好的模样。

待同阿罗讲完话，李十一忽然离开门框，抬步走到阿音跟前，将兜里的手拿出来，握着一个牛皮纸信封。她没有别的话，只将信递给阿音，好看的指头捏着底端，支出去的信封幅度极小地抖了抖，似在提醒人接过去。

阿音盯着那信，不想拿。她忽然生出了些倔强的委屈，还有一点子难以割舍的怅然，她用克制的余光看向李十一——她眼皮肿着，说话时有难以忽略的鼻音。她听见李十一叹了口气，于是抬眸望她一眼，将信接过来攥在手里，拉过阿罗往外走。

钉子似的鞋跟儿自院门口消失，涂老幺扶着发麻的腿站起来，问李十一："就走啦？"

"嗯。"

涂老幺更愁了："我方才琢磨了一件事儿，咱们这公馆，租了好些日子了，傻阎王一走，租金谁付？"

李十一转头，沉默地望着他。

黄包车丁零零地跑在干道上，带起地上的梧桐叶子，阿音自上车后便一言不发，攥着李十一给的信放在膝盖上，小腿靠着硬邦邦的皮箱。

"瞧一瞧。"阿罗搭着二郎腿开了口。她不会什么拐弯抹角的劝慰，惯常只用两三个字，偏偏每回都能落到阿音心里。

阿音一面拆一面道："也是，瞧了便好扔了，省得让姑奶奶拿一路，手疼。"她面上是不屑一顾的表情，甚至妖娆地朝阿罗笑了笑，却在转回头展开信笺的一瞬怔住。

阿罗听见一声极其克制的抽泣，而后"啪嗒"一响，眼泪珠子叛逃似的自阿音眼眶里滚下来，雨打芭蕉般洇在纸张上。

阿音连眼泪也顾不上擦，只低骂了一句："她怎么这样……"

那上头有小姑娘狗爬似的字迹，写得又大又嚣张——我阿音欠李十一壹仟叁佰柒拾陆桶水。温热的泪花里有个扎头绳的姑娘趴在床上写字，同立在一旁的人商量：“昨儿的两桶，加上了，是不是？”

“是。”纤长的李十一靠在床边，无意识地摩挲手上的茧子。

阿音签下字，笑着颠倒黑白：“你可是有大福气了。”

她那时懒怠得很，有成千上万个借口诓李十一替她打水砍柴，信口胡诌，说一桶水换一个愿望，往后等她发达了，请李十一来讨，什么花雕酒荷叶鸡，想吃多少吃多少。几年零零散散积攒下来，竟这样多，她怕把自己那点儿家当全给输掉，还“偷工减料”地省了五六百桶。

阿音回过神来，见歪歪扭扭的字迹下面，有娟秀的两个字，墨迹有些年头了，不是最近添上去的——是李十一的笔迹，她在底下书了两个小字：安好。

李十一以一千三百七十六个愿望，换阿音安好。如今她要走，也没什么别的话赠她，也只这两个字罢了。

阿音想伸手将信揉了，五指张开愣是舍不得合拢，于是捧着信纸哭得一塌糊涂。

阿罗吓了一跳，忙问她怎么了。

阿音哭丧着脸，咬紧牙根，仿佛咬的是李十一的肉：“杀千刀的，姑奶奶我……走不成了。”

阿罗静静望着她，未几将嘴角一提，想要令车夫掉头。

阿音拽住她的袖子，抹一把脸，抽抽搭搭说：“别。”

“玩几日再回去。”她哽咽道。

一游玩便是小半个月，阿音领着阿罗在周遭玩了个遍，乌篷船摇经的柔情水乡、千山坠落的湖心岛屿、捏腔转调的苏式评弹、秦淮绝艳的琵琶小调……阿音再迈入院门时胖了一小圈儿，莲藕似的胳膊被金线勾的袖口箍着，倒更显出旖旎的风韵。阿罗的脸仿佛被晒得适应了些，不似从前那样苍白，隐隐约约有了些粉色。

二人进院子时涂老幺刚买回来一只老母鸡，正挣脱了绳索在院子里乱窜，见着来人，他停下捉鸡的动作，甚是诧异地惊呼一声，笑得见牙不见眼："嘿，回来啦！"若说没心没肺的好友，通常是令人烦恼的，可也有他独特的功用，好比涂老幺这一声"回来啦"，好似阿音仅仅是出门遛了一个弯儿。

阿音瞥他一眼，动动脖子算打过招呼，再抬头时李十一拿着拧好的麻绳出来，另一只手湿淋淋的，刚刚洗过，滴着晶莹的水珠子。她望着阿音，抿唇淡淡一笑，也是说："回来了。"

所有阿音预想过的尴尬和嫌隙在这三个字里烟消云散，李十一头一回给她搬了台阶，配上手上的水珠子和麻绳，将话熨得更加寻常，就像一家人似的。

阿罗偏头，令五钱将李十一手上的麻绳接过来，替涂老幺捉鸡，自个儿则走到墙根处不近不远地望着，时不时指导一两声。

阿音将不大牢靠的脚后跟顶了顶，蓄了些力似的，慢悠悠地走到李十一跟前："不回来，谁帮你收尸？"

"老，弱，病，残？"她瞪着靠过来的涂老幺，这回四个字说的全是他。

"嘿。"涂老幺将关心的话咽回去，白她一眼坐到一旁的凳子上。

阿音右手拿着李十一给的信，在左手手心里拍了两三下，气焰嚣张："怎么，讨债？"

李十一抬抬眉毛，不点头也不摇头。

阿音冷哼一声，将信纸塞她手里，道："几桶水便想清算了？姑奶奶同你说，一万个不能够。如何算，也是你欠我的多。"她倒竖着柳叶眉，"我想明白了，我总是要你欠着我，这辈子欠，下辈子还欠，你儿子姑娘孙子孙女往下数一百八十代，世世代代都得欠着我。"

她妖娆地努了努嘴："这我才舒坦。"

李十一眼里隐隐有笑意，说："是。"

阿音望着她的笑容，忽然生出了一种奇妙的错觉，好似见着了从前那个对她百依百顺的李十一。与她相伴了一整个年少青春的姑娘，用不善言辞的方式，同自己讲，总有一个姊妹的位置给她，而且，永永远远地留给她。

乍然陷入无话可说的沉默，最终还是阿音记起了紧要的事，同李十一说："那螣蛇，你是不必再找了，我有方子。"

李十一蹙眉："什么方子？"

阿音朝不远处的阿罗偷看一眼，小声道："她，能治我。"她不晓得如何解释，这里头也掺了些泰山府的机密，因此只囫囵说了这一句。

李十一讶异地皱了皱眉头，想了想，只问她："管用吗？"

阿音不大确定："凑合。"

李十一唇边的笑十分清淡，对阿音有药解毒算是欣慰。然而阿音正要抬步，却听李十一沉吟道："可螣蛇……却是不能不找的。"她转头，若有所思地望着二楼的房间，里头是许久未现身的宋十九。

李十一耷拉着眼皮子，眸色冷得不同寻常："这梁子，结大发了。"

03

见到宋十九时，阿音同阿罗才明白了李十一的意思。她将自己关在房间里，阿音颇有耐心地敲了好久她才开门，眼前的模样令人心惊。

宋十九仿佛又成熟了些，尾部上勾的杏眼，根根分明的睫毛，悬胆似的鼻子，同一张不上不下的嘴唇。令人心惊的却不是她风华大盛的相貌，而是她瘦弱苍白的肢体，突出的颧骨破坏了原本软糯的面颊，锁骨中央狠狠凹进去，一双把着门的手细细长长，手腕同拇指连接的地方瘦出了明显的窝。她将自己清减的身体搁在宽大的睡袍里，一头齐腰的长发披散下来，形同鬼魅一样站在阴影里。

更令人陌生的是她的神情，浑浑噩噩的，目光呆滞地在几人面上掠过，在李十一处顿了顿，又极快地收回去，随即用手推了一把门，转头往床头走。她没有同诸人打招呼的心思，甚至连对李十一也失了兴致，安静地背对着大家卧到床上，手放在腮边。

阿音看一眼李十一，见她将嘴抿起来，下巴往前一动，又收了回去——她在难过。阿音抬步走进去，屋子里满是久未通风的阴干味，她伸手略微抵了抵鼻头，两三步上前将窗帘拉开，紧跟着又开了窗，“唰”一声，阳光倾泻而入，贪婪又霸道地驱赶阴暗。屋内的人不适应地扇了扇睫毛，唯独李十一立在正中，视线从未自宋十九身上离开过。

阿音快步走至床边，把手搭在宋十九陷下去的腰窝上，摸一把全是骨头，心疼得不敢再用力，只抬头问旁人：“究竟怎的一回事？”

既然阿音知晓了缘由，李十一也不瞒她：“我同她去佘山找白鸝神像，她不小心动了螣蛇的供桌，被蛇尾鞭中眉心。”

经历如此相似，令阿音恍若隔世地怔了怔，压着宋十九的手略微蜷缩，成了拳头硌在上面，默一会子才道：“那……”余下的话她有些说不出口。

李十一摇头：“她的症状不同。”

涂老幺接口：“不爱言语了，竟也不睡觉，夜间在楼里晃荡，同鬼似的。最奇的是，饭菜也不大吃了，吃两口呕三口，吐得‘搜肠刮肚’的。”他用了个成语，老人家似的叹着气，“瞅瞅瘦成这模样，脸都尖得同锥子似的，我一早起来买了鸡，同十一商量炖个汤补补，正巧你们进了门儿。”

“十九。”阿音俯下身去，摸着她的脊背轻轻喊她。

宋十九耳郭一动，缓慢地转过头望着她，眼里仍旧没有光，看了一会子，才出声：“阿音。”她的嗓音似初生的幼羊，仿佛若未及时纳入耳朵里，便要追着风去了。

李十一望着她，下颌骨稍稍一突。

阿音紧蹙着眉头，将手覆在她脸上，上下摩挲两把，正要劝慰她，肩上却搭了一只轻柔的手，她回头，听阿罗轻声道："出去吧。"

门被掩上，几人次第下楼，阿罗走在李十一身边，低低道："不是螣蛇。"

李十一侧脸，听她又道："螣蛇性子乖张，从未听说过会令人如此沉郁。"

"那是咋了？"最前头的涂老幺转头问。

阿罗也不明白，忖了忖，道："再瞧瞧。"

至晌午，炖好的鸡汤以最浓郁的香气包裹了整个餐厅，厚厚的油沫子浮在上头，将高汤的鲜美守护得十分好。涂老幺捧着碗筷上去招呼宋十九，几人围着桌子候了一会子，才见她换了一身月白的旗袍，脚步虚浮地下了楼。她将长发以一根木簪绾了，分明不施粉黛，却令人有"淡极始知花更艳"的观感，衬得她的眉目明艳动人，不可方物。

李十一偏头瞧她一眼，仍旧固执地觉得螣蛇发生了些许作用。那作用细微而隐秘，只是将她封存已久的女人味蒸出来，与原先的稚嫩打着架，隐隐要占据上风。又或者，将她催熟的并不是螣蛇，而是她眉间若有若无的愁绪，和举手投足间的回避感。

譬如说，她垂着眼睫毛，一眼都不看人。李十一将碗搁到她面前，她匆匆扫一眼；李十一将筷子递给她，刻意捏着中间的部分，她却顿了顿捏住远远的底端，将竹筷抽了过去。

"多谢。"她声如蚊蚋地说。

一时之间李十一五味杂陈，胸腔动了动。

涂老幺扒着饭，眼睛恨不得生在她身上。

阿音顾着宋十九，未留意阿罗将一块鸡肉夹到她碗里，也只本能地跟了一句“多谢”。阿罗望了她一眼，又将鸡肉夹了回来——自己吃。阿音诧异地回过头，望着她细嚼慢咽的样子敛起眉头，忽然想明白了什么，低头抿嘴莞尔一笑。

食不言寝不语，几人甚是清静地用完了饭，涂老幺自告奋勇去收拾碗筷，阿音见宋十九这回没吐，好歹安下一点心，说舟车劳顿乏得很，便上楼歇息。

公馆陷入午睡的安谧，李十一在枕头上靠了靠，横竖睡不着，到小花园里闲逛，她瞧了一会子涂老幺未收拾干净的鸡毛，又悠了两三下秋千，在咯吱咯吱的声响中停下来，右脚有一搭没一搭地轻踢石子。她忽然想起那一晚在花园里见着的跳舞的姑娘，月光纱绢似的淌在她身上，将她包裹得熠熠生辉，却浑然未觉窗边人那双眼睛。

李十一抬眼往二楼看，宋十九的房间一片漆黑，窗帘拉得严严实实的，再不给人窥探的机会。失落来得仓促，令李十一没了赏花的心思，埋头往回走，正走到大门处，却猝不及防地撞上了要外出的宋十九。她穿着平底鞋，头顶只够到李十一的鼻间，见着来人先是愣了愣，而后便迅速地低下头去，后退一小步让了路。

李十一憋了几日的火便在她细小的动作里“噌”地生了出来，面无表情大概是李十一生气的最高等级，此刻她便这样望着眼前人，微微偏着头，连眉头也未皱一下。

宋十九抬头看她，将苍白的小脸自下而上地摆到李十一的视线中，李十一幅度微小地摇了摇头，眼里压抑的凉意一瞬间成了柔和的探究，缓慢又不容拒绝地回敬至宋十九。

宋十九动了动嘴唇，仿佛想要说什么，最终却还是埋下头，做了一个想出去的动作。

李十一却没让。她立在中央，静静看了宋十九五六秒，直看得她抽了抽鼻子，才将腿一撤，靠到门边，望着她走出去。

再回头时猝然撞进阿音的眼里，阿音靠着栏杆望着她，身段同白瓷花瓶似的凹凸有致。她施施然挪了挪步子，对李十一道：“她的状况实在不寻常，想必是有些缘故。你暂且上楼歇着，待晚些时候，我替你问问。”

李十一顿了顿，同她说：“多谢。”

阿音笑了笑，转身往楼上走。

原来有一日李十一也会因旁人对她道一声多谢，原来有一日，她也能坦然受了这声多谢。

04

李十一见尽人鬼事，却从未养过猫，不晓得成日里绕在跟前的小雪团子怎么就远远儿地趴着，毛球同小鱼干全无了吸引力，偏偏那猫爪又挠着人的心，令人又疼又痒，却舍不得放它自由。

这只猫叫作“患得患失”，宋十九养的，放到了李十一的院子里。

猫儿的爪子挠到深夜，阿音才敲开了宋十九的门。她望着宋十九披散的头发，它们因拆了发髻而略微卷曲，从前她的头发卷着时似个精巧的玩偶，也不知是不是瘦出了棱角的缘故，此刻几缕发丝缠绕在颈间，竟有一些楚楚可人。

“阿音。”宋十九有些恍惚，手里转着一枚眼生的印章。那印章原本是她偷偷刻了想赠予李十一的，因着配红色的穗子还是黑色的穗子纠结了两天，后来便未送得出去。

阿音随她进去，将手里架着的两个高脚玻璃杯搁到桌上，拔塞起了一瓶葡萄酒，将酒倒得刚刚没过杯底，笑道：“五钱搜罗回来的洋酒，只得这一瓶，你可别同涂老幺说。”

宋十九“嗯”一声，牵动嘴角算是笑了笑，坐到桌边，纤细的小腿光裸着并叠，斜斜地支撑着婀娜的身姿。她将晶莹剔透的酒杯拿起来，举至眉端轻轻晃动，睁着眼静静看，猩红的液体挂在杯壁，似有了跟随的影子。她的瞳孔里生出了好奇的神色，而红酒折射的光影投到她脸上，又恰到好处地规避了天真。

人通常说故事动听，那么心里头揣了故事的人，便该十分动人。

阿音同宋十九饮完了酒，也未急着说话，直到红晕爬上了二人的脸颊，才拉着她钻进被窝里，揽着她说悄悄话。她想起从前宋十九抱着枕头来寻她说心事的模样，也未过几个月，却跟过了许多年似的。

宋十九如今不再窝在她的怀里，只是难耐地将额头抵着她的肩膀，待酒的热气渐渐散了，才轻声说："我也不想这样。"

她明白阿音的来意，也早想同人说，只是不晓得怎样起头。话语里不由自主露出的委屈满得溢了出来，仿佛能听见小姑娘的鼻酸，阿音安抚猫儿似的一下下抚她的脊背，直到绷直的筋骨渐渐松软下来，才问她："因着十一，是吗？"

宋十九的额头在她肩膀处蹭了蹭，也不知是点头还是摇头，她并未回答阿音的问话，只是道："我瞧见了，阿音。

"我不晓得我为什么会瞧见，但是，我瞧见了。

"我瞧见你红着眼睛望着十一，瞧见你们吵架，我听不见你们说什么，我拼了命地想听，可是什么也听不见。"

阿音的脑中"轰"一声炸开，炸得耳畔嗡嗡作响，太阳穴上的青筋凸起，仿佛要自薄薄的表皮中冲出来。她深呼吸了几回，抬手按住宋十九的后脑勺，声音轻得似在温水里滤过："所以，你便成了这样？"

"不，"宋十九摇头，"我原本想同十一和你问个明白，可我一见你们心便不大舒服，任什么也提不起兴致来，我难受极了，吃不下睡不好，我仿佛是……仿佛是病了。"

她能清楚地感觉到这种病态来自生理，并非自己主观能控制。

阿音忖了忖，婉转开口："你不是个小姑娘，我也不愿再瞒你——

我同十一吵架，是因为我慌了。

“我总觉得，我为她付出这许多，连螣蛇都入了体，总是想让她安安生生、太太平平的，因此我便一直瞒着，一直瞒着。可没承想，她竟什么都清楚，并且为了我，回回出生入死。我想着她这些年九死一生，是因着我，我便恨，我便怕，恨自己是这么个锯嘴葫芦一厢情愿，怕她想还我，同我两不相欠。”

宋十九想要说什么，阿音却回手拍了拍她的肩膀，眼睛娇媚地眯着，越过她的侧脸望着桌上残留的半瓶酒：“这几日我同阿罗出去，见了不少世面，你猜我想什么？”

她破冰般松动目光，唇边撩人的笑意依稀尚在：“我想呀，各人有各人的缘法，我遇着那神兽，是我的命，同李十一没什么干系，也不该是她欠我的。我总想着欠不欠，还不还的，这心里头是总觉得，我替她受了，我自个儿未曾甘愿呢。

“直到我瞧见李十一将我幼时的愿望一笔勾销，只换我安好，我这才晓得什么是真正的相濡以沫、肝胆相照。李十一自小到大替我做的那些，从未想过要回报。

“她信了我的胡诌，拿着那欠条，也只想我安好。”

阿音柔声道：“我又想，我虽身子成了这个样子，可万幸仍有李十一同你们这样顶干净的情分，我又何必拘在这烂泥似的过往里，糟蹋自个儿呢？我活这一遭，若什么都糟蹋了，可有什么意思呢？”

宋十九咬着一点嘴唇，一会子又将其吮吸住，伸手捉住阿音的手，握在手心里，许久未动弹，半晌，她才说：“阿音，你对我十分好。”肯半夜来同她说这样一席话。

“屁话。”阿音轻蹭她的头，“你花生米大点儿的时候，还险些吃了我的奶呢！你若有良心，该喊我一声娘。”

宋十九愣住，久违的脸红将她打得措手不及。

阿音笑得花枝乱颤，好一会子才止住，起身关了灯，搂着她睡过去。

第二日，宋十九精神好了一些，正在园子里头逛，遇上早起要出门买菜的五钱，想着自个儿在家关了好些时日，便索性同他一道出去。待都起了，涂老幺煮了几碗汤圆，一人一碗慢慢用，涂老幺嗦着吞了一个，指着五钱留下的字条松了一口气："俩人买菜去了，总归是肯出门了。"

李十一咬一口糯糯的表皮，未作声。

阿音将碗搁下，乜她一眼："若搁不下心，便追着去。"一个汤圆咬了四五口，芝麻馅儿都流干净了，实在叫人看不下去。

李十一抿抿唇，将勺子放回碗里，索性不吃了。

阿音又道："昨儿我与她谈了一宿，总觉得有些蹊跷，她平日里跟个小火炉似的，如今却丧气得很，胡思乱想的，能活生生将自个儿说哭。"

李十一心尖一抽，抬手支着下巴。

涂老幺两三口将汤也喝了，咕噜一声咽下去，忽然道："你一说，我倒记起来了。"

"有一日我对月思亲。"他在众人的眼神里将话头转了，"有一晚我想婆娘想得睡不着，去院子里头打蚊子，见小阿九的窗户里头有个小人儿，不过两三尺高，两人在窗边说话。我仰头瞧了一会儿，脖子酸眼睛也酸，迷迷瞪瞪地回了屋，只当是发了梦。你说蹊跷，兴许是真的？"

李十一拿无名指按着下唇，来回蹭了两下，沉沉思索起来。

却听阿罗道："若果真如此，我恐怕知晓缘由了。"众人抬眼看她，见她笑容温文，似一株舒展的兰花，"是否如我所想，尚需印证。"

"如何印证？"阿音问。

"令她开心一瞬便是了。"

"她都快愁哭了，还开心哪？"涂老幺不认同。

阿罗不置可否，递了个眼神给李十一。

05

夜幕倒扣下来，又大发善心地留了月亮和星辰，足够照亮迷途，也足够指引归人。门被轻轻叩响三下，屈起的手指好看得似是价值连城的古物，可它的主人却紧张极了。以至于门被开启后见着宋十九时，李十一竟不晓得该说什么。

两人许久未独处过了，她隐约觉得随着宋十九的成长，自己与她关系的平衡在微微改变，她不再是稳坐上风的一方，她在宋十九的生分里瞧见了自己的弱势。

“还未睡？”声音轻柔得像是讨好。

“嗯。”宋十九望着前方，伸手局促地撩了一把头发。几根发丝勾在指尖，她捻起来，在手上无意识地缠绕，一圈又一圈，好似在度量她与李十一的生疏。头发缠得紧，将指腹箍得白一道红一道，她讷讷地望着，没来由便有些鼻酸。她十分想拉着李十一的衣角，同她一把鼻涕一把泪地撒娇，可望着被勒住的手指，又硬生生地克制住——

她觉得自己便是没有分寸的发丝，李十一是手指。

李十一伸手捉住她的手腕，问她：“发生了什么？同我说，好不好？”她原以为再没有什么比宋十九含着眼泪的沉默更令她难受，可下一刻宋十九如惊弓之鸟一样收回了手腕，将双手背到后头。

嗓子一瞬便哽住，她望着宋十九坐到桌边，双手拘谨地搁到膝盖上，说：“我……”她叹一口气，压抑得厉害。

李十一浅浅呼吸，看着宋十九瘦弱得不像话的身板停滞了一秒，她终于觉得，若是再这样下去，她要失去宋十九了。

失去那个拎着水桶擦汗的火太阳，葡萄藤下赶蚊蝇的弯月亮，绕来绕去不知疲倦的花蝴蝶，同在她手心里闭着眼颤抖着说谎的小骗子。

李十一走过去，在她面前蹲下，温柔地看进她的眼里：“你怎么了？”原来低声下气并不是那么难。她认真地看着宋十九，以前所未有的勇气和寸步不让的坚持，声音却轻得怕惊扰了面前的人："从前那个宋十九呢？"

花仍绽放，星仍闪耀，世间万物仍在以千千万万种方式陪伴她，可她却没能依言捧出她的棺木，令她问一问她的生辰，听一听她的真心话。

"从前那个说，凭自己是个什么玩意，都要……"李十一顿了顿，"的宋十九呢？"她的胸腔胀极了，连呼吸亦不大受控，耳后烧得似架起了柴火，火光漫了一些在脸上。

宋十九亦怔住，小口小口地吸着气，她感到李十一搭在自己膝盖上的手在轻轻颤抖，幅度很小，但同眼里隐约的清亮联结在一起，似在宋十九肋骨间拍打起了惊涛骇浪。她小心翼翼地问："你要什么？"

"要你开怀。"

是补充，是准许，也是请求。不得不承认，地底下的阴暗潮湿早就习惯了小太阳，怎么能忍心看她这样抑郁呢？

期盼已久的事终于降临，带来的感受却不是如愿以偿，而是难以置信。宋十九看着李十一，呼吸一滞："什么意思？"

李十一抬眼看宋十九："有些事，我可以教你。'东山再起'之东山，是会稽东山；'投桃报李'之李，是李十一的李。"

你有没有得到过一样期盼得过久的东西？久到你记不起来这份期盼是怎样开始的，更不知它此刻因何而来临，它不容许你开心，也不容许你激动，仅仅能令你平淡而温柔地望着，生怕细微的表情令它反悔，头也不回地离开你。

宋十九便这样平淡而温柔地望着李十一，她能清楚地感受到李十一分明的骨节，和掌心微微沁出的汗。

李十一温柔地看着她，说："十九，好起来吧。"

宋十九仍旧虚弱，但她低着头，坚定地说："好。"

她这几日情绪低落，十分怕李十一当她是个不懂事的累赘。可李十一说，要她开怀，还有什么比这更令人踏实的呢？至少对宋十九来说，没有了。她瞧见李十一勾唇莞尔，似她头一回问李十一什么是笑的时候那样，笑得透明又真挚，愉悦一眼尽窥。

李十一站起身来，宋十九拉着她的手不愿意放开，李十一却越过她蜜桃似的脸，望向她脑后。有细细的金黄的线，大拇指般长，像游鱼一样从宋十九颈椎处升腾起来，扭扭曲曲向上飘，于脑袋上方消失不见。

宋十九见李十一发怔，抬起眼想要问她，却见李十一低了头，温柔地拍拍她的后脑勺，道：“先歇着，想想明儿想吃什么，我给你做。”

宋十九的欢喜如同在心里戳了个小泡泡似的，笑意终于挂上了脸，她捏着李十一的指腹蹭了蹭，才将人依依不舍地放开。

灯火通明的一楼餐厅里，众人候得昏昏欲睡，见着放缓脚步下楼的李十一，涂老幺唰地来了精神，正要开口，便被阿音伸手一拦:“不必问。”

众人略招呼了几句，便进入正题，李十一将方才所见细细告知阿罗，阿罗沉吟一会子，点头道：“我没猜错。”众人不解，听她娓娓道来，“是虚耗。”

“‘夜于灶里点灯，谓之照虚耗。’”李十一恍然。

阿罗点头：“这传说也有几百年了，记在《唐逸史》里，说是唐玄宗曾梦见一小鬼，偷了自己的玉笛和杨贵妃的香囊，玄宗斥住，小鬼自称虚耗，素日好窃取财物，并且擅偷盗别人的快乐。”

《唐逸史》里有言：“虚者，望空虚中，盗人物如戏；耗，即耗人家喜事成忧。”

涂老幺听得目瞪口呆，咋舌道：“怪道呢！那日我见着那小人儿，竟是这个。如此说来，小阿九的快活，竟是被这祸害偷了去！”

众人默然，听阿音问：“那方才十一见着的虚线？”

“应当是因为意志回归的些许欢愉。”阿罗顿了顿，“维持不了许久。”

李十一未出声，想起方才一脸病容却眸光闪闪的宋十九，心里蓦地一抽。

涂老幺叹口气："龟孙子。怎样治她？"

阿罗将长发拢过来，伸出五指在上头摸了摸："这小鬼，我倒是不放在眼里。明日五钱回一趟泰山府，请——"

"我有法子，或可一试。"李十一抬头打断阿罗。宋十九来历未明，她不大想替她欠泰山府的人情。

阿音对上她的眼睛，生出了不大妙的预感。

宋十九醒来时天已大亮，昨儿李十一破天荒地陪着她睡去，她踏实极了，一夜再未盗汗。

几人吃过早饭，坐在一处商议虚耗一事，宋十九在园子里浇花，她的情绪仍旧很不稳定，有时望着明晃晃的太阳，一瞧便是半盏茶的工夫。李十一轻声喊她，她才回过神来，揩一揩眼角的泪珠子，勉强弯弯嘴角。宋十九望着李十一无意识堆蹙的眉间，心里懊恼极了，暗地里喊了一百遍加油，还在院子里做了会子强身健体的早操，方回到客厅里翻书。

李十一靠着楼梯同阿罗说话，时不时抛一个眼神给宋十九，宋十九对上她的目光时，眼里便亮起来，望到她的背影，双眼又黯下去。

李十一敏锐地感受到她情绪的波动，几句交代完，等诸人散了干净，便行至沙发边，挨着她坐下。宋十九靠着她，听她念书。清冷的嗓音在客厅里高高低低地响着，涂老幺打扫走廊经过，朝里头望一眼，也不晓得是阳光洒得恰到好处，还是李十一念书的声音太过动听，总之他竟觉得有些温暖。他靠在门边上看了一会子，又想了想婆娘和涂四顺，抠抠眼角低头走了。

晌午李十一做了颇为丰盛的一桌子菜，炖得脱了骨的小排、滚着热油的水煮牛肉、酸辣呛人的醋熘白菜，还凉拌了一个白切鸡。阿音望着这几个宋十九爱吃的菜，心情有些复杂。宋十九仍旧没什么话，小口小口地吃着，李十一许久未下厨，油烟闻多了不是很有胃口，便搁下筷子撑着脸同一边的阿罗说话。

下午很长，五钱同涂老幺出门采买，李十一立在书案前炼了几道符，宋十九在身边替她磨朱砂，炼了小半个时辰，困乏得很，又睡了一觉，再起来时已是暮霭沉沉。几人简单用过饭，说了会子话又散了。

钟声敲到第九下，宣告漫漫长夜的来临。

屋里头燥得很，秋老虎的热浪最是烦人，阿音甩着绢子叉着腰，将鞋跟儿杵得笃笃响，来回踱了几步，转头同阿罗说："我再同你讲一个笑话吧。"

阿罗笔尖的墨滴到宣纸上晕染开，她望着墨点子，说："好。"

阿音偏着脑袋，飞着媚眼儿，将俗烂的笑话讲得十分不耐烦："说是打南边儿来了个喇嘛。"

阿罗提了提嘴角，半晌见她没下文，问她："然后呢？"

阿音蔫儿了，手一摊："哑巴了。"

她是实在没了法子，李十一说要捉那虚耗，让她和阿罗在屋子里做些快活的事引它出来，再由余下几人在外头捉住。搜肠刮肚的趣闻讲干净了，陈年珍藏的八卦也说了个遍，笑也笑了闹也闹了，这小鬼却精得很，愣是不上门。

阿音反手撑着腰拧眉望着果盘儿，深吸一口气，预备再大笑两声，却听阿罗柔声道："坐。"

她将手里架着的毛笔一偏，点了点对面的太师椅，她想同阿音说，二人对坐着聊一聊，便能将愉悦攒起来，慢慢来。

阿音瞄她一眼，大剌剌坐到她对面，拿绢子扇着风："不好笑？"二郎腿一晃一晃的，似一只急躁的猫儿。

"有些好笑。"阿罗说。却不知是说笑话，还是说阿音。

阿音不满意，食指支着额角想了想，斜一眼阿罗娟秀的脸颊，妖娆地抬了抬眉梢："我再讲一个。"

阿罗颔首，就见阿音支着指头绕过桌子，走到她身边，一只玉手捏住她瓷白的下巴，一只拨弄她的头发，说："说是打北边儿来了个阿罗，打南边儿来了个阿音。"她的嗓音同眼神一样媚，不似说笑话。

阿罗将笔放下，望进她眼里："然后呢？"

然后，阿音掏出自个儿珍藏的胭脂水粉，让阿罗坐下，细细地给她描眉上妆。原本素净的眉眼沾染上尘世颜色，令她瞧起来活色生香。阿音将装扮一新的阿罗扶到铜镜前，细细看，问她："前儿我见你望着我的胭脂水粉，必定是想试试，你瞧瞧，好看不好看？"

淡淡的女儿香中，听见外头涂老幺兴高采烈地大喊："捉住了！"

阿音的眼神一动，将阿罗放开，笑道："原来，我为你打扮起来，你这样高兴。"胜过听一千个精彩纷呈的坊间八卦，胜过听她讲一万个笑话。

她望着阿罗的胸口，似乎感受到里头火热的跳动。她瞧着她，好似瞧见了某些掩藏的情绪被戳穿——原来做了泰山府几百年小傀儡的浮提大人，也陡然生出了欣赏自己的心思。

阿音笑了笑，眼睛一垂便要出去，阿罗却拽住她的手腕，指了指一旁的青罗裙。

06

修建齐整的花园里一盏灯也无，草墩子变成墨绿色，偶尔兜着一片早秋的落叶。"哇呀呀"的叫声却打破了这片静谧，令落叶蜷缩着身子打了几个寒战。

涂老幺望着被困住的小鬼——铜铃眼、黄牛鼻，一张大嘴咧到耳根子里去，头上戴着尖帽，裹着一身红彤彤的长袍。

“咋长这丑呢？”他小声嘟囔。

方才虚耗蹑手蹑脚从花园里蹿出来，正要攀着墙根儿往阿罗的屋子里头去，才刚挪了步子，李十一便抬手在它四周画圈似的布了一层明火符，火圈子烈烈燃起来，虚耗立时便好似被拎住了后脖颈，迈着腿动弹不得。

《异闻杂记》里记载：虚耗不喜照明，是以才总在夜里出没，若遇着光亮，便会行动迟缓。

李十一趁它未反应过来，迅速在明火圈外立了四幅钟馗像，底下幽幽蓝光一烧，烟火灼得虚耗哇啦哇啦地捂眼哀号起来，似被火钳打了的耗子，立时便打了几个滚儿。

“它怕这个。”宋十九在一旁轻声道。

李十一将布符阵的右手收回来，习惯性地负在身后摩挲指头上残留的余烬，颔首道：“《唐逸史》里头说，玄宗便是请来了钟馗，将虚耗撕作两半，一口吞食。”

“既吞食了，怎的如今又现了身？”宋十九蹙眉。

李十一解释：“虚耗乃鬼灵，凝精气而生，人间有厉成虚，聚恶生耗，死而复活，长存不灭。”

正说着话，那虚耗顶着涕泗横流的脸，挣扎着要往外爬，刚探出一只手，却见面前杵了红裤黑靴，越过圆挺的肚子和潇洒的长袍，正是一张虬髯铁面——钟馗大人晃着官帽，对它将牙一龇，右手的鼓槌重重落下来，砸到左手掌着的鼓面上，“轰”一声嗡鸣，砸得它头晕眼花，腿一软便跪了下去。

“大……大大大大人！”虚耗缩着骨头，抖得同筛糠似的，不住叩头。

涂老幺装模作样地捋一把髯须，朝李十一抽筋似的眨眼，李十一顶着面瘫脸偏偏脑袋：自己发挥。涂老幺心领神会，又敲了一把鼓，腆着肚子，恶声恶气斥它一句：“老实点！”

"欸，欸。"虚耗不住地作揖。

涂老幺同李十一交换一个眼神，将虚耗交给五钱盯着，勒令它不许出圈儿，而后迈着八字步颇为神气地走到李十一与宋十九旁边，清清嗓子："怎么样？"

李十一不答，拉着宋十九坐到桌边，按下午商议的，等阿罗出来再做计较。

桌上的瓜子壳堆成小山，虚耗在清脆的嗑瓜子声中渐渐回了神，蔫了吧唧地缩在火圈内，屋里头的两人却还未出来。

"这都快吃完一盏茶了。"涂老幺端着钟馗大人的体面，叉开腿将手扶在膝盖上，背挺得同青松似的，眼馋李十一和宋十九手里的瓜子。

正说着话，却见圈里的虚耗拉长脖子仰着头，朝阿罗房间的方向嗅了嗅，仿佛里面有令它神魂颠倒的东西，耷拉着眼皮子叹一句："真快活。"

"什么快活？"涂老幺问他。

虚耗动了动耳朵，心痒难耐："里头有位试珠钗的姑娘，在高兴呢。"心里头的小锤此起彼伏地敲着，勾起它的馋虫，闻得见摸不着，令它难受极了。

它站起身来背着手，在圈里不住地打转："好急好急好急。"

足足转了四五十个圈，转得涂老幺眼晕，屋子里的两个人才现了身。两人一前一后地出来，阿罗头上戴着一根素色白玉簪，整个人如清风拂月，又像是不经风吹的一朵白玉兰。

阿音懒怠地坐到对面，骨头似被热化了，支着额头拧着身子，半句话都不想说。还是阿罗令五钱将虚耗头顶的帽尖儿里藏着的犄角捏了，提溜到近前来。虚耗偷眼打量了她半晌，见到她腰间的神荼令，似被铜锣夹了一样震惊，呆愣了两秒才手脚并用地跪下，恭恭敬敬道："浮提大人！"

阿音趴在桌上，撩起眼皮扫一眼正儿八经的阿罗。她看着仍旧柔弱可人，却带着不怒自威的三分笑，同虚耗轻声说：“倒是好些年没见了，你的本事亦精进不少。”她的话里留有余地，足够虚耗想起多年前它曾摸进了阎罗大人的府邸，偷了她一位小婢子的快活，而后被这菩萨似的美人温温柔柔地送去油锅里炸了整一百年。

冷汗远比它更识时务，瞬间将酸臭的红袍子浸得透透的。

却见一直在暗处的宋十九上前来，捋清杂乱的思绪，略俯下身看它：“我记起来了。”她皱眉，“那日你爬上窗户找我说话，还给我瞧了……”

“怎么回事？”李十一出了声。

虚耗略一琢磨，这姑娘穿着不大起眼，打扮也不是顶出风头，可阎罗大人待她仿佛十分客气，方才还亲手为她斟了一杯茶……不必细想，它便咕咚一声叩了头，一五一十交代：“我原本在佘山一带晃荡，有一晚却被这位姑娘的喜悦惊醒，我随着她一路到了这公馆，潜伏了好几日，想偷走她的快活，可不承想她的愉悦竟十分牢固，我在她床头立着，同睡梦中的她拉锯了几回，她愣是不给我。”

虚耗说得来了劲，倒豆子似的一股脑抖搂干净：“我便又在这公馆里转悠，见着两个姑娘吵架，便将这一幕的影像吞下来，吐到原先那姑娘跟前，指给她瞧。”这姑娘那姑娘的，它自个儿说得亦有些晕。

虚耗心慌，没敢抬头仔细观察，也不晓得三个姑娘竟都在跟前，亦浑然不觉众人更沉默了些。涂老幺倒吸一口凉气，随即闭紧嘴，只将眼睁开细小的一道缝，暗暗打量周遭。

“那姑娘登时便惨白了脸，滚了好几颗金豆子，我便趁机将她的快活抢了个干净，一溜烟跑了。”虚耗垂着头，等候审判的来临。

最终是李十一打破了沉默，问它：“她的快活，在哪里？”

“我的帽子里。”虚耗将帽子摘下来，往里头瞧了瞧。

“找出来，还给她。”五钱说。

“欸。”虚耗应了，一屁股坐下来，在帽子中慢慢地掏。

满满当当的宝贝塞在“无底洞”里，它掏得十分吃力，生怕几位大人恼了，索性将帽子翻过来抖了抖，一面掏一面扔。

它扔出来的是肖似圆月的幻影，绣花绷子似的，里头绣的是各人五彩斑斓的高兴事：京市的老爷娶了新姨太，鲁地的姑娘生了大胖小子，云滇的小伙挣了一石米，锦城的老鼻炎碰着了神医……它一面瞧一面摇头，将七嘴八舌的喜事扔得四散在地。

众人也围上前，仔细找寻，宋十九却蓦然发现了里头一个不寻常的。那是一位公子寻花问柳的乐事，里头有个窑姐儿百媚千娇，眼熟得紧。她心下一凛，忙要挪步将其遮掩住，却见阿罗伸手将尚未瞧见的阿音一揽，扶着她的头轻轻按到自己肩上，隔绝住她的视线。宋十九同她对视一眼，又回过头去，将那一个捏在手心，藏到最底下。

“找着了！”虚耗站起身来，托着一个顶大的琉璃似的圆球——宋十九的高兴比旁人都要多些。

虚耗掂了掂，十分舍不得：“你说说你这姑娘，怎活得这样乐呵。”它忍不住埋怨一句，若不是被这高兴馋了，它也不至于被捉住。说着它示意宋十九转身蹲下来，自己立到她身后，将圆球靠近她的颈椎处，嘴里念念有词，长长的经历带着香甜的喜悦，流沙一样淌进宋十九的身体里。那些快活光华四溢，每一幕都是李十一。

“涂老幺这样笑不好看，你这样笑，好看。

“我若立刻说许多谎，是不是便能同你一块死了？

“我非人，不怕招魂，也非鬼，念经不管用，你预备如何吓唬我，才能让我不跟着你呢？

“太阳落山时天老爷最温情，多半能等到人。”

……

历历在目的对话每回归一句，李十一的心便软一分。

光点散尽，宋十九睁开眼，面上的表情仍未归位，甚至比方才还木了些，李十一伸手要拉她的手腕，问她："怎么样？"

宋十九睁了睁眼，还未来得及说话，便猛地捂住嘴，起身往屋子里跑。李十一要跟上去，阿罗却以眼神制止她："吐几回便好了。"从前她的婢女也是如此。

阿罗见李十一放下心来，便吩咐五钱将虚耗拎出去扔外头，虚耗滴溜溜转了转眼睛，难以置信："大人不罚我？"

阿罗指指宋十九消失的方向，柔声笑道："我不罚你，待她日后想起来了，她罚你。"

虚耗打了个寒战，心惊胆战地噤了声。

众人一番折腾，已是疲乏得很，略招呼几句便四散歇息。

李十一在黑暗里靠着楼梯，四下十分安静，连水流声也没有，宋十九钻进卫生间，便再没了动静。她静静候了一会，不晓得是否应当前去敲门。这几日她待宋十九十分好，她自问是因为病症的缘故，刻意多了几分温柔与体帖；此刻宋十九好了，她反倒有些拿捏不好分寸了。她难得地犹豫，也反常地矫情起来。

正暗自纠结，忽听得面前有人喊了一声："李十一！"

她抬头，宋十九站在前方，朝她弯着眼睛笑。她立在月影里，明眸皓齿，眼波流转，笑得熟悉又不熟悉。熟悉的是她弯弯的眉眼，不熟悉的是她唇角微勾的神态。从前宋十九的笑容干净又明亮，娇俏得令天地都尽失颜色，如今她学会了矜持地合拢双唇，嘴角勾出成熟的弧度，笑得凉夜生风，春光入梦。

幼时李十一学做菜，师父告诉她，若加一点盐，更能将甜味带出来。如今她望着宋十九，发觉原来历经一点愁，更能将眼前的人勾出令人回甘的清婉。

她在宋十九的笑容里放松了沉甸甸的双肩，也打消了所有无用的顾虑。

宋十九含着红石榴一样剔透而绯丽的笑，质问她："你怎么不过来，只瞧着我？我好了，你便不再待我好了，昨日种种，权宜之计，是不是？"

李十一也笑，腰背靠在墙上："我几时说过这样的话？"

宋十九的眼角又弯了些，却不动弹，只远远地立着："那你怎的不牵我了，也不抱我了？"

李十一亦将嘴角的弧度扩大："你怎么不牵我，不抱我？"

宋十九笑出声，再也忍不住跑过来，抱住她的胳膊，同她一齐往楼上走。

"你方才在等我，是不是？"

"不是。"

宋十九轻哼一声，跟她入了屋子。

第二章 傀儡夜行，听我号令

01

再一周有余，秋意更深些。

李十一同宋十九起得很晚，二人一前一后下楼时，涂老幺已吃过饭出门遛弯，五钱不见踪影，餐桌上只余阿音和阿罗两个人。

阿音喝一口热牛奶，抬眸见着宋十九时便惊诧地扬了眉，面前的姑娘粉面桃腮，红唇横眉，是一顶一的美艳。

她的身姿裹在月白的旗袍里，纤秾合度，婀娜多姿，随意往椅背上一靠，便是西洋画似的赏心悦目。

阿音疑惑地上下打量她，这是又长大了？

正吃着饭，却听外头的小花园里传来“啊”的一声大喊，几人对视一眼，放下碗筷出去，才刚迈过门槛，便听得涂老幺快活的叫喊声：“你……你们怎的来了！”

众人一瞧，见是风尘仆仆的涂嫂子抱着涂四顺立在一边，脚下搁着几个包裹，身边立着五钱，面前是掐着自己大腿的涂老幺。涂嫂子见涂老幺仍是不长进的模样，嗔他一眼，转而落落大方地同几位熟人打招呼，见着宋十九时愣了愣，很有些没敢认。

宋十九跑上前，将涂四顺接过来，抱在怀里逗弄。这才没过多久，涂四顺足足大了一圈儿，白白胖胖的，十分壮实，望着宋十九咯咯直笑。

阿罗见涂老幺仍在愣怔，便上前去，示意五钱将行李收拾到屋里，柔声解释："你那日说对月思亲，十一便同我商量，遣人将涂嫂子同涂四顺接过来。"

李十一接口道："八月里出了刺杀案，举国动荡，听闻又有军队要北上，涂嫂子一人实在令人放不下心，咱们的公馆在租界里，又互相有照应，总比京市妥当些。"

涂老幺回过神来，感激的话说不出口，只发出了一连串的"欸欸欸""是是是"。

李十一淡淡一笑，将叙旧的场子留给涂老幺，默了一会子，走到阿音身边，对她颔首："来。"

阿音挑眉，跟着李十一的步子走到另一头的秋千架旁。李十一靠在架子边，阿音坐在秋千上，晃悠两下等她开口。

李十一道："我有件事，想同你商量。"她顿了顿，说，"我仍旧想找一找白矖神像。"

那日虚耗扔出的快活，不仅宋十九瞧见，阿罗瞧见，李十一也瞧见了。

"既寻着了踪迹，总不能就此放弃。再者，无论今后要过什么样的日子，我想，它应当是你自个儿选择的。"

阿音一怔，手扶着麻绳，抬眸看她，对上了一双坦白的眸子，诚恳得令她的心神一荡。

李十一的双眼最是黑白分明，可总藏着纷杂的情绪。她习惯了将话憋在心里，你不问，她向来不说；你问了，她也不一定说。

可此刻她的神情透明得毫无遮掩，阳光直射一样令阿音不适应地眯起了眼。

李十一低头，一面思忖一面说："我想了许多，从前我什么话也不同你说，自以为做一样，好过说一万回。可是……”

“可是，”阿音将头转回去，目光悠长地望着另一头对着涂四顺笑的宋十九，“你从她身上学会了坦诚相待。”

李十一抿唇，亦侧脸瞥一眼宋十九，正巧宋十九抬头看她，对上她的眼神，又不大自在地将头低了下去。

阿音也看一眼宋十九，她时常在想，十九究竟有什么本事，令个个都喜欢她，这一刻她好似明白了一些。

从前她、李十一、涂老幺是散的，一个倚门卖笑，一个守着烟摊，一个走街串巷，心里头或许揣着小小的秘密和坚持，但总归只想着活下去。

于是他们活得灰头土脸，活得臊眉耷眼，活得很不成样子。然而宋十九将一切都串了起来，令将她抱出来的涂老幺起了责任心，令摸不出她身份的阿音起了防备心，而后责任心和防备心统统变作了疼爱。

而李十一撕下了腐皮，搬离了木屋，将春夏秋冬过成了日子，宅子变作了家。

阿音笑笑，晃了晃秋千，对李十一说：“成。”

午后李十一问阿罗借两本书，原本拿上便要出门，却听阿罗问她：“你要去找白矖神像，是不是？”

李十一挑眉，阿罗解释：“我的听觉比旁人灵敏些。”

李十一点头承认，阿罗从书桌旁绕过来，提醒她：“螣蛇睚眦必报，如今动了它两回供桌，若第三回到跟前去，恐怕极难脱身。”

李十一笑了笑，望着阿罗：“依你看，我应当怕它吗？”

依她看？这句话问得十分怪异，又问得意味深长，可李十一明白，阿罗一路跟着她们，绝不是只因阿音的缘故，因而这话中之意，便显得微妙极了，“我”好似是李十一，又好似是令蘅。

阿罗蕙质兰心，答她："依我看，不必怕。"

李十一明白了。令蘅的身份，恐怕比她想得更不简单，阿罗纵容她将自己置于险境，也是纵容她在险境里找回自己。

涂四顺给黑夜带来了不过分的嘈杂，好在阿罗适时收了一些耳识，方能好好享受一个与阿音对坐相谈的夜晚。

可阿音有心事。

烟灰缸里已经有几个烟蒂了，可她仍旧没想停，一口一口吸食，仿佛刻意让自个儿神思恍惚一些。她已经许久没有想到从前难堪的过往了，可今夜难以自控，烟越抽越清醒，好似在提醒自己什么。

她不喜欢自己这样，可她确确实实是这样，轻贱刻进了骨子里，抽筋扒皮也洗刷不掉。

她叹一口气，脚步虚浮地走到桌边坐下，斜倚着身子靠在上头，不晓得在想什么。

想了一会子，她又将身子正回来一些，从前若是这样歪歪斜斜的，必定要被师父骂拎不起骨头——师父将她当花儿一样养着，总是盼望她长得极中正。可她挺直一会子，四肢百骸又发酸，令她控制不住地复又瘫软下去。

阿罗静静地望着她的背影，也将她勉力挣扎的小动作尽收眼底，她敏锐地察觉到了阿音的难过、恐惧，还有一点不甘心。她翕动鼻翼，低头走过去，宽大的睡袍搭在细瘦的肩膀上。

阿音的背部一颤，她听见阿罗悄无声息地走过来，裙摆碰了碰她的背部，随即面朝她坐到了桌子上。

阿罗定定望着她，伸手握住她的手，又抬手细致地抚摸她的头发。阿罗的手有着被水涤荡过的温柔，划过她长长的头发，好似捋顺了她人生中打了死结的苦难。

阿音轻轻靠过去，将脸一偏，眼神里的光似被碾碎了，她对她低语："阿罗，我害怕。"她极少叫她阿罗，好像也极少不加矫饰地自称"我"。

她白日里轻而易举地答应了李十一要找白矖神像的提议，可唯有她自己知道，她从前放弃，并不完全因为希望渺茫，而是因为，她在泥潭待久了，根本不想回到岸上。

待螣蛇精元的作用退却，她该怎样面对一片狼藉的自己呢？

她能将"伺候"旁人的回忆剥离干净，当作一切都没有发生过吗？

她怕那个体面而骄傲的阿音回来，对她说——你真叫我想吐。

那她该怎么办呢？

阿罗的手顿了顿，将阿音散落的碎发绾到耳后，她明白了阿音为什么那样反常，她也明白，阿音突如其来的示弱，是从根源里生出了对自己难以掩藏的信任——

她开始依赖她，开始靠近她，也开始对她敞开心扉。

阿罗的心又暖又胀，她抚摸着阿音的背，将她的惊惧和战栗收入掌心。

02

李十一等人习惯了夜里干活，因此待得月上梢头才收拾齐整出门。涂老幺被留下照顾妻儿同看家，他将往日惯常背的包袱给五钱缠了一层又一层，细细嘱咐了，老妈子似的扶着门目送她们开车往佘山去。

当夜下了零星的小雨，实在不算出工的好天气，倒是山雾蒙蒙的，温柔地削减了些恐惧感。一行人沿着小径上山，未到一个时辰便到了那日的螣蛇洞附近，李十一原本欲避开螣蛇搜寻，阿罗却道离螣蛇藏身处越近，越易寻得白矖神像，于是几人踩着碎碎的秋叶，支着油灯在洞穴附近搜寻。

绕过洞口，却听得窸窸窣窣的声音，似汁液在研磨，还伴有姑娘高高低低无助的哀吟。

李十一屏气凝神听了一会子，声音自洞穴里传来，她同余下三人交换眼神后，躬身入洞。

这是第二回入螣蛇洞，路径倒是熟悉了许多，壁上的蝙蝠一只不剩，只余了烧焦的骨头堆在边上，散发着难闻的酸腐气，地上有几道深深的血痕，粘连其中的是野狼和老虎的皮毛。

李十一心下一凛，握紧宋十九的手腕，将她护在身后，极其小心地往内走。

阿罗将伞收了，牵着阿音，伞尖磕在地上，碰出细微的脆响。

穿过小径，李十一轻车熟路地找到了上回藏身的巨石，示意几人蹲下，听了一会子动静，才侧头谨慎地查看。

只一眼，便令她肝胆都缩了一缩。

巨大的洞穴里闪着一盏长明灯，青铜的支架拔地而起，足有两人高，水缸大的灯盏里溢出油脂，掺杂着未剥离的血沫子。烛火腥得很，辨不出里头烧的是什么，总之令人胆汁儿都翻腾起来。

李十一的下颌骨凸出来，背上却被一只软软的手抚了抚，她稍稍回身，对上宋十九镇定而温和的双眼。她蹲在李十一身后，什么也没看见，却在李十一咬牙的小动作中敏锐地察觉出了她的不适，适时送上了轻柔的安抚。

李十一弯了弯嘴角算回应她，转过头继续搜寻螣蛇的身影，眯眼瞧了一会子，才循着声音在洞穴的西北面找着了。

那是一条两人粗的巨蟒，身长不可量，青灰色的鳞片散发着斑驳的暗光，头比一般的蛇要大一些，阔嘴巨颚，倒有几分似龙的模样，脊背处有一排软软的刺，背上收敛着一对骨节分明的翅膀。它此刻盘作一团，齿轮一样慢慢碾动，似在以身体包裹什么物件。

李十一眯起眼，仔细一瞧，发现了一个姑娘，其情形惨不忍睹。

是芸娘。

她被螣蛇紧紧缠绕着，气息只出不进，只剩艳丽的嘴唇发出饱受摧残的哀吟。

李十一听见自己的胸骨里发出了类似拉风箱一样的声音，一呼一吸地带着她的前胸起起伏伏。

她回头，漠然的眸子对上阿罗，阿罗半点不意外，好似知道她瞧见了什么，只放轻了嗓音道：“螣蛇蜕皮后灵气弱，吞人、食兽、拆鬼，以补气。”

李十一抬眼，又听阿罗心领神会地补充：“灰飞烟灭。”

李十一垂下眼帘，扇了两下睫毛，随即食指一支，将烟管子架在手里。

阿罗柔柔地望着她，见她忽然勾唇神色复杂地笑了笑，同阿罗叹了口气：“第三回。”

话音一落，李十一同阿音对视一眼，探身而出，右手支着烟管在空气中飞快地写了御龙诀，左手挽花捏出雄黄符，脚下行封神虚步，第十三步时绕至螣蛇身后，诀入符纸烧出蓝烟，以烟嘴罩之。

未等螣蛇有所反应，她便翻身跃起，至其七寸处将烟管用力一扣，斥道：“破！”

一串动作快得惊人，竟令专心补灵的螣蛇结结实实着了一道，巨大的蛇尾迅速一扫，似被火燎了，发出滋滋的皮肉被烧焦的声响。

李十一一手撑地俯跪在侧，抬头见螣蛇的骨节咯咯作响，硕大的头颅傲慢而愤怒地转过来，铜铃大的眼睛泛着令人恐惧的幽光，瞳孔缩成一条线，倒映着渺小而不自知的人类。

被放开的芸娘似没了弹力的绳子，滚到一旁大口大口吐着血水，因为筋骨被震断了，双腿软绵绵地耷拉着。

李十一方才的一跃耗尽了大半的力气，如今只能大口大口喘着气，这招断龙令仅用来对付过几回山里的蛇妖，料想对神兽是不起什么作用的，可事到如今，也只能勉力一搏。

她不想再找什么白矖神像了，她望着螣蛇站起身来，好似望断了这几年难挨的折磨，是非对错，一道清算吧。她偏头，示意阿罗护好十九，而后低喊了一句："阿音！"

两字坠地，香风袭来，一道细细的红线自另一头抛过来，李十一单手接过，斜攀至石壁上，手一圈，将红线绕过方才击打过的七寸处，死死缠绕三圈。

另一头赤足的阿音亦如法炮制，二人合力将蛇腹缠住。

李十一双足落地，烟管子在空中一挥，将诀注入紧绷的红线里。阿音自发间抽出一柄短小的折扇，三两下抖开，手腕翻飞，唰唰一转，以扇为骨，作法捏诀。

红线极细，却出人意料地捆住了庞然大物，被站在一起的李十一同阿音用力拉扯，绷得能望见上头弹跳的灰尘。

阿音同李十一站得极踏实，背部挺得似铆足了劲儿的箭矢，握着红线的手腕横在眼前，指头发白。

螣蛇被箍住要害，愤怒的吼声收了一半，饶是如此，亦是惊天动地。山洞的碎石簌簌落下，能听见四周的鸟兽惊慌逃窜的声音，地面隐隐震动起来，带起卷着尘土的风沙，李十一同阿音一时难以支撑。

李十一稳了稳身形，牙齿咬得咯吱作响，手一拉再度将红绳缠了一圈，绳结陷入肌肤里，勒出鲜红的血印子，冷汗一滴滴掉落，迷得她的眼酸痛不已。

她听见身边的阿音发出一声闷哼，胸腔一颤，仿佛在强忍被震出的心头血。

如今螣蛇蜕皮，又被打断补灵之势，功力大减，可即便如此，她也预感到自己同阿音再撑不住半招。

她想要松了绳索另寻他法，转头时却瞧见了阿音倔强的以卵击石的怒意。

她同李十一其实是一样的人，李十一的伪装是冷漠，阿音的伪装是轻浮，李十一见惯了她嬉笑怒骂，已经许久未见她这样七情上脸的模样。

她抱着玉石俱焚、同归于尽的决心，绝望而癫狂地向螣蛇迫近，桃花一样泛着春情的眸子此刻凛冽地睁着。

“阿音！”她的状态太过不对，李十一想要唤她回神。

阿音却毫无反应，只将血肉模糊的手收紧了些，仿佛刻意要激怒螣蛇一般，绯红的眼像入了魔，带着不管不顾的放肆。

被阿罗护在身后的宋十九手上的气聚了几回，却仍旧毫无用处，她死死咬着下唇不发出声音，紧握的手指不受控地抖着。

阿罗强压着心脏的狂跳，眼神自李十一身上扫到阿音身上。

巨石炸裂，油灯膨胀，火光中螣蛇将身子剧烈地一摆，红绳“嘭”一声断裂，李十一同阿音被震得经脉发麻，捂着胸口呕出一口血。

螣蛇的反击这才开始，神龙摆尾重重一扫，将两个筋疲力尽的姑娘重重一抛，砸到石壁上，随着“嗡”的一声响，她们便毫无生气地滚下来。

宋十九再也忍不住，颤着声儿跑上前抱住李十一。

阿罗扑上前将阿音护住，撑伞挡住坠落的石块。

李十一在宋十九怀里剧烈地喘着气，脸颊被石头尖锐的棱角划了一道，伤口刻在脂膏一样的皮肤上颇有些触目惊心，血顺着手腕流下来，自烟杆子上滚过，一滴滴落入泥土里。

她的眼皮重极了，眼睛也被汗腌得痛极了，嗓子似被熊掌一把掏走，火辣辣地说不出话来。

她感到螣蛇的阴影极速迫近，手上凝了力气便要推开宋十九，却见宋十九滚着泪痕，护住她的头，转身狰狞地怒号一声。

又是同样的场景，她发出了似人似兽的呜咽，眉心青白色的雾气蹿出来，在面前散开。

不知是因她哭得太厉害，还是别的什么缘故，她的法术却并没有对螣蛇起作用，它只略顿了顿，将阴鸷的眸子一缩，便将头压下，沉沉地笼罩住不堪一击的宋十九和李十一。

李十一拼尽全力翻身一滚，将宋十九推开，螣蛇巨大的口张开，铡刀一样卡在李十一面前，利齿森森，唾液酸腐，一口便能将她生吞入内。

宋十九拼着命要上前，却被阿罗一把捉住手腕。

面前光亮一闪，李十一本能地接住，听见不远处传来阿罗的声音："令蘅，跟我念！"

令蘅——

李十一想也未想，将手中的神荼令紧紧一捏，迅速盘坐起来，闭眼启唇，左手本能地将神荼令一抛，五指拈花竖了一个说法印，神荼令悬在指尖，轻轻地转动起来。

另一边阿罗的声音清亮而澄澈，同李十一的声音渐渐重合。

"衡衡阴阳。"

衡衡阴阳。

"钩饵难尝。"

钩饵难尝。

"泰山魂尽。"

泰山魂尽。

"黄泉断肠。"

黄泉断肠。

"——从从往生，生而复死，傀儡夜行，听我号令！"

洞中顿时安静，众人似从炭火上瞬间潜入了冰泉里。风停云静，连长明灯也经不起这样的威压，似回归，又似重生，是净池莲花抽蕊时迫不及待的一跳，也是神佛降临时怜悯苍生的一叹。

李十一在螣蛇的血盆大口中垂头坐得安宁而镇静，她的神识不再由疲倦的骨血支撑，而有了崭新的、不灭的灯座；她的身体被一层淡淡的金光包裹，流萤点点似拱月逐星，伤痕被驱赶似的极速退却，裂开的皮肉寸寸愈合，金光似在孕育胚胎，将她重塑得光洁无瑕。

她的身体渐渐离开肮脏的地面，交叠的腿边开了一朵柔软的莲花，托举一样将她抬起来，似在抚摸她细腻的小腿，又似在对她的脚踝俯首称臣。她微微昂头，飞散的头发柔顺地荡在脑后，似她觉醒的愤怒。

她仍旧是那个眉眼，却仿佛被水墨圣手描摹过一遍，有了宛转蛾眉的清傲与高贵。

她的指尖略微一动，白葱一样的脖颈侧方显出了一个小小的红痣，落在下颌下方，落在美人筋上。

清净谪仙悬浮在污秽丑陋的利齿前，对比强烈的画面诡异又静美。

阿罗的心终于踏实下来，久别重逢一样低声喊她："阿蘅。"

灯烛一飘，唤回了停驻的时光。李十一抬眼，面前是庞大的神兽，身后是一片虚空。

地面似潮水一样凉了一凉，阴森的鬼气自四面八方袭来，生生遏制住螣蛇进攻的态势。

一柄飞剑自脑后飞来，沿着耳边擦过，势不可当地朝螣蛇刺去，螣蛇迅速后退，振翅一扬，同悬在空中的剑对峙。

疾风一动，飞剑回收，李十一身旁翻身跃下一位身穿盔甲的姑娘，她单膝跪地，一手撑剑，一手扶地，行了一个军礼，而后抬头，高马尾的发梢扫过英气十足的脸。

"魂策军木兰领命。"

木兰。李十一心里一动，对上她胜券在握的眼神，将纷乱心神压下去——这是真正的木兰。

螣蛇喑呜一声，身形拧起，蛇尾纳在身后，将头颅支起来。

木兰轻笑一声："虚蛇阵？"话音刚落，她便画符点兵，十余位魂策军士兵无声出现，在她手指一点一落间行阵布局。几人在前，几人错落押后，对了一个飞鹰阵。

蛇吞象，鹰啄蛇，飞鹰克虚蛇。

利剑出鞘，直压螣蛇。

螣蛇哀嚎一声，在压阵利刃间勉力招架，木兰见势成，将发尾咬住，应声而起，腾空跃上蛇背，双足在它的翅骨上一踏，落至它头顶上方，随即反手挽剑花，双手交握，将利刃悬在了螣蛇的右眼一寸处。

十余把鬼剑迫在它身侧，对准翅根处的死穴。螣蛇无助地摆了摆蛇尾，最终无可抗拒地瘫软下来。

木兰将剑悬着，却并未刺下，只拿眼神请示李十一，李十一站起身来，将神荼令收了，摇摇头示意木兰退下。

木兰颔首撤至一边，螣蛇摆了摆身子，闷哼一声便要飞速地钻出洞穴，却见李十一将手一扬，地上被震断的红线回到她手里，绕了一圈，而后缠住螣蛇的双翅，螣蛇一瞬便似被扼住了咽喉，在散发着金光的红线中止住了动作。

李十一疲乏得很，强撑着精神哑着嗓子道："她体内的精魂，收回去。"

宋十九拉着阿音上前来，螣蛇撩着眼皮子扫一眼，蛇尾一动，在她的眉心轻柔地扫了一鞭。

阿音本能地眯眼，肩胛骨因着前尘往事一缩，一丝沾着沉甸甸爱欲的精魂自脑中抽出来，却好似将她的骨髓也一瞬间抽了个干净。她半句话也吐不出来，只天旋地转地说了个"我"，便晕了过去。

阿罗忙上前抱住她，李十一皱眉询问，见阿罗点了点头，方将红绳收回来。

螣蛇趁诸人不备，用蛇尾一砸，借着飞扬的尘土里虚影重重，蹿离山洞。

收了神荼令，李十一再也撑不住，瘫坐在地，撑着额头好一会儿才回过神来。

她以手支起身子，环顾四周一圈：木兰同魂策军都未走，垂头立于一旁；阿罗埋头抱着阿音，沉默得没了话说；宋十九抹了一把汗，瞧瞧自己方才抓断了指甲的手，欲言又止地看了一眼李十一。

李十一靠着石壁坐起，定定望着阿罗，手无意识地抓了一把地面的散沙，半晌，她喘着气轻声问阿罗："我是谁？"

此话一出，她的右耳响起了自小熟悉的脚步声，"叩叩叩"，此起彼伏地敲击。

那声音越来越大，似激昂的战鼓，充斥着她的耳膜，震荡着她的思绪，将她空无一物的心捧得高高的，有了俯瞰众生的高度。

她在震耳欲聋的声响中瞧见阿罗将阿音轻柔地放下，拎着裙摆到她跟前跪下，身后木兰同魂策军铠甲磕碰，恭恭敬敬跪了一地。

李十一终于明白，为何当日夏姬会因她一句投胎之语而胆寒，又为何螣蛇附于芸娘之时，会被她一符制住。

她听见阿罗俯身叩首，唤她："府君。"

我叫令蘅。

混沌初开时，有了不死不灭的几具躯体，同日月齐生，与天地共母，人们通常称之为神。

我便是鬼域泰山之神，掌三界魂灵。

我漫长而无趣的一生从未出现过意外，直到几百年前。而后我无意中投胎，成了一位……小姑娘。

她不爱说话，三分似我；江湖气重，七分不似我。

我未同她说，她自小听见的声音并非鬼的脚步，而是位卑胆小的鬼魅，感应到府君气息时不自觉的叩首，那是鬼叩头。

我是令蘅，我无故事可说。

03

鬼气如雾一样散去，魂策军消失得无影无踪，石壁上投出几条长长短短的影子，神祇、鬼魅、鸟兽同凡人被光线描绘得十分公平，黑漆漆地将一切突兀抹平。

众人望着李十一，揣着迥异的想法揣摩她的反应。而李十一只眨了眨眼睛，说了句：“唔。”便再没有其他话说。

她平淡地接受了这个不同寻常的身份，一丁点多余的好奇心也欠奉，只有些许不适感，这不适感并非在府君这两个字上，只源自阿罗恭敬跪地的动作。

阿罗善解人意地起身，李十一动了动脖子，肩膀仍有些酸痛，又习惯性地招了招手，将宋十九招到手边，牵着她的手捏了捏，用拇指将她指腹上的泥土抹去。

她低头望着自己替宋十九清理的动作，另一只手将神荼令拿出来，递给阿罗。

“这原本便是你的。”阿罗道。

神荼令乃泰山府君手令，令蘅向来不离身，投胎时却被遗落在黄泉边，魂策军将其呈与阿罗，阿罗代掌至今。

李十一右手一动，将令牌在掌心里旋了半圈，又屈起食指点了点上头镌刻的莲花，指甲将木纹磕出笃笃的声响，她没来由地叹了口气。

宋十九在她的叹气声里鬼使神差地读到了她心中所想——这令牌，仿佛并不如烟杆子称心。

惊天的变故中，李十一因这点子小事而委屈，宋十九觉得有趣极了，弯了弯嘴角。

她抬眸见李十一望着自己，略扬了扬眉梢，拿食指在她手心里轻轻一挠。

李十一舒展眉头，不动声色地揉了一把宋十九的指腹。

宋十九杂乱的心霎时安定下来，被抚慰得平平整整，她摸着李十一略微放松的指骨，心知李十一也一样。

一旁传来低低的人语，李十一转头一看，阿罗蹲在芸娘旁边，低声同她交代几句，而后掌根在她眉心处一按，芸娘隐约呻吟一声，身子逐渐透明，片刻便消失干净。

李十一手里的神荼令轻轻一颤。

阿罗起身走来，听见宋十九问："芸娘呢？"

阿罗指了指神荼令："这里头。"

李十一不解，阿罗目视她颈上的红痣，温言道："你如今虽恢复本体，却因着没了记忆，使不出许多术法来。若要完全驱使神荼令，需以魂祭。

"三魂祭，神荼归——这魂也不是寻常的魂，须得是同你有渊源的魂。从前你助我收了木莲，今日芸娘入令，只再得一魂，便能令神荼令归位。"

李十一的唇线稍稍一动，阿罗垂眼道："至于你为何投胎，你不必问我，我也不知。只依稀推断，与她有关。"阿罗将眼神对上宋十九。

宋十九一怔，阿罗淡淡一笑，轻声道："这也是我当日请你去寻狌狌的缘故。"

当日阿罗并非刻意刁难，更不是故作骄矜。

狌狌通晓天上地下所有过去事，不仅知晓宋十九的身份，亦能填补令蘅因何投胎这一空白。

"我想问的不是这个。"李十一道。

阿罗露出诧异的神色。

李十一润了润嘴唇，眼皮子一掀："既有令牌，怎么不早些扔给我。"

守着洞口的五钱赶进来，正蹲着身子将阿音往背上背，闻得此言身子一晃。

阿罗抬起眼帘，望着李十一笑了笑，语气诚恳："我虽知你身份，却对你能否把控它不大有把握，若非千钧之时，恐失了手。"

李十一扫她一眼，听她道："此其一。"

"其二呢？"宋十九好奇。

阿罗柔声软气："我从未见她被打吐血过，想看。"

李十一冷哼一声，捉着宋十九的手往外走，同阿罗擦身而过时，意有所指地抛下一句："令蘅的脾气，想必十分好。"

五钱后脖颈一凉。

正走到小径的尽头，绕过从前藏身的巨石，宋十九脚下冷不丁硌了一团不硬不软的东西，她吓了一跳，还未来得及惊呼，便听得一声杀猪似的号叫，黑乎乎的阴影中冒出一张熟悉的脸。

"涂老幺？"宋十九偏头，众人停下脚步。

涂老幺揉着被踩个结实的手腕子，脸上的冷汗风干了，黑一道黄一道的，令他瞧起来颇有些滑稽。

"你来做什么？"五钱将阿音往上掂了掂，问他。

"我搁不下心，婆娘说我牛踩瓦泥——团团转，嫌我碍眼，我便雇车寻你们来了。"涂老幺站起来。

"几时来的？"宋十九问。

"瞧见什么了？"李十一望着他。

涂老幺目光躲闪，不大敢瞧李十一的模样，将脑袋耷拉着，视线紧盯藏身的石头，脚尖一搭一搭地抖着，仿佛在遮掩些许哆嗦："瞧见你……您成了菩萨。"还是开了光的那种。

他说完，咽了一口口水，觉着自己的绿豆眼突然便有了意识，化作两个独立的小人，一个胆战心惊诚惶诚恐地跪下去，另一个翻着白眼无语问苍天地想：自己祖上究竟是积了德还是造了孽。

李十一皱眉，涂老幺一个激灵回神，大声邀功："方才我怕添乱，没凑到跟前去，可也趁乱砸了那老蛇好几回。"他指着洞穴角落里不晓得何时冒出来的铁锹，说得煞有介事。

众人默了两三秒，连宋十九也不晓得该说什么了，低头被李十一揽着出去，一路无话下了山。

待回了公馆，涂嫂子还未睡，见他们几个一身尘土，忙张罗着烧了几壶热水来梳洗。

阿音晕得十分实在，一路晃悠回来愣是没醒。五钱将她搁到床上便下了楼，宋十九倚着门边瞧，实在放心不下，想要上前去，李十一却一伸手将人扶住，轻轻拍了拍她的脑袋，看一眼床边拧帕子的阿罗，将宋十九领回了屋。

凉夜似一块巨大的软布，将所有惊心动魄遮盖得不露分毫。李十一洗过澡，见换了寝衣的宋十九坐在房间里，两手托着下巴，望着台灯的光影发呆。

李十一放轻脚步，走到她身边坐下，也未急着说话，只抬手看了一眼自己的手背。

手背此时完好如初，肌理细腻得似用羊奶铺了一层，此刻她浑身上下一点伤痕也无，可方才撕心裂肺的痛楚还有余音，在她的筋骨间拉扯，群蚁啃骨一样难受。

目光中出现一只柔嫩的手，抚摸上她的手背，拇指按着圈一下下缓慢地揉捏，酸胀的痛感退却了大半。

李十一反手将宋十九的手扣住，放到膝盖上，过了会儿又抽出来，捏了捏她软绵绵的虎口。

她不晓得自己为什么要拖着疲乏不堪的身体做这些无聊的动作，她好像在安抚宋十九，又好似是在借宋十九安抚自己。

她其实是一个活得不大有目的的人，也活得没有什么归属感，她不长却跌宕的一生总在抛弃，总在忘记：忘记了爹娘的模样，忘记了师父的酒香，也忘记了阿音初见她时，叫的究竟是姐姐还是妹妹。

她连自己的年纪都说不上来。

因此阿罗同她说令蘅，说黄泉，说泰山府，于她来说也只当是抛在记忆深处的过往，好比说此刻若爹娘忽然出现，对她说：十一，你今年二十八了。她便也只能“唔”一声，心里想：原来是二十八，不是二十七，也不是二十九。

——原来是令蘅，不是令竖，也不是令撇或令捺。

她眨眼笑了笑，将宋十九的手翻过来，叹了极微短的一口气。

好在她握着的这个人同她一样，不晓得什么来路，也不记得丝毫过往。

她在她手里长大，能被李十一瞧见清晰而完整的生命线，她除了李十一，什么也没有，也没有地方可去。

她的依附让李十一有了前所未有的安全感，有了可控的、具象的归属感。

她抬眼，想要好好瞧一瞧面前的姑娘，却见宋十九望着她的右脸发怔，克制地睁着一双漂亮的眼睛，里头闪动着微弱的光芒。

宋十九因李十一的动作挪了挪视线，对上李十一的双眼，又低下头去，睫毛一垂，挡住微红的眼圈。

“怎么了？”李十一紧张起来，勾头看她。

宋十九晶莹的眼波一颤，抿住嘴摇了摇头。李十一说话，宋十九便用纤细的双臂环住她，将脸颊同李十一的轻轻一蹭，而后靠在她的肩头，轻声说：“我害怕了。”

她实在很不想哭，可眼睛一闭滚烫的泪珠子便涌了上来，她想起方才在洞里李十一脸上恐怖的划痕，手腕上汩汩流出的鲜血，还有砸向石壁时筋骨震动的闷响。

她软声哀求李十一："你带我去找狌狌，好不好？"她极少对李十一提要求，甚至连这一次也不是很有底气。

"我是九大人，我也有被忘记的本事。"她未将话说完整，尾音还有些哽咽，可李十一明白她的意思：若再置身险境，她想同她并肩。

宋十九总是有这样的本领，三言两语将李十一的外壳拨开，软绵绵地戳一戳内里，偏偏轻重还刚刚好，丝毫不教人觉得被冒犯。

李十一摸了摸她的后脑勺，圈住她柔软的后腰，应承她："好。"

04

阿音醒来时已是日上三竿，窗帘被拉得很严实，屋子里黑得同螣蛇洞没什么两样，可帘子缝隙里透出的阳光清晰又明亮。

她像坠入了空旷的深海里，带着安神香味道的空气是涌动的水流，而光线是引诱她出海的渔线。

她不晓得垂钓的渔夫是什么模样，盘算着怎样吃掉她，正如她也不晓得帘子外头的风光究竟合眼不合眼。

她想要小声地咳嗽一下，胸口却麻麻的提不起劲儿来，四肢百骸的痛感刚从沉睡中苏醒，这才令她迟钝地想起昨儿的事情。

她转了转脚腕，从前受伤时总有这么个习惯性的小动作，这回她以为是筋骨尽断，要当好些时日"破抹布"了，不承想肌肉拉扯间只余了风湿一样的酸痛，骨头好端端的，发出咯吱咯吱的脆响。

螣蛇带走精魂时，仿佛也一并带走了些死气沉沉的旧痛，令她的经脉重生一样通畅。

她抬起右手，犹犹豫豫地摸了一把自个儿的胸，又大又绵软，一个手握不住。

她笑叹一声嘲讽自己，怎的竟以为能恢复未遇螣蛇前的那副身子。

阿音揉着被掐痛的胸脯，面上毫无表情，也不晓得究竟是高兴还是不高兴，正要爬起来，手背却挨着了一缕顺滑的发丝。

她在暗光下眯眼瞧，是阿罗趴在床前，一只手捻着她枕巾边角的毛边，另一只手握着一卷凉透了的帕子。原来她睡着时温暖得令人贪恋的温度来自这个，她伸手要将冰凉的帕子抽出来，动作失了轻重，惊扰了阿罗。

她这一生见过许多人醒来，李十一醒来时要蹙着眉头眯上一会儿，宋十九醒来时习惯性地抬手揉眼睫毛，恩客们醒来时带着残留的酒气，皱着一张脸要反应许久才认得自个儿枕在谁的玉臂上。

唯独阿罗，唯有阿罗，她一睁眼便是一潭清亮的湖水，映着弯月一样倒映着阿音的身影，一点迟疑也没有。

阿罗望着阿音，一张脸仍旧惨白得惊心动魄，可笑起来却胜过一万朵锦重重的花，哑着嗓子问她："醒了？"

"怎的竟趴在床边儿？"阿音枕在枕头上，自下而上地打量她，以她同阿罗的交情，她原本以为自己应当醒在阿罗的身边。

阿罗将帕子搁回铜盆边，轻柔地搭好，未回答她的问题。

阿音慢悠悠地打量她故意放缓的动作，将她的心思拿捏了个透彻，于是弯唇笑了笑，自觉地往后一缩，腾出一人宽的地儿，拍拍枕头，道："缩着蜷着的仔细骨头疼，上来睡。"

阿罗一怔，垂眼望着她。

阿音扑哧一声笑了，将被子一掀："当你姑奶奶我什么人哪？病好了，便翻脸不认人？"

她笑盈盈的，仍旧是从前那个轻浮张扬的模样，好似她向来是这么个活法，螣蛇并未带来什么，自然也未带走什么。

阿罗眉头一动，略带迟疑地解衣裳上了床。云堆似的被褥塌陷，阿罗带着冷香歇在了另一个枕头上，昨儿熬了大夜，她却毫无困意，只睁着工笔画儿似的眉眼想着心事。

她方才刻意同阿音保持距离，生怕自己这个“大夫”令她想起病症，令她不自在，可阿音如此坦荡，倒衬得她束手束脚，十分不大气。

她几时成了这样的人呢？

还是阿音先开了口，她同阿罗一样仰躺着，将两手交叠在腹部，问她：“十一，便是泰山府君？”

阿罗静了片刻，摇头：“十一不是，令蘅是。”她难以描述二者的差异，但总觉得应当有区别。

“令蘅长得同十一像吗？”阿音反手抚摸着枕头，想多听阿罗说一些。言语总能稀释许多东西，所谓聊天聊天，大抵便是聊一聊，天大的事儿也就过去了。

“七分像，嘴唇下巴似我一些。”

“你？”阿音拧起一边眉头。

阿罗笑了笑：“我未同你说过？我是令蘅捏出来的。”

阿音摇头，堆笑的眼里一半是好奇，一半是荒诞。

“我自修神识，有了五感，却未得形体，是令蘅将我塑成如今模样。”阿罗不晓得想起了什么，嘴角轻轻一提。

阿音听得有趣极了，伸出食指点了点她细腻的下巴，又勾上去，沿着鼻端描出优美的弧线。

指头徘徊到唇峰时，她轻笑一声：“如此说来，令蘅的手艺堪比能工巧匠。”岂止，是匠心独运，巧夺天工。

她一时想不起来许多成语，但她笃定最精妙的成语搁在阿罗的眉眼间也不为过。

她的指腹在阿罗的下唇上一压，随即收回来，忽然她虚虚地闭了闭眼睫，望着阿罗安静的侧脸，吐出一句莫名其妙的话：“我从前……是不是见过你？”

这话不需要答案。无论今生，还是前世的一面之缘，自然是有过。但阿音说的似乎不是这个。

阿罗的嘴唇微微张开，心脏像被玻璃罩子罩住，而后有人在外头拎着钢管子轻轻一敲。

她别过脸，同阿音对视，说："是。你那时还说，瞧我好看。"

阿音的鼻翼翕动了两三下，望着阿罗，咬着嘴唇笑了，好似听了一个不大成功的笑话。

"多大的本事呀，那可是阎王啊。"她笑着摇头，将脑袋正回去。

阿罗也笑了，望着房顶的阴影不作声。

又懒了一会子，便听得五钱来敲门，说是午饭好了，请她们下去吃饭。阿罗应了，同阿音一齐梳洗后，护着她下了楼。

几人见阿音无碍自是高兴，一顿饭吃得比年夜饭还热闹些。碗碟见了底，李十一才拭了拭嘴角，同桌上的人说了要去寻狌狌的打算。

"狌狌，在哪里？"涂老幺问。

宋十九道："十一早晨遣纸人去了山神庙，青蛇说，在渝州。"

"好家伙，这远呢。"涂老幺同涂嫂子站起身拾掇碗筷，"几时动身？"

"你同嫂子和四顺留在公馆。"李十一道。

"咋……咋的？"涂老幺将碗摞在桌边，紧张起来，怕不是觉出他实在不中用，往后再不带他了。

李十一笑了笑："此行关乎十九的过往，也不知好坏，许多人跟着去，她不大好意思。"她顿了顿，又添一句，"我们几日便回。"

"嗐！"涂老幺赖笑，寒碜一眼宋十九，"既如此，你涂哥便不去了，有菩萨护着，想来也出不了岔子。"他大手一挥将碗端走，把油腻腻的手一冲便麻利地洗起碗来。

涂嫂子将筷子合成一束，底部在桌子上杵了杵，不大好意思地抿着笑对李十一点了点头。李十一鼻息微动，心领神会地淡淡一笑。

洗过碗，几人又在院子里纳凉打牌，涂老幺输得抓心挠肝，索性蹲在凳子上涨手气。

涂嫂子刚打扫过屋子，正要清扫秋千下的树叶子，举着扫帚经过，顺手给了他一下。

涂老幺“欸”的一声，转过来将牌扔出去，视线追着涂嫂子躬身打扫的背影，又“嘶”一声转过头面向牌桌子。

他蓦地想起了要紧的：“你们走了，留我在这里，有一样我却实在要问明白。”涂老幺伸手码牌，“这院子恁气派，究竟租金几个钱，几时交租，你们同我交个底儿，我好歹备着些，别回头再教人赶了。”

一时风吹云静，两位姑奶奶同五钱竟毫无反应。涂老幺抬眼，见阿罗摸一张牌，轻声道：“我几时说过，这公馆是租的？”

“欸？”涂老幺怔住。

不远处的石阶上摞着一盘新鲜的瓜果同红枣，两位佳人一左一右坐着，旗袍开衩处雪白的大腿晃眼，阿音拈一枚肥肥的枣子，搁到嘴里嚼，眼睛一眯一眯的，惬意得似出了洞的狐狸。

“你说说，姐姐我是什么运气，一桌拢共四个牌搭子，一个阎罗、一个府君，连你也是个有来头的。”阿音含着红枣同身旁的宋十九扯闲篇儿，“我寻思，世事不能这样巧，保不齐，我也是个神仙。”

宋十九一手抱着膝盖，一手撑着下巴，眼神随着那边打牌的动作起起落落。

阿音将胳膊往后一撤，反手撑在身后，乖张地半躺下去，跟着宋十九的视线瞧了一会子，枣核儿顶着口腔上颚，感叹：“真是万万想不到，李十一这闷葫芦，竟也是泰山府的。”

宋十九娇娇一笑。

阿音眼一眯，视线不晓得飘到哪里去了，小声嗤笑：“这泰山府也不晓得是个什么地界，养出来的竟都是这样的。”

宋十九的杏眼风华初生，目光在李十一身上绕一圈，又在阿罗身上绕一圈后，她认同地点点头。

夜幕降临，公馆迎来最后一晚齐聚的安宁。

阿音早早地洗了澡，收拾完行囊将头发一绾，坐在窗边儿撩着领口扇风。门被轻柔地敲响，却是弱柳扶风的阿罗。

她散着头发，亦是梳洗过的样子，环顾阿音屋里一圈，低音沉在月色里：“窗户关严实，被子也盖牢些，你受了伤，别再着凉。”

阿音应了，见她的目光落在自己微微敞着的衣襟上，停了停，而后收回去，轻弯唇角便要告辞，便自窗台上下来，趿拉着拖鞋走过去：“若不放心，一起。”

两人并排躺在一起，阿音溺在这样的踏实感里，哪里也不想去。

喉咙有些痒，阿音絮絮地咳了好几声。阿罗支起身子，越过她将被角掖好，再回身时不经意碰到她的肩膀，躯体相接的一瞬，却蓦地感觉身旁的人一僵。

阿音耳后的汗毛竖起，她一把将阿罗推开，翻身扶住床沿，声嘶力竭地干呕起来。

她的呕吐声在夜晚突兀得刺耳，泪花打湿眼角，胆汁直冲脑门儿，又从喉咙里争先恐后地钻出来，苦得她涕泗横流，恨不得将心脏肚肠掏干净。

几根发丝杂乱地蜷曲在阿罗脸边，她双眼黯然，而后伸手上前，一下一下地抚着她的背。

阿音回头，面上一派凄艳，她红着眼看着阿罗，嘴唇嗫嚅着，但最终却什么也没吐出来，好似她需要的也只是这个呕吐的动作。

阿罗抿嘴，待她平静下来后，握着她的手又躺下，自食指到尾指，又自尾指到食指，来来回回揉捏她的指腹和骨节。

时钟的嘀嗒声中，阿音听见她以温水里浸过一般的声音说："别怕，都过去了。"

手心里出现了微妙的变化，令阿音千疮百孔的心跳得没了章法。她又一次感到面前的人在治愈自己，从前以汤药，这一回以陪伴。

她认真而温情地注视着阿罗，将她苍白的脸上淡淡的粉色瞧了一遍又一遍，最终她哽着喉头，低声问她："你怎么……待我这样好？"

阿罗静静躺着，没有说话。

第三章

不许人间见白头

不许人间见白头

叁

SHI CHEN JUE

01

月影西沉，又是崭新的一日，金乌炫耀一样抖着光，将远行的旅人送上车船。一路荡着水西行，一周有余便至了渝州，烈日总是更偏爱这个地方，空气里尽是风风火火的骄阳味。青石板老码头、砖瓦巷错落楼，这座西南的山城以腊味和烟嗓迎接了她们。

宋十九披着羊绒大衣跟着李十一，好奇地望着蜿蜒石道上的滑竿。大腹便便的老油头或裹着旗袍的娇小姐往上头半躺，被两位套着白褂子的挑夫架起来，长长的竹竿一悠一悠的，滑竿在咯吱咯吱的响声中便爬上了坡。

阿音同阿罗走在后头，二人隔了半个人的身位，低头慢悠悠地走着。渝州的街道窄，阿音时不时被街上的孩童一撞，阿罗伸手扶她一把，又收回手去继续扶着伞。阿音咳一声，嗓子也是娇媚的，却没有别的话。

街边飘来辣油的香味儿，宋十九上前，见巷角摆着一个小摊儿，扁担横在上头，一头挑着炭星子直冒的土灶，上头垒着一锅咕噜翻腾的红汤，八角同花椒桂皮在锅里翻滚，时不时带上一片熟得烂烂的肉片。几位劳工或坐在小马扎上，或蹲在一旁，捧着油碟大快朵颐。

宋十九回头挽住李十一的臂弯，轻轻晃了晃。

李十一心领神会，反手握住她凉凉的五指，摇头："不吃。"

宋十九这几日晕船，肠胃不大好。

见她有些扫兴，李十一抽出手来拍拍她的头："我给你做。"

宋十九看她一眼再无二话，同她往住处走。李十一总是十分明白怎样适时地管教她，怎样令她开心，怎样不动声色地献上潜藏的温情，话不多，却十分在意她的感受。她起初享受并沉溺于这样的温柔，似躺在了水里，可日子久了，她渐渐察觉，这份温柔找不到任何着力点。她蔓藤一样无家可归地攀附着李十一，而李十一亦恰到好处地掌控并拿捏她。她不想问李十一喜欢自己哪一样，她心知每一样她都喜欢，只因她照着她的管教长大，每一样都符合李十一的期望。

她想问李十一不喜欢她哪一样，或同阿音的乖张，或同阿罗的拂逆，或同涂老幺的粗鄙……这些不见得讨人喜欢的特质，偏生组成了独一无二的他们，若有人包容了这份特质，便是全盘接纳了这个人。

宋十九没有短处，她连嫉妒、记恨、暴躁这样的阴暗面都没有，但她同样丧失了自我坚定带来的安全感。尤其是离狴犴愈近，这份不安便愈加分明。

她开始抑制不住地想，自己从前是什么样的，没有李十一的教导，她会有什么样天生地长的特质，当这些特质突兀地重现时，李十一是否还会一如既往地护着她。

厨房里有碎碎的切菜声，刀刃剁在菜板上，比任何音色都来得沉稳。宋十九脱了大衣，靠在门边看李十一。这老式的小楼底层居然有一个窗户明亮的厨房，李十一立在案板前，挽着袖子洗手做羹汤，连垂头略微侧脸的动作都令人心旷神怡。她切菜时习惯稍敛着双目，稍稍抿着双唇，手上的动作很快，切片齐整又均匀。

她感受到宋十九的视线，眼睛仍旧盯着菜，薄唇放开，轻轻呢喃一句：“怎么了？”

一句话没来由地令宋十九心里发酸。这感觉实在莫名其妙，她好似一个做了错事的孩童，还未被面前的人发现，却揣着十二万分的心虚，在对方温柔的呢喃里出神。

李十一未等到她的回应，将动作停下来，略蹙起眉侧脸看她，却猝不及防地怔了一怔。宋十九姣好的身段斜倚在红漆木门框边，手无意识地抚着光滑的玉臂，视线略微往下，双唇分开，又无意识地合拢，片刻她才抬起头来，对李十一莞然一笑——她有心事，并且学会了掩藏。

李十一撑在桌边的手指轻轻一叩，她望着宋十九侧脸的曲线，并未如宋十九所想的开口询问，只轻轻叫了她一声：“十九。”

宋十九的睫毛水波一样向上一荡，她以眼神回应：怎么？

李十一并不分明的笑意融了一半在阳光里，两手仍旧克制地反撑在桌面上，她眨眨眼偏头：“没什么。”只是忽然察觉到她的低落，忽然想要呼唤她。

宋十九低下头，蹭了蹭鞋跟，离开了厨房。

吃过晚饭，几人说了会子话，商定明日入夜后去寻狌狌。连日奔波，大家也没了打牌的心思，好生梳洗了便要歇息。二楼的卧室一片沉寂，偶然能听见邻里婆娘管教子女的尖厉叫声，一楼厨房的门虚掩着，露出一小截瓷白的小腿。

宋十九洗过澡，本要上楼去，扶住栏杆时却顿了顿步子，信步走到厨房里，原本只想喝几口水，目光却落在了房东遗留下的白酒瓶上。她拿来抿了一口，嗓子里火辣辣的，白日的郁结消散了不少，扬手再喝一口，先前的酒淌进了胃里，五脏六腑暖意融融。

她颤着眼皮子将一瓶酒饮到了底，抬手在喉头一按，酒意变得十分沉，从鼻腔里灼热地喷出来，又挂在她不堪重负的睫毛上，晃进轻飘飘的脑子里，令手脚的动作迟缓得似被时间牵住。

她以手背掩住嘴唇，正要抬脚回屋，却觉手腕一紧，撞入一个柔软而清凉的怀抱。李十一拢住她的耳郭，低头拧眉：“做什么？”

左等右等不见人，小姑娘却在厨房里贪杯，醉得迷糊，头都撑不住点在她的胸前。

她叹一口气，将宋十九带上楼。

李十一难得地睡了一回懒觉，醒来时宋十九已拧了帕子敷脸。李十一睁开蒙眬的眼侧头看她，宋十九将敷在额头的帕子挪了一点位置，透过缭绕的热气与她视线相连。李十一收回目光，转回头，美人筋被扯了一下。

宋十九眨了眨眼，往常自己与李十一对视时，往往是招架不住的那个，可这回李十一却退了兵，哪怕她撤退的动作游刃有余。

她将巾帕浸入水里，荡了两三下又拧一把，坐到床边递给李十一。李十一单手接过去，合着眼在太阳穴揉了揉，又搭在眼间按两下，很疲惫地清了下嗓子，然后道：“多谢。”

多谢？宋十九讶异地挑眉，认认真真地看了李十一一眼。此刻的氛围是前所未有地生分，她的脑子里一团糨糊，痛得似涂嫂子将涂四顺卸了货的肚皮，肩膀、脊椎似被人以榔头轻轻敲了一遍，敲得松散又酸胀，连抬手的动作也有些艰难。

她咬着牙根儿将胳膊抬起来，搭到另一侧的肩窝处揉了揉，虽不记得撒了什么酒疯，但思来想去还是先小声认个错：“你别恼，我再不饮酒了。”

李十一叹气，起身下床，行动比往常慢了些，问宋十九：“头还疼吗？”

“疼。”宋十九老实道。

李十一将头发拨到一边，一面穿外套一面低头“唔”了一声，随即道：“下去吧，我熬醒酒汤。”

宋十九点头，也伸手捋了捋头发，也不晓得是不是错觉，她感到李十一的视线些微一顿，而后又转过头神色如常地下了楼。

到了楼下，遇见早起看书的阿罗，却不见阿音，问一旁扫地的五钱，五钱翻出留的条子，说是醒得早，出去吃渝州小面，顺带买几样小菜回来，中午打边炉。

“打边炉，什么意思？”宋十九问。

“粤地话，火锅。”李十一靠在楼梯边，将便条递回给五钱。

宋十九点头，往厨房去：“阿音是粤地人吗？时常听她讲那边的话。”

李十一顿了顿，只道：“不是。”余光不大明显地落到阿罗处，阿罗停下翻书的动作，左手捏着封皮，右手在扉页边轻轻一敲。

02

晨光把错落有致的山城景致装点得十分矛盾，光线被高高低低的建筑物一挡，迂回得仿佛有几分婉约，可未有阻碍的地方，却照耀得直白又坦荡，显出几分豪爽和热情。

不过才住了一日，便有昨儿打过照面的邻里跟拎着小钱包的阿音打招呼，心知她是北边来的，便操着不大像样的官话问她：“幺妹儿，起恁早哇？”

阿音不晓得怎么姑奶奶到了西南便成了幺妹儿，也不晓得跟涂老幺有没有什么关系，但她也不大想计较，寒暄两回，仍旧是悠着小钱包，荡着水蛇腰往前走。她原本并不是勤劳的姑娘，可昨儿个一瞧见这石板路，便有些莫名其妙的回忆涌上，还有莫名的预感。

预感在听见身后人迟疑的“阿音”二字时终于成了真。

阿音回头，见是一个不大高的男人，短头发很是精神，浅色西装材质尚可，下摆同袖口有些皱，倒不妨碍观瞻，看上去平平无奇。一双眼倒是顶好看的，睫毛长极了，漂亮得不该长在男人脸上。

阿音心头一紧，拧起了眉头，问他："您是——"

若是从前，她必定立马堆了笑，甭管认得不认得，上去便是一声爷，但她望着这人激动得略微颤抖的手指同上下滑动的喉结，以及眼里隐约的亮光，总觉得他不是——不应当是恩客。

那人听见她的话，眼神落寞地黯下来，跟吹熄了油灯似的。阿音盯着他的眼睛，忽然一句话便哽在了胸腔。她伸出手，握着绢子在空气中点了点，又收回来抵着下唇，疑道："是你？你是——"

瞳孔里的油灯又亮起来，那人上前两三步说："是，是我呀，阿平！"

阿音琢磨了好一会子，才应道："阿平？"

她上上下下地打量他。是有这么个阿平，从前同师父在南边儿时，他便住隔壁，是个粤家仔，因说着一口鸟语总被几个坏小子欺负。阿音瞧不过眼，替他拿石头砸了几回。阿音性子泼辣，又是个学本事的，那几个小子不敢大小声，便一窝蜂散了，从此这个阿平便跟上了她。

阿音喜上眉梢："这也许多年了不是？你怎么样，好不好？"

"好，好。"阿平低下头，扫一眼沾了些灰的脚头，这么些年他伶牙俐齿了许多，讲话也不大带粤地口音了，可见着阿音，仍旧只有颠三倒四的一两个字。

"你呢，好是不好？"他将西装下摆抻了抻，努力遮掩一些局促。原本以为自己活得足够好，但见着阿音精致的旗袍、分毫不乱的鬓发、妖冶的红唇同白皙的脸颊，忽然发觉十来年的时光并没有改变什么。有的人仰视了，便是要仰视一辈子的。

"我呀，"阿音淡淡笑了笑，嘴角两边堆出小小的括弧，"好，也不好。"

人生四大乐事之一是他乡遇故知，然而在许多时候，久别重逢四个字，逢的并不是面前的旧识，而是被扔在记忆深处的自己。它将那人猝不及防地带到你面前，令你审视许多年的时光，借旁人的口问你一句——你怎么样，过得好不好？

答案通常是怅惘而迷茫的。若说不好，对不住春风得意的脸；若说好，对不住千帆过尽的心。

于是阿音便只撩了撩鬓发，将故事藏在“好”与“不好”的停顿里。

所幸阿平也并未追问，全然沉浸在重逢的喜悦中，将方才买的甜饼塞到阿音手里，又细细问了她住在何处，将她送了回去。

阿音并未推拒什么，只到了巷口止住步子，同他客气地道了别，又悠着钱包回了住处。

老旧的木门推开，迎接她的是阿罗的目光。阿罗搬了个矮凳，坐在院子里择菜，见阿音回来了，也没有别的话说，只将头低下去，不紧不慢地继续手上的动作。

阿音靠在门边儿看她，手上的钱包抵在大腿上，忽然觉得这一幕有些荒唐：话本里头英明神武的阎罗大人，坐在四个腿儿不一边齐的木凳上，面前是脸盆一般大的铁盆，做工不大好，边缘打得歪歪扭扭的，偏偏握着菜的一双手跟艺术品似的，任谁瞧了也舍不得它沾上阳春水。

她别了阿平，望着阿罗，忽然有了穿越一般的不适感，她原本以为，青梅竹马的凡人阿平脚踏实地，萍水相逢的鬼差阎罗天马行空。可她竟然觉得，恰恰相反。

她走过去，也随意钩了个凳子，坐到阿罗旁边，将手窝到小腹上暖着，问她：“怎么做起了这个？”

阿罗道：“你不是说，中午想吃火锅吗？”

阿音一拍脑袋，笑：“竟是忘了，菜也未买。”

阿罗瞧一眼她搁在手边的糕点，未言语。

阿音抿抿嘴，看了一会子她择菜的动作，问她："你平常做饭吗？"

"不做。"阿罗摇头。

阿音埋下头，将揣在小腹上的手腕又收了些，一时竟觉得同她无话可说，可与寻常不同的是，她还不想结束与阿罗的对话。她望着一旁阳光下的身影，柔柔弱弱的，跟小姑娘似的，仿佛你大声一些，便能惹得她难以招架地蹙起眉头。

她想，若她真的只是个小姑娘，自己想要与她说的话，恐怕会多上那么一两句。

阿音将嘴唇松开，忽然问她："你们泰山府的，不老不死，是不是？"

"是。"阿罗道。

"僵尸似的，"阿音笑了笑，低头望着自己的鞋跟儿，半晌轻轻问了一句，"有什么意思呢？"

阿罗停下动作，抬眉看她。

阿音解释："咱们活一遭，为的是稀罕。拢共几十年的活头，自然要紧着省着活，怎么也要活个样子。若是没了尽头，没了生死，没了惧怕，又有什么盼头，有什么好珍视的呢？"

阿罗将头抬起来，定定看了她一会子，而后拿过一旁的帕子细细擦着手，摇头道："惧怕的，原本便不是死亡。"

阿罗蹙眉，听阿罗慢慢道："是失去，是遗忘。害怕失去至亲至爱，害怕失去爱恨情仇，害怕遗忘理应记得的，害怕遗忘想要纪念的。"

死亡不过是将失去与遗忘具象化而已，若死亡不代表终结，便没有任何值得恐惧的地方。

阿音怔怔然，见阿罗望着她，轻声说："我亦在失去，亦在被遗忘，因此同样也惧怕。"

害怕不被选择，害怕不被珍惜，害怕做无用功。

她是有许许多多的时间，也因此滋养出了许许多多的耐心，可这并不代表无穷无尽。她也有疲惫，有忧虑，有厌倦坚持与难以支撑的时候。

阿罗垂下眼，用手将菜捞起来，像在选择此前漫长的岁月。

03

山城的夜黑压压的，天空低得很，被乌云拦腰抱住，白日的喧嚣被诡谲吞噬，将恐吓潜藏在剪纸似的群山中。狌狌潜居在缙云山脉之中，此山乃复式背斜山脉，层峦叠嶂群峰挺立，参天的古木掩映在悬崖峭壁间，险峻而奇美。

竹影婆娑中，四人沿着山脉往上，耳旁是汩汩的溪流声，眼前有碎碎的月影，衬着四人轻快的脚步，踏青一样美妙。

李十一走在最前头，一只手拎着一盏玻璃罩的煤油灯，另一只手伸出去将竹枝挡开，握住凉凉的枝节时习惯性地缓了缓。宋十九亦伸出手拦着，不经意碰到她的手背。

为着方便，宋十九换下了旗袍，穿着李十一从前的黑褂子，宽宽大大的袖口挽了一截，粗壮的辫子拨到一侧，显得人十分娇小，若不是眼角眉梢有了流转的风韵，仿佛才刚刚长成似的。

她跟在李十一身后，便不大留意脚下了，仰头望了望月亮，又低头瞄一眼溪水，忽然往李十一处靠了靠，挨着她的胳膊，小声道:“真浪漫。”

浪漫这个词是她念西洋书时学来的，又译作罗曼蒂克。她不晓得如何形容这种充盈又感怀的心情，话至嘴边便忆起了这么个词。

“怎么？”李十一低头看她，话温润，神情也温润。

宋十九未回答，只念了句诗:“何当共剪西窗烛，却话巴山夜雨时。”

“你再教我。”她抬起头，水亮的眸子望着李十一，“巴山是什么山？”

李十一笑了笑：“缙云山。”

是此刻她们脚下的山。

宋十九满意极了，闪着眼波咬唇一笑。

落后半截的阿音同阿罗走在一处，望着前边两人的背影，话听得零碎，听得她鼓了鼓腮帮子。酸，却不是往常那种针刺儿硌心头的酸，而是文绉绉的醋泡了腮帮子，倒了牙的酸。

阿罗侧头看她，见阿音将眉头一耸，睨她："要不，你也念两句？"

阿罗颇觉好笑："想听什么？"

阿音原本只是驳一句，撞进阿罗认真的眼里，又不大自在起来，她拍了拍阿音的手，清清嗓子扶着竹竿走。

阿罗鼻息一动，弯了弯嘴角，将空落落的手收回来。自螣蛇毒解后，阿音待她总是这样，进一步，退两步，好三日，晾两日。瞧着她时总在琢磨，不瞧她时总是发怔。她没了从前的敞亮，没了从前的大方，没了胡天胡地的无所谓。

阿罗有些失落，她从未怎么同人打过交道，不大懂这些进进退退的迂回。或许，阿音看着她，仍旧会想起从前的荒唐，仍旧没放下心结。

大半夜的在山里头晃悠，见多识广的音大奶奶也忍不住打了个哆嗦，偏偏前头的脚步声附和似的停了下来，呼呼的风声趁机作怪。

"怎么？"阿音到底了解李十一，不必瞧她微锁的眉头，便两三步冲上了前。

"不大对。"李十一抿起唇。她侧耳仔细听了听，有风声、树叶声、溪水声，同她们四个起起落落的呼吸声，却再没有旁的。没有野狗野猫的叫声，没有蛇腹游行的窸窣声，没有熬夜的猫头鹰，连寺庙的木鱼声都停歇了——简而言之，没有任何活物的气息。

李十一有些紧张，攥了攥宋十九的手，正盘算着是否要退回去，却见宋十九手里的灯影一晃，她拎起油灯照着远处，疑惑道："咱们走了许久，那寺庙，怎的还仿佛远在天边？"

身后传来阿罗不确定的声音："这条道……咱们是不是走过？"

左面的溪流有个龙口似的弯，右边一棵横到道上的歪脖子树，前方两三米处的碎石下有一个两掌大的坑，盛着一半的积水，方才阿音险些崴了脚，这才本能地将手递给了她。

阿音将手绢儿一甩，抱臂弯了弯脊背，倒是来了兴致：“鬼打墙？”她媚眼儿一飞，望着阿罗乐了，“你不就是管鬼的吗？你们如何垒墙的，你倒是说说？”

阿罗垂下眼帘不答，阿音追着她：“你不会？”脖子晃两下，“啧啧”两声，失望得很。

阿罗听明白了，她在嫌弃自个儿差劲。

倒是一个神出鬼没的男嗓出了声：“这下三烂的，大人自是不必学。”

阿音肩头一抖，捂着胸口回头看五钱，跟见了鬼似的：“你几时在？”

“我一直在。”五钱无奈。

阿音干笑两声，正要说道两句，便听前头李十一轻声问五钱：“方便尿个尿吗？”

“噗！”阿音没忍住，乐得花枝乱颤。

阿罗同宋十九面面相觑，五钱惨白一张脸，难以置信地望着李十一：“府……十一姐？”

李十一解释：“‘鬼打墙’并不难解，抽根烟或者撒个尿便可破。”她抬了抬胳膊，袖子里头露出一管长长的烟杆子，“我虽有它，却没备着寻常的烟丝，若点上这烟，怕更是招魂。”

她的眼睑冷淡而有礼地落下来：“有劳。”

李十一难得说这许多话，若算上令蘅大人的身份，更是天大的脸面，五钱哪敢不从，两三下从呆若木鸡的状态中回过神来，清清喉咙同阿罗对视一眼，脸臊得同煮熟的虾似的，却仍是端着身份恭谨地点点头，转身行到竹林深处。

有解衣裳的布料摩擦声，而后传来淅淅沥沥的水声，宋十九有些尴尬，将头埋在李十一颈窝里，阿音噙着笑瞄阿罗一眼，晃晃脑袋自在得很。

又候了一会子，响起沉稳的脚步声，五钱自那头走过来，埋着头蹲到溪边洗手。

李十一正要开口叫众人跟着她，乍然一声石破天惊的巨响，在苍老而威严的呵斥声中，风褪去柔情的壳子，利刃一般穿过竹影袭来。落叶被卷起，刀片似的往脸上刮，蛇虫鼠蚁风干的尸体裹挟其中，自脚腕上掠过。

乱作的狂风敲得人心头警铃大震，几人暗道不好。阿音看向李十一，却见她掌着宋十九的肩头轻轻一推，将人搡进阿音怀里，随后足尖用力，足跟一提，身轻如燕地跳起来，往后一翻半跪在地。

地上有横扫过的痕迹，李十一白如冷玉的脚腕上被划出一道触目惊心的血痕。

阿音心头一缩，见紧贴着地面的地方，一根白木制的长杆飞速袭来，杆头是带刃的弯钩，清月似的泛着冷光，钩头有新鲜的血迹，正是方才自李十一脚腕处偷来。

“阿罗！”李十一顾不得许多，只低低唤了一声。

阿罗眼疾耳明，仔细辨别地面伸伸缩缩的长杆，指挥几人躲避偷袭。

李十一挪到巨石前方，将背抵住，看准时机掏出烟管，趁弯钩进攻时往地上一杵，正卡在铁钩上，而后一格一撬，将其弹离地面。紧接着她躬身跃起，左手握住竹竿用力一拉，一柄足有二人高的长枪便现出了全貌。

李十一这一招仿佛令偷袭之人措手不及，竹林间瞬间没了动静。

她将手一松，长杆砸在地上，碰出沉闷的声响。宋十九拎着灯上前瞧，仿佛是白蜡树制的杆子，杆的尽头却只是一堆绿叶，如散了架的铠甲似的堆作一团，被风吹得零零散散，飞舞得十分不甘心。

李十一能驱纸人，自然知道这样的御物伎俩不算新鲜，奇却奇在这绿叶兵训练有素、进退得宜，且力大无比。这长杆寻常士兵操纵亦有些困难，更遑论是单薄如纸的树叶。她正仔细琢磨，却见那一堆叶子如死灰复燃一样动了动，仿佛被注入了什么神识，迅速起立塑成人形，握住长杆往回一拉，反转枪头拼死往下砸。李十一后退两步，将宋十九护住，阿音同阿罗亦飞快散开，泥地隐隐震动，一个碗大的窝显现出来，底层的岩石被磕碰，溅出零星的火星子。

李十一抬眼看去，长枪的另一头却是拳头大的铁环，坚硬无匹，堪比重锤。

缩回的弯钩锁住阿音的衣角，“刺啦”一声划破，随即便消失得无影无踪。

阿罗将阿音裹入怀里，长衫一遮掩住突围而出的春光，垂了眼帘对李十一道：“唤木兰吗？”

李十一下意识地回手摸了一把腰间的神荼令，想了想却未动，只摇头。她抬眼望了望天色，云开雾散，月明星晰，耳边也有了飞鸟惊枝的扑棱声，于是她低声道：“方才五钱的动作仿佛有了效用，咱们先下山。”

这里头有蹊跷，绿叶兵虽下手不留情，行动却有章法，她直觉并非丧心病狂的恶鬼，况且这地界关系到知晓十九身世的狌狌，便不大想动用魂策军。

阿罗颔首，扶住阿音，示意五钱开路。

李十一快速地交代：“沿溪流往北走，遇十字口往右转，转三回至原地，而后反身而行，可出阵。”

五钱受命，带领众人下山。宋十九安静地站在李十一身侧，缓慢地眨了眨眼，忽而心有所感地回头，望向竹林深处。

04

猫啼和狗叫将深夜撵走，天空隐隐透出鱼肚白，几人自缙云山回到小楼中，咯吱咯吱的老式楼梯分外激动，上上下下地迎来送往几回，才舍得安静下。

月色被帘子遮了一半，似有了灵性的追光，打在莹白的小腿上，李十一屈腿坐在床边，低眉望着宋十九将绷带一圈圈地缠在自己脚腕的伤口上。

少女的指尖轻柔地抚在脚踝上，李十一将视线抬起来，挪到宋十九的脸上，她记不起自己上一回被照顾是什么时候了。阿音不会因这小伤大气儿不敢出，师父更是不拿正眼瞧，只有宋十九，将她的头发丝儿瞧得比天大，认真地一丝不苟地咬着下唇。

李十一的耳后有些发烫，她奇妙地感觉到“在意”这一虚无缥缈的东西在宋十九指尖的进退里成了形，同她初学的舞步一样，笨拙却令人着迷。

在李十一数十年的行走中，有人对她痴迷，有人为她付出，甚至有人为她不计性命地牺牲，可没有一个人像宋十九这样。

这点在意时常令她手足无措。

她于是将宋十九的手拉起来，轻声道：“好了。”

她不是矫情的姑娘，可她有意无意地令宋十九多绕了一圈。

宋十九任由她拽着自己的手，眼神仍旧黏在纱布上，忽然道：“若我从前不大好，你千万原谅我。”

“怎么？”李十一抿唇。

宋十九罕见地皱了皱眉，她难以形容此刻的惴惴不安，可也不是很想在李十一面前克制，于是她小小地呼出一口气，抬眼道：“我总觉得，今日之事，同我有关联。”

她这几日总是做梦，梦见夏姬说——九大人笑了。九大人笑着看向夏姬，将她剥离的岁月残忍地加倍偿还给了她。

她该是个什么样的人呢？绝情，狠厉，轻狂，还是乖张？无论哪一种，都令宋十九无法想象。她像一个患了失忆症的病人，无从选择，避无可避，即将面对从前的人生。

李十一想了想，却露出了一个不大明显的酒窝："你要怎样请罪呢？"

宋十九一愣，黑白分明的杏眼望着她。

李十一的脸上没有多余的神色，只淡淡道："阿罗同我说，黄泉边的花开得不大好时，令蘅也时常不爽快，而后侍花鬼吏便会捧上最盛的来请罪。你说，请罪时，他会说什么呢？"

"说什么？"

李十一抬眼直视她，嘴唇动了动，是无声的四个字。

宋十九瞬间瞪大了眼，张了张口却又不知该说什么。

李十一将她的反应尽收眼底，而后浮动鼻息笑了，摇头道："事实是，我也不晓得。"她以不疾不徐的语气抚慰宋十九，"常言道：昨日种种，譬如昨日死；今日种种，譬如今日生。我是我，不是令蘅；你是十九，也不是旁的。"

宋十九在她的话语里将心渐渐安下来，头一低枕到她的膝盖上，长发倾泻而下，晃晃悠悠地扫在小腿上。

夜熬得久了，再困也睡不着，酒气伴着略显嘈杂的人声自楼下飘来，阿音同五钱压着嗓子划拳，吆五喝六地轮了一回，也不拘输赢了，各自捧着酒壶灌。

阿音趿拉着拖鞋坐在门边儿，望着小解归来的五钱，想起先前李十一的吩咐，忽然来了兴致："我问你，你的回龙汤作用这样快，是童子尿不是？"

五钱一怔，好一会子才撩了袍子坐下，只觉得夜深人静时阿音的嗓门实在大，很是尴尬地皱了皱眉，才道："不是。"

"不是？"阿音诧异，上下打量他一番，"有故事。"

五钱摇头："没什么故事。宋朝时遇见了一位姑娘，是个绣娘，针线活做得十分漂亮，右脸上有个酒窝。"

他低着头，仍旧是不起眼的样子。说是没什么故事，提及那人时上下牙却不由自主地多撞出了几个字。

"后来呢？"阿音性子急，总忍不住搭上一两句。

五钱又适时地停顿了片刻，道："她被城中大户瞧上后，要我娶她，我便向她坦白身份，她知晓我是鬼差，以为早入黄泉便能长相厮守，便自个儿饮了毒。"

阿音倒吸一口凉气，五钱舔了舔下唇，右手有一搭没一搭地抠着左手食指的死皮。

"她做了鬼，也不成吗？"如今五钱孑然一身，不必细想便知结果，阿音看向他的眼神不由带上几分怜悯。

五钱闷声摇头，阿音追问："你同阿罗有交情，想来令蘅也器重你，求娶个把小鬼，竟不成？"

五钱埋头："浮提大人之上有府君大人，府君大人之上，有府间籍。"

混沌之下，有不老不死之神，众神掌人、鬼、兽三界。女娲和伏羲共掌人界，鬼君令蘅掌鬼界，限制人鬼二界职能的，便是府间籍。

"府间籍书写人类生老病死，书尽后方能魂归泰山，若鬼界擅改人之死期，将人变作了鬼，便是越了界。她原本要嫁与赵老爷做小妾，生三子一女，享三十六年富贵命格，却因我提前赴死。"

"府间籍判她，"五钱的下颌骨动了动，"于泰山府底无间狱，推二百七十八年石磨，磨尽爱恨嗔痴，方入轮回。"

阿音的心里咯吱咯吱地动，仿佛听见了石磨转动的声音，那磨用她的经脉套着，碾压她的肋骨，将她微小的希冀碾得七零八碎的。她翕动了两三下鼻翼，一时未回过神来。

她的神情有些恍惚，低声喃喃：“那你呢？”

那么，泰山府的鬼差呢？

“我被剥夺了面皮。”五钱道。

阿音瞪眼，桃花眼里满是胆战心惊。

“我原本不是这么个相貌，被剥夺了面皮后，便只剩一张令人毫无印象的脸，寻常人见了记不住，她见了也认不得。”五钱咧嘴笑了笑，“你此刻闭上眼，晓不晓得我的脸是圆是方，眼皮是单还是双？”

五钱难得说这许多话。自相貌隐匿了之后，他的存在感也一并消失了，话也愈发少，如今话说得磕磕绊绊的，一个字儿一个字儿往阿音耳朵里蹦，吵得她的脑仁嗡嗡作响，千丝万缕怎样也拼凑不起来。

她不由自主地挪了挪视线，将其搁到石板地上，勉力想了想，脑中竟全然没有五钱的模样。她心头大骇，猛然转头凝视着他，好似要将他的眉目不服输地记住。

五钱平凡的眉眼微微颤动，他无声地笑了笑，笑起来也没有旁人的鲜活，只似一张死气沉沉的树皮。

阿音的眉头扭曲而怔忡地拧着，不晓得想起了什么，肩膀略微一晃。

第二日烈阳高悬，日光落到地面时却不剩什么温度，阿音好似仍未自昨夜的震惊中回过神来，直到街头卖糯米麻糖的响器丁零一敲，才将她唤回了神。

她颇感新鲜地走上前去，背着背篓的老大爷一手执着弯曲的钢铁板子，一手拿着一个小锤往上砸，见吸引了来客，颇有眼力见儿地将背篓拿下来，拨开上头遮掩的糖纸，显出一大片乳白的糖糕。

阿音弯下身去，瞧那甜香乍起的糖块，正踌躇间，听得一旁的男声道：“来一块。”

阿平俯身对她一笑，仍是前日那身有些褶皱的西装。

老大爷喜气洋洋地应了，拿手上的响器做了铲子，配合小锤将麻糖轻轻敲下一小块，裹着气泡的硬糖脆生生的，由钢铁的寒气一绕，更显得冰凉沁人。阿音扫一眼老大爷在深秋里冻得皴裂的手，道："就这些了，包起来吧。"

大爷将糖用报纸包了，叠得方方正正的递过来，接过阿平的钱，这才背上背篓继续走街串巷。

"喝咖啡？"阿平说。

咖啡厅里并不暖，好似还比外头凉上一些，南方总是如此，天冷时屋里屋外没什么区别，阿音想起北方的热炕，总烧得人脸红彤彤的。

阿平的话语跟从前一样琐碎，颠来倒去地讲了许多见闻，好似要将自己与阿音这些年的分别填满似的。阿音望着他的嘴，忽然觉得这些平淡的经历也不错，那是他话语的出口，却又似另一个世界的入口，那个世界没什么奇闻轶事，没一点跌宕起伏，只存在于这个男人连重音都没有的叙述里。

男人她见得太多，自然明白阿平耐着性子同她说这许多是因着什么，她甚至还在他的双眼里瞧出了一些失而复得与如愿以偿的激动。

可让她恍惚的却是，她也不太明白自己为什么花费时间听他说这些无聊的话。她心里蠢蠢欲动的疲惫和向往在作祟，她开始梳理自己一塌糊涂的人生，自六岁起她便开始漂泊，永远不晓得下一岁在哪里度过，可阿平令她能一眼看到头，看到一院三餐，甚至几个绕膝的孩童。

阿音从前跟着一个居无定所的李十一，后来遇上了一个自泰山府来的阿罗，如今她对着的，却是一杯温水一样一眼尽窥的平凡。

阿平讲得有些热，额头上沁出了细细密密的汗珠，他掏出手帕擦了擦，又揣回去，终于开始问阿音："你到这里，是为着什么呢？"

阿音的眼神儿懒洋洋地一绕，肩膀歪歪斜斜地靠在沙发背上，她漫不经心道："原本要上缙云山，找一样东西。"

"缙云山？"阿平却陡然变了脸色。

"怎么？"阿音斜眼看他。

阿平又擦了一把汗："这山我前两年去过，十分邪乎。"

阿音拧眉，李十一尚且遭了暗算，他这手无缚鸡之力的模样，竟能从那山上下来？

阿平道："前两年我刚到渝州时，便歇在缙云山脚下，一日入了那山里一老墓，竟霎时觉得天旋地转昏死过去，待我醒来时便躺在洞外，我急忙下了山，再未上去过。"

"老墓？"阿音重复。

"是，"阿平点头，回忆了一番，"在缙云山西南面，山脚往上不远处。"

阿音咬唇思量几秒，起身拎起大衣套上，从手包里摸了几块银币搁到桌上，趁阿平还未张口时堵了他的话："糖你请，咖啡我请。"

"多谢。"她扬扬眉头，踏着鞋跟儿施施然离去。

05

阿音回来时，桌上的午饭吃到一半，阿音去厨房盛了一小碗白米，一面夹菜一面同李十一讲述缙云山老墓一事。众人没什么言语地听了，唯独阿罗在"阿平"二字蹦出来时停下筷子，深深看了阿音一眼。

用过饭，李十一未交代下一步便回了屋，掩门筹备了一整日。第二日她只在房内简单用了几个馒头，待天边布上彩霞，才撑着略肿的眼皮子自里头出来，手揣在裤兜里小步颠着下了楼，身后跟着轻装简行的宋十九。

阿罗在晚霞的余光里听戏，留声机一圈一圈地转，咿咿呀呀的唱腔吊着她温软的目光。李十一抬步走过去，环绕半圈："阿音呢？"

五钱在桌边翻着一本兵书："同阿平先生吃饭去了。"

阿罗抿了抿苍白的嘴唇，抬眸看向李十一："要上山？"她顿了顿，又道，"她大抵不晓得你要白日去。"她不知自己为何鬼使神差地替阿音解释了一句，这话在李十一同阿音的关系里显得有些多余，也衬得她自己有些多余。

李十一拧了拧眉头，眨了两下眼，最终未说什么，只问阿罗："你去？"

阿罗以手支着下巴，忖了忖，道："如今神荼令在你手里，我是不起什么功用了。"她的眼神落寞地沉下去，"我等她。"

李十一动了动嘴皮子，而后封闭了唇线，无风无浪地"唔"一声，越过她要往外走。影子掠过阿罗面上时，她听见阿罗以极低的声音唤了一句："阿蘅。"李十一停住步子，阿罗什么也没说，又将身子缩进太师椅里，侧耳认真地听着曲子，但李十一极其敏感地察觉到了她的不安，却未将手抽出来做什么安慰性的动作，只回了一声："嗯。"

她未再否认令蘅的身份，阿罗踏实了许多，目送李十一长腿一迈，同宋十九前后踏出门槛。古老的小楼又静了下来，戏曲的唱腔华丽而荒唐，嗓音将几百年的岁月吊起来，一层层拔高，停在情意的最顶端。

白日的缙云山雾气缭绕，好似有人打翻了盛着云雾的容器，雾气散乱地充盈在林间。李十一同宋十九按着阿平的指引，避开昨日布有阴阵的地方，沿小路直往西南面去。李十一一面走，一面在路上做了标记，确认未走回头路，又依着记号转了一小圈，往风水上佳处寻去，终于在一弯横水前找着了阿平口中的墓穴。

说是老墓，却是一个杂草掩映的山洞，洞外横着一人高的巨石，石下是一汪泥泞的水凼，足有一人高的草秆在水中挺立，守卫兵似的驻扎在洞口。

李十一自靴子里掏出一把匕首，利落地将野草薅了砍尽，再同宋十九合力将巨石推开，只推了一道小缝，两人便闪身进去。“嚓”一声硫黄味儿乍起，火折子将小小的简易火把点燃，微弱的光线在石壁间亮起。

南方到底不一样，石缝里干燥得很，洞十分小，也异常简陋，没什么甬道同壁龛，一旁好似塌过方，零零碎碎堆着些石子，里头却是一个乡葬形式的黄土坟包，突兀而抢眼地杵在洞穴正中央。坟前没有墓碑，甚至连块木牌也没有，孤零零地凸起，诡异而悲凉。

无名无姓无生平，这样的孤坟在乡野里十分常见，可这一座立在着意掩藏的山洞里，坚硬的石壁似成了陈列室，钢铁一样的色泽像极了围守它的铠甲，甚至连呜呜的风声也成了心有戚戚然的绝唱，草木是它唯一的装饰品，又是唯一的陪葬品。

巨大的悲怆感自坟上袭来，打在李十一肩头，令她不由自主地停下步子。宋十九望着那坟，神情却空落落的，右手不自觉地抚着左肩，指头往背上摸了一把。

方才进来时，她好似听见泡沫破裂一样“嘭”的一小声，有什么东西自她进来时撕了个口子，而后沿着她的身体潮水一样退去。

她瞧见李十一上前，至坟头蹲下，依着火光观察了一小会儿，又伸手拈了一把黄土，而后招手让她过去，将火把交给她，低头自袖管里将烟杆子抽出来，塞入烟丝，熟练地点上。

勾魂夺魄的烟雾似被抽出的线，在孤坟上方招揽过往。

李十一不想开棺，只屈指在黄土边一叩，问它：“何处来？”

这孤坟许久未同人交谈，连烟雾也拼凑得十分艰难，李十一等得极有耐心，在它懵懵懂懂之时，又伸手轻轻叩了一下。被笃笃叩响的是坟土，是掩埋其中的棺木，亦是数载不肯退却的坚守。

叩棺门，问三声，一问何处来，二问何处往，三问缘何石洞掩孤坟，凄凄草木深。

它终于答："万历二年，忠州。"

忠州？宋十九想了想，是如今的渝州忠县。

"何处往？"

棺木沉默。

李十一疑窦丛生，依照规矩，她仅能提三问，她望着直直的烟雾犹豫了一会儿，又沉声问道："何处往？"

烟雾似被拐杖打了一下，迅速地颤了个弯儿，而后又是骇人的沉默。

眼见一杆烟要烧尽，宋十九才小声问道："什么意思？"

李十一缓慢地吐出一口气，伸手将烟杆子拿回来，在地面上垂手一磕，抖落多余的烟丝，低声道："魂无归处。"

"魂无归处？"宋十九抽着冷气重复一遍，话音刚落，忽见地面飞沙走石，堆在一旁的碎石弹珠般滚动起来，急速往洞口堵去。

李十一眼神一凛，一把攥住宋十九的手腕往外奔，在洞口被封住之前堪堪滚出去，棉布衣裳在泥里一滚，泥点子溅到薄胎瓷似的脸上。宋十九后怕地望着被碎石掩得牢实的洞口，伸手将护着自己的李十一拉起来，捏着袖子给她擦拭脸上的泥点。

二人未来得及好生喘口气，丛林间又响起窸窸窣窣的声音。李十一抬头，见天已擦黑，原本明亮而繁多的星子被乌云罩住，阴森鬼气自四面八方蔓延过来。

眼熟的白杆蛇腹游行一般穿梭在地面上，带起翻飞的落叶，李十一却并未与其正面交锋，只连同宋十九一起藏身到两块相连的奇石中间，敛住呼吸掩好行踪。

那白杆探了几回，好似没找到方向，无头苍蝇一般在空气中戳了两三下，便缓下动作。

万籁俱静，林子似凝在墨块里，无声无息，李十一侧着身子打量一眼，右手自裤兜里掏出一把物件儿，扔在草地里，像石子儿一样往远处跳。

叶兵在树影里仔细地探寻，它们无眼又无鼻，唯独被风声滋养过的脉络有聆听的本领，山水以毫无响动的沉默作为辅助，以便于它们迅速辨别闯入者的气息。

东南面忽闻一阵哗啦啦的脆响，短暂的停顿后，有人吹起悠扬而尖锐的哨子，那哨声轻快而短促，偏偏尾音拖了几个拍子，是似有若无的引诱，又仿佛是不屑一顾的挑衅。训练有素的叶兵一个疾行，白杆的利刃比人的思绪更快，一探一钩，扯落一根强韧的枝条。

叶兵扑了个空，哨声却未停止，又在更近处响起。

宋十九一愣，扒拉着石头往右面一瞧，却见李十一惯常用的纸人儿正躺在树叶上，双手枕在脑后，二郎腿一晃一晃的，优哉游哉地哼着小曲儿。未几，它翻身而起，一跃躲过偷袭的弯钩，跳至更高的枝丫上，荡了个漂亮的秋千，而后对上宋十九惊诧的目光，有礼貌地问了个好。

“哇。”宋十九无声地张了张嘴，对灵活的纸人儿单眨右眼，送上由衷的赞许。

后脑被轻轻一拍，宋十九缩回来，对上李十一老神在在的挑眉，动动脖子抱住她的手臂，悄声问她：“你几时做的？”

口哨声此起彼伏，四下嘈嘈切切，引得叶兵方寸大乱。

“你睡觉时。”李十一道。

这样勤勉呀。宋十九有些不好意思，将头靠在石头上，眼睛里也汪着水似的，很有几分崇拜地荡在里面。

李十一对如此直白的嘉许有点受不住，抿了抿嘴唇，将几分愉悦藏进眼里。

宋十九探头又望了望，问她：“如何想到的？”

李十一道：“昨日那招我师父留下的古籍里有，傀儡术，草木皆兵。”

叶兵虽能听指令，却没什么思想，以傀儡反制，声东击西便可令其难以招架。

“那你这招呢？”

“风声鹤唳。”

连名字都这样好，宋十九心里的小人儿不由自主鼓起了掌，但她到底是长大了，面上并未表现出什么来，清了清嗓子要接话，却忽有疾风袭来，鞭至近前。李十一蹙眉，正要转身应敌，手腕却蓦然被攥紧，猝不及防撞进一个清香盈袖的怀抱，一双微凉的手轻柔地按住她的后脑勺，令她牢牢靠在了对方的肩上。

李十一稍一顿，随即便在熟悉的气息中放松下来。她配合地埋着头，余光瞟见宋十九一手将自己揽住，另一手推出一掌，对着正面行进的叶兵屈了屈五指，脸一偏，微微一顿，袭击便戛然而止，似被生生掐断的乐章。

风停沙静，宋十九睁开半眯的双眸，不顾被定住的叶兵，只将李十一放开，压制住突突的心跳看着她，继而收回手扶住石壁，瞄一眼李十一平静如水的面庞，轻声道：“这一招，我也练了许久。”

宋十九背后的发丝无风自动，扬起浅浅的弧度，她周身镀上了冷凝的月光，散发着余留的美艳，可她小鹿似的神色里却透出显而易见的紧张，好似呈上试卷后忐忑地等待先生评阅的学生。

她心知自己未必有本事同李十一并肩，但既然决意要做同路人，便要勉力将追赶的步子迈得大一些。

李十一将小鹿的心思揣摩了十成十，于是眨眼莞尔，温声问：“这一招，叫什么？”

宋十九一愣，很老实：“未想过。”

李十一勾了勾嘴角，还未出言，便听丛林那头响起苍老而厚重的声音：“无知小儿，戏弄老身！”

李十一的笑意凝在脸上，她同宋十九对视一眼，而后敛容起身，望向树丛深处。

数百年如一日的月光下，立着一个青松般的剪影，腰背很直，脖颈却被年岁压弯了。尽管精神矍铄，脸上遍布的皱纹和满头泛光的银丝却似年轮一样显示着岁月的印记。老人身着铠甲，拄着一杆同叶兵手里一般无二的白杆枪，锐利的目光刺在李十一脸上。

李十一望着她，却好似望见了金戈铁马、万箭齐发。

她上前低声一叹："秦将军。"

距离过于远，她们仅能望见老妪零散的发丝在空中一颤。她太老了，老得连头发也不愿依附她，背离了未簪紧的发髻，争先恐后地飞出来品尝年轻的晚风。

李十一的步伐缓慢而郑重，令蘅的魂灵同她叠在一处，骨血里散出神惧鬼怕的威势，黑夜是她最好的臣民，替她挽起诸人回避的旒帘。

"你……"秦将军出了声，嗓子哑得似刮花玻璃般刺耳，却偏偏要将气声勉力扬起来，维持传世将领的声威。

"你认得老身？"她的声音不大，说话时习惯性地拄了一下白杆枪。

李十一停下步子："学就四川作阵图，鸳鸯袖里握兵符。由来巾帼甘心受，何必将军是丈夫。蜀锦征袍自剪成，桃花马上请长缨。世间多少奇男子，谁肯沙上万里行。"

——桃花马，白蜡枪，大明女将，秦良玉。

明思宗为秦良玉御赐之诗自李十一口中念出来，口气清朗得似拂去了厚重乌云的晴空，可她冷淡的呼吸同绵长的目光又攥住了时间的齿轮，将对面的老妪迎回风华正茂的往昔。

老妇不记得自己与这首诗阔别了多少年，前尘往事乍然入耳，一腔未凉的热血冲上喉头，令她身形一晃，声音沉下来："皇上……"

李十一的猜测被印证，将眼神落在她握枪的手上，那手似粗糙的树皮，被削薄了粘贴在骨头上，经脉像山架一样撑起，两旁是干涸的沟壑。

她用力地握着枪，虎口的茧子被压得发白。

李十一便是从这柄枪上确认了秦良玉的身份。白木为杆，上配弯钩，下连铁环，挥舞刺敌，落地砍马——这白杆兵便为秦良玉所创，神勇无匹，屡战屡胜。

“将军自幼习阵练兵，能骑善射，更是率白杆兵出奇制胜，屡立战功。深入敌阵剿灭悍匪，平播一战远近闻名。后金入侵，将军忠肝义胆，散尽家财筹措军饷，北上援辽，令大明反败为胜，八旗闻风丧胆。”

九死一生的浴血厮杀化作寥寥数语，金戈铁马被尸布一裹风干成黄沙。老妇抬了抬头，她实在力不从心，眼睛仅能模模糊糊地装进李十一的身形，可即便只是一个剪影，也是年轻而风流的，衬得她依着长枪的身姿似一个狐假虎威的笑话。

年轻时它是她手中的游龙，威风凛凛所向披靡；此刻它是她的拐杖，将她从黄土中支起来，承载她未尽的抱负与忠贞。

李十一没有忽略她浑浊的眼里闪动的晶莹，给了足够的时间后，又续言道：“将军中年丧夫，子兄殉国，满门忠烈；天命之年提枪上马，连收四城，解京城之围；清军入关，崇祯自缢，将军年逾花甲仍挂帅杀敌，拼死守石柱。”

李十一未说下去，只长叹一声，嗓音轻得如夜露滴在石上：“将军戎马一生，何故在此呢？”

伤感突如其来，或许只因李十一注意到了老妇稍稍偏头的小动作。昔日的耳聪目明被岁月侵蚀得只剩个壳子，令她要吃力地将右耳递上前，才能将李十一的话听个完整。

李十一于是上前了几步，将自己同老妇的距离缩短了些。

她瞧见老妇的眼神渐渐明晰，也不知是吹干了眼眶里的湿润，还是找回了偷跑的理智，惊诧而严厉地皱起眉头，顾不上回答李十一的问题，只惊道：“你这是什么模样？！”老妇后退一小步，颤巍巍地立住，而后防备性地将长枪对准了李十一。

李十一蹙眉，身边响起轻巧的脚步声，宋十九亦上前来，拉住李十一的手，同她对视一眼。

老妇手里的枪颤了颤，将落未落地在空中画了个圈儿，若是旁人，恐怕早便掉了下去，可她仅允许自己松了松力道，胸腔剧烈起伏，颤着声儿唤了一句："九……九大人？"她激动万分，仿佛攀住了救命的稻草，又好似在虔诚地参拜，希望给她暮气沉沉的面色打了蜡，令她一瞬鲜活起来。

她抖着手撩起袍角，竟屈膝俯身要跪下去，宋十九被吓了一跳，忙上前攀住她的胳膊将其拦下，她的手扣在宋十九腕间，攥得紧紧的，阴气将宋十九的骨骼冻得冰凉。

老妇努力伸着眉头，将眼里的光亮展现得更加明显，宋十九却好似被一条巨蟒扼住了咽喉，呼吸堵塞，半个字也吐不出来。她求助地望向李十一，李十一对她安抚性地点了点头，上前站到她身边，开口将老妇唤回了神。

老妇抑制住激动的情绪，扶着长枪站定，自上而下打量李十一一遍，疑道："你既是九大人的好友，又为何问我何故在此？"

她看向宋十九，宋十九的不安又生出来，可她不愿意总是依赖李十一，便小声道："我失忆了。"

"失忆？"老妇喃喃，未几又动了动嘴皮，好似想要说什么。

李十一扶住她："坐下说吧。"

二人将老妇搀扶到一旁的石墩上坐下，斑驳的树影投到她脸上，似剥落的墙皮。她喘了喘气，喉咙处的皮肤贴得紧紧的，片刻才动动眼珠子，回忆道："老身七十五时于马上坠下，滚落山崖，奄奄一息时遇见了九大人。想来是我死守社稷，壮志未酬，心有不甘，这才感动上天，令九大人下凡助我。"

“九大人袍角生风，行走时一旁的花草皆止了摇摆，她自山谷尽头走来，我便知她与旁人不同。于是拼着一口气，对九大人叩头，求她救我性命，若不驱逐鞑虏，我死不瞑目。

“九大人深受震动，思索几番后便道可助我长生，只是毕竟有违天命，需将我迁入缙云山，不得与外人交谈，以免泄露天机。我便潜心隐居，日夜钻研傀儡术，以叶为兵，只待他日清兵再来犯，以叶兵抗之，不伤我一臣一卒，也教那清兵招架不能。”她缓慢地嘶声说着，最后将叹息咽回喉头。

她细细抚摸着宋十九的手背，道：“也不知过了几年了，这清兵竟没了动静。九大人此番来，是我可以出山了吗？”

她说一句，宋十九的脸便白一寸，到最后几无血色，她的牙关剧烈地抖起来，只有死死咬住下唇，才能克制住一些如坠冰窟的冷意。

“几年？”她感到自己的鸡皮疙瘩自小腿处像蔓藤一样攀爬，冲上她秀丽的脖颈，她成了浪潮中窒息的溺水者，溺住她的是自己铺天盖地的罪恶感。

她紧紧反握住老妇冰凉的手，转头望向李十一。

李十一不消片刻便明白了她想要问什么，只能无奈而残忍地告诉她：“若人活着，问棺便问不出一个字。”

宋十九的鼻翼猛烈地一抽，酸楚难以自控地在眼底汇聚成形。她什么都明白了，山脚的老墓，无字无碑的孤坟，“魂无归处”的答案，还有被时光抛弃了的老将军。

“您已经去世了。”耳旁响起的是李十一镇定而轻柔的嗓音。

老妇一怔，疑惑的神色填满皱纹，而后她嗫嚅了几回，最终选择不发一言等待真相。宋十九这才神思恍惚地抬起头来，说：“九……我，我并非让您长生至今，而是抹去了您关于死亡的记忆，而后停住了您死后的时间。”

旁人未必知道她说出那个“我”字时需要多大的勇气，她感到自己的四肢百骸前所未有地酸软，也前所未有地想要承担。她亦明白了为什么自己入洞时会有别样的感觉，她应当是以秦良玉的坟墓为法阵，将其死亡的记忆封存在了洞内，迈入洞口时，熟悉的术法波动是提醒，也是回归。

她心酸极了，也害怕极了，她很想扑进李十一的怀里不管不顾地大哭一场，问她信不信自个儿当初一定是因为老将军的哀求心生不忍，才出此下策替她掩耳盗铃。可她终究未再任性，只是将自己细小的颈椎弯下去，以沉默的剪影与李十一相对。

可怕的死寂后，老妇将握着宋十九的手放开，抬了抬，而后又略显慌张地握住了白杆枪。长枪在手，令她寻回了些踏实感，她面上一派平静，未责难什么，也未归罪什么，只又看了一眼李十一，问她：“方才我问你是什么模样，你……能同我说说吗？”

她在这山中困得太久，寻常人误闯禁地，会顺着鬼打墙绕出去，抑或被叶兵吓破胆飞似的逃下山，从未有与她打照面的机会，以至于如今，她才见着这两个如此着装的人。

李十一聪慧地明白了老妇的言下之意，她将薄唇一抿，道：“如今是新历十四年。”

“十余年前，大清便亡了。”她叹道。

老妇苍老的面容沉下去，眼神怔怔然望着地面，那里杂叶凌乱，覆盖了一层又一层，若没有人的脚步拨弄，便瞧不见一丁点泥土的颜色。

半晌，她才抬头，看的仿佛是李十一和宋十九，又好似透过她们望着别处的虚空。

她问：“那么，我的大明呢？”

世间最残酷的词语，“物是人非”算一个，“沧海桑田”也算一个。

大明早已被埋葬，甚至连死敌也尸骨无存，所有的执念被时代的变迁颠覆，国仇家恨没有人记得，唯有自己记得。

秦良玉陷入了空洞的安静中，似被抛弃的幼童，鹤发鸡皮同她懵懂的神情对比起来如此荒诞。她又将白杆枪握了握，伸出左手覆在落叶上空，五指收拢稍稍一抓，树叶似被拎起一样塑成半个人形，她再一放，树叶又散沙似的落了一地。

一场空啊……太阳穴处的青筋鼓起来，她有些目眩，难以支撑地前后晃了晃脑袋，听见身边的少女鼻子轻轻一抽，克制地将裙子抓了又放。

秦良玉颤巍巍地站起身来，佝偻的身姿里透着当初单骑入阵的傲骨，她说："当初老身心有执念，求仁得仁，与人无尤。"她轻轻笑了一声，像数次打了败仗，对着底下不安的士兵说，决策不力自有她担的模样。

她想起当年。

丈夫蒙冤入狱含恨而终，兵士不忿几欲造反，她未曾怨怼朝廷，反倒安抚部下，平定人心，仍旧挂帅尽忠；爱子殒命战场，噩耗传来，副将八尺男儿难以自持，她却大笑三声，含泪道："好！真我好儿也！"

她所有的恨都让位给了爱与忠诚，所有的爱与忠诚都献给了国土同百姓。

秦良玉慢步走向树林深处，宋十九站起来，想要追上去，却被李十一拉住了手腕，她对宋十九轻轻摇了摇头，道："下山吧。"

老迈而苍凉的身影消失在雾气尽头，宋十九一步三回头地被李十一拉着往山下走去。她心里的酸楚似被吹大了的羊奶子，堵在心头濒临爆炸，她走一步，便颠一下，挤压得她的心脏仅能麻木而细微地跳动，生怕再大一些，便被炸得血肉模糊。

她停下步子，将手往回拉了拉，问李十一："为什么不让她投胎呢？"

李十一回身看她，她的眼睛湿漉漉的，眼眶红得似被镶嵌在烛火里，讲完这句话后慌不择路地抿住嘴唇，下巴一抽一抽的，将悲伤压抑得十分辛苦。

李十一却未急着回答，只扶了扶她的双肩，而后背对她蹲下：“我背你下山。”

宋十九不明白，只摇了摇头，又想起李十一瞧不见，才道：“你的脚腕还有伤。”

李十一却不置可否，手在背后轻轻一招，似无数次揽住宋十九前的示意，又重复一遍：“我背你。”

宋十九不想让李十一重复第三遍，于是抬起手背抹了一把右眼，俯身顺从地趴在了她的背上。李十一的背单薄又柔软，瘦却不见骨，脖颈间有惯常的清香，宋十九揽住她，忽然明白了李十一为什么想要背她。她的心脏熨帖在对方暖暖的背上，形单影只的悲伤便被挤了出去，她的心脏开始活络起来，在她们相连的地方震动，跳得一下比一下踏实。然而背对她的姿态又比拥抱余留了更多的空间与尊重，足够宋十九保有不欲人窥的自尊。

她终于明白，李十一不仅是她的青梅、她的竹马，还是遮住她难堪裸体的衣裳，是捆住她无助乱发的头绳，是她脚下的土地，也是她头顶的树荫。

她将眼泪憋回去，侧头靠着李十一的肩膀。

见她平复，李十一才道：“我做纸人，其实用不了那样久。”

这仅是起头，宋十九明白，于是她十分耐心地等李十一继续说。

“自我疑心她是秦将军起，便觉事情十分棘手，于是余下的时间，我托阿罗相助，以神荼令查阅了府间籍。”还有一样她未说，宋十九曾说这件事与自己有关，因而李十一格外上心。

“我以被叶兵划破的鲜血为引，探查了秦将军的转世。”

宋十九怔住，敛着呼吸听她的下文。

“结果是，秦将军寿终正寝后，轮回转世，享十世富贵，分毫未差。”

“这……”宋十九难以置信。

李十一喘了一小口气：“既秦将军已投胎，那么山上这位便该另有其人，可方才她说她是秦良玉。”

宋十九将她抱紧了些，脑子转不过弯来，脑仁同被捶了似的嗡嗡作响：“怎么回事？”

“我猜，”李十一在前头悠悠笑了，“有人既有本事将时光停住，大抵也有本事将其送回身殒之时。”

宋十九愣了两秒，眼神儿蓦然亮起来，她口干舌燥，却揣着十二分的小心，不敢尽信地眯起眼：“你是说……”

李十一的意思，宋十九依稀明白了。若秦良玉已然正常投了胎，那便意味着在将来，会有一个人让时光倒流，将秦良玉的魂魄送回身亡那日，拨乱反正，令秦将军顺利轮回。

李十一点点头，又道：“还不是时候。”背上的小怪物如今还没有这么大的本事，要等。

宋十九张了张嘴，原来如此，怪道李十一方才不令秦良玉立即投胎。心里的羊奶子原来只是一个小小的泡沫，“嘭”一小声炸烟花似的破了，遗留一地温情的火花。她搂住李十一的脖子，明明有了答案，却还想再确认一遍：“是谁呢？”

李十一未戳穿她的伎俩，将嘴角的弧度隐秘地扩了扩，一会子才道：“天外飞仙。”

宋十九的眼泪还摇摇欲坠，可抿着的嘴角提了又提，笑容不伦不类，扯得她的胸腔也又甜又酸，她一抬眼，结结实实地愣住，想说的话忘了个干净，只愣愣地环顾四周：“十一，这天儿怎的又亮了？”

一只鸟儿自太阳底下掠过，落到透亮的枝叶上，收拢翅羽叽叽喳喳，草丛被推得东倒西歪，偶然窜过肥硕的野兔。光影在宋十九鲜嫩的脸上游移，令她琥珀色的眼底空灵而澄澈。

李十一亦抬头瞄了一眼，“嗯”一声。

此刻正要走过法阵的边缘，时辰乱得很，法阵里头的日头轮转不同寻常，也难怪秦良玉无法分辨今夕何夕，怕是要下了山方能恢复正常。

身后的人晃了晃小腿，足尖轻轻勾起来，李十一瞥一眼，笑意淡淡的，说：“若不难受了，便下来。”

宋十九老老实实爬下来，以为李十一同她有话说：“怎么？”

李十一揉揉胳膊肘：“手酸。”

宋十九望着她抬步前行的背影，知道李十一在履行对她的承诺，李十一不动声色地原谅了她，而后想法子让宋十九原谅自己。

“十一。”宋十九跟上去，“方才那一招，我想到名字了。”

“是什么？”

“揽月听风。”宋十九说。

哪怕此刻艳阳高照，但她仍旧觉得，自己最大的本领，便是能够将高高在上的月亮揽入怀中。

第四章 若是前生未有缘

肆 若是前生未有缘

SHI CHEN JUE

01

留声机声嘶力竭，咿咿呜呜的唱得很不成样子，小楼破，电路不是很稳当，便连机器也沙哑起来。原来这没有心的零件也是如此，总得有源源不断的东西供着哄着，才能唱一出漂漂亮亮的戏。

器具如此，人心亦如此。

阿罗懒得再听，自顾自上了楼，在书房里翻书。

厚重的院门吱呀一响，仿佛也染了些久候迎归人的雀跃，阿罗将目光停在右侧书页的第二行，心跳如擂鼓，数着高跟鞋的脚步声，数到第三十七下时，那人进了厨房，而后传来哗啦啦的水声。

她敏锐的听觉将阿音的每一个动作描画儿一样拓下来，听见她用帕子擦了手，而后伸手捋了捋头发，她应当是略微俯身，以窗户为镜子，左右瞧了瞧自个儿精致的妆容，随即将鲜润的嘴唇一抿，再“啵”一声放开。

袅袅娜娜的身姿一步一停地上了楼，楼梯的木板是恭贺她的琴键，奏出风度翩翩的交响乐——阿音是最气定神闲的指挥家。

指挥家以鞋跟儿为示，上楼后往左走了走，仿佛要回屋，似乎是因着阿罗书房的光亮，又或者因着小楼的寂静，想找人问个清楚，总之在几番迟疑后，那双蔻丹艳艳的手推开了书房的门。

门锁“咔嗒”一声，阿罗的心随之“咯噔”一声，她低着头，不想再瞧阿音，只将书翻了一页，说：“回来了。”

香风浮动，阿音坐到书桌侧边的太师椅上，身子仍旧歪歪扭扭的，发髻一丝不苟，连眉头亦一点没晕开，唯独脸蛋粉嫩嫩的，从冬日里生出了春意。

她将帕子在食指上绕啊绕，神色倦怠地望着阿罗的侧脸。

若人有字灵附着，阿罗应当是一个隶书的“静”字，时间的长河赋予她不急不躁的眉眼同温情脉脉的眼神，她鼻端和嘴唇的呼吸，都是柔软而干燥的。尤其她还爱穿黑袍子，纤细的躯体便成了中正的字架，苍白的面庞和手腕是宣纸的留白。

只可惜，阿音性子毛躁，自小练不端正的，恰是这个“静”字。

阿罗终于翻完了几页书，将头抬起来看向阿音。才刚刚纳入这张脸，睫毛便迫不及待地合拢，飞快地眨了两下。她想起从前把玩过的西洋相机，“咔嚓”一声，便能将旖旎的声色留住。

“十一十九呢？”阿音先出了声儿，出声前清了清嗓子。

阿罗将书合上，却未回答她的问题，只轻声道：“你见阿平去了？”这些时日，阿音对他们几个爱搭不理，又成日同男人厮混。好容易离了泥潭，又要回到以前的日子吗？

阿音蹙眉，同阿罗眼神儿一对，又极快地转开，仍旧是不走心的妖娆轻狂，她噙着笑问：“怎么？”这两个字过于随性，也过于生疏，好似阿罗要过问她的行踪，还应先寻一个冠冕堂皇的由头。

阿罗垂下眼帘，望着捻着书皮的手，胸腔静静一沉，声音仍旧很轻：“别见他了。”

这样半命令的话她在泰山府时常说，可对象从未是阿音。阿音显而易见地愣住了，她别开脸，看向洞开的窗户，木窗被风打得歪歪斜斜的，不堪一击地敲击着墙面。她动了动鞋跟儿，还未有动作，便听“啪”一声脆响，两扇木窗被凭空关上，将不安分的晚风排拒在外。

乍然的声响将阿音吓得肩头一抖，下意识地转头去瞧阿罗。阿罗清淡地抿唇低着头，表情看不清，身上还有方才隔空关窗时未散的气场。

阿罗曾说，她在人间有束魂令，轻易使不出法术，方才之举，大抵便是阎王之怒。

阿音轻轻地抽了抽鼻子，心里头有个声音在说：瞧，哪怕她外表与常人无异，到底还是万鬼之王，同咱们要伸手关窗的凡人，到底不一样。阿音开始不合时宜地走神，她开始想若她也是个神啊仙的，该怎样瞧这些手无缚鸡之力的小老百姓呢？是个任踩任踏的蝼蚁呢，还是个随手把玩的玩意儿？

若阿罗是个凡人，面对她的情绪，阿音还能调笑两下，可判魂令鬼的阎罗大人，但凡不笑，便自带上位者的威严，令阿音有些难堪。

于是她同从前一样堆着笑，想另择话题：“我瞧你能耐，也是十分大——你代令衡掌了泰山府多久了？”

阿罗抬眼，沉默地望着她。

阿音眨着桃花眼，笑道：“竟未想着，谋个朝篡个位什么的？”

阿罗稍稍抬了抬下巴，到底活了许多年，轻易便能瞧出阿音转移话题的小心思，于是她未答，只抿抿唇，唤她：“傅无音。”她想同她理清过往，说一些心底话，因此才郑重其事地叫了她的大名。

“我不是傅无音！”

可阿音却陡然惊醒，自椅子上站起来，膝盖有些打战，但她仍旧站得十分漂亮——这是风月场里练出来的，哪怕心里头难过得很了，面上仍要带着笑。

她强迫性地打直自己的双腿，却又因这个动作更加恐慌和难受，她略喘了几口气，固执摇头：“我不是傅无音，我是阿音。”

我不是前朝时的大家闺秀，我是那个自小被卖、在坟墓里滚了几年又在男人堆里滚了几年的阿音。

就这一句话，令她心酸得无以复加，她将漂亮的桃花眼睁得大大的，连眉头亦展得有些滑稽，只盼着能将突如其来的眼泪花子压下去。

她终于明白，自己自清醒以来，从未痊愈过。她望着这几个出生入死的好友，不甘与委屈与日俱增，都是爹生娘养有血有肉的，凭什么她们一个个儿的，是府君，是阎罗，是九大人，濒死时有神谕相救，遇险时有前世护体。

就连关个窗，就连关个窗——

她的眉头扭曲地抖起来，可凭什么，自己却要实实在在地受一遭呢？

这样的不公不正，隔着天上地下的距离，对面的阎罗大人却如此云淡风轻，如此高姿态，听她去见阿平，便好似笃定了她要与人胡天胡地，如今请君入瓮地等她回来，想要好生教导她。

她难道不想做个好姑娘吗？不想同挚友们一样，清清白白、坦坦荡荡吗？可她拿什么做呢？拿她泥点子洗不干净的身子，拿她苦练了许多年却不堪一击的本事，拿她不晓得如何正视自己的心，还是拿她连年岁都无法与这些神佛同步的躯体？

讲起来也像个笑话。

于是她忍住喉间的酸涩，仍旧是斜着眼道：“阎罗大人，见着那世情百态，也想唱一出前世今生因缘际会，可却是寻错了人。”

“寻错了人？”阿罗摇了摇头，双目眯起来。

“是，”阿音抽了抽鼻子，“我从来便不是傅无音，我自小没习得几个字，生来又爱寻欢作乐，你总拿那个大家闺秀挂嘴边，可阎罗大人最清楚，她几时下的黄泉。她一早便死了，你自认与她有缘，可我不过一介凡人，你又何苦拿我寻乐子。”

“寻乐子？”阿罗的脸更白了些，她牢牢盯着阿音，手指却不由自主地蜷起来，做了一个罕见的自我保护的防御姿态。

“不是吗？你生来没有七情六欲，也没有心，还是个大罗神仙，要同我这蝼蚁做姊妹，若不是图乐子，是图什么？”阿音扶住桌沿，指甲死死抠着下方的木屑。阿罗缩着的五指似攥住了她的心脏，令她疼得一抽一抽的，她却只是咳嗽了一小声，仿佛刚才起伏的胸腔，仅仅只是因为喉咙里难以克制的瘙痒。

“原来，你这样瞧我。”阿罗的尾音有些抖，以至于她的这句话吐得十分短促，她实在太不适应在别人面前表现出自己的脆弱，尤其这个“别人”是阿音。

她也不相信，自己因以冥气熬药，染了阿音的情和苦，令她总是想护着她，想拉住她。可她从未想过，阿音将自个儿的努力，当作“寻乐子”。

她本是黄泉之气化生，冥气便是她的血肉，她以血肉疗愈，而阿音说，是为了“寻乐子”。

阿音哽了哽喉头，好一会子没说话。

李十一不晓得，宋十九不晓得，阿罗更不晓得，她有无数次想要逃离她们，逃离这些高高在上又知晓她过往的朋友，尤其是阿罗，她曾目睹自己最卑贱的模样，她总是不晓得该如何面对她。

她不止一次在想，阿平什么也不知道，若同他远走高飞，就能好好地将过去埋了，可她不舍得。

她不舍得的究竟是什么呢？不甘心的，又是什么呢？

那不舍和不甘冒了头，令阿音反骨乍生，拼尽全力也要将其按下去。她像在说服阿罗，也像在说服自己。

她在阿罗受伤的眼神里想起了许多，想起五钱木然地说自己被剥夺了面皮——泰山府，可真的是一个可怖的世界。

她动了动嘴唇，说："你们这样的鬼差，同僵尸似的，要什么交情，有什么真意？等我百年之后，也不晓得轮回成个什么，你仍然是高高在上青春正好的阎罗大人，还会记得我们这样的玩意儿吗？"

"我……"

"你不会。你长得像个凡人，可你不是凡人，你哪里能真正懂咱们呢？于你而言，咱们活一遭，同唱个戏，也没什么区别。"阿音讽刺地笑道。

她心底的自卑原来如此根深蒂固，以至于将为数不多的自尊心，统统用来刺伤阿罗。

阿罗认真地听完，轻轻笑了，胸脯缩了一下，眉宇间落寞得令人心惊。

一秒，两秒，三秒——她留了足足三十秒给自己，然后低下头，将手边的书拿起来，轻柔地翻到最熟悉的那一页，从里头抽出四封信。

她不紧不慢地打开它们，像从前每一次打开它们那样。

手指将纸张展开，她却未将视线搁到上头，只深深地望着阿音，然后翕动嘴唇，用好听如清水的嗓音对她说：

"天不老，情难绝，心似双丝网，中有千千结。

"若是前生未有缘，待重结，来生愿。

"愿我如星君如月，夜夜流光相皎洁。"

第四封她未打开，只将手指叩在上头，以沉默相待。

她摇头笑了笑，将四封信叠起来，两手握住在手心里捏了捏，随即便是"刺啦"一声脆响，她面无表情地撕碎了它们。

在阿罗撕信的声响中阿音浑身布满了鸡皮疙瘩，她有种巨大而莫名的失去感——她感到日后若自己明白了阿罗今日撕碎的是什么，将无可救药地痛哭一场。

她再难待下去，于是咬住下唇，扶着门框踏出了房门。

又是一阵熟悉而漫长的寂静，阿罗的影子投射在桌面上，上头是一本摊开的书。

“啪嗒”小小的一声，一滴从未见过的液体自右眼眼眶掉落，坠到书页上，晕染成不规则的圆。

阿罗面无表情地瞧了一会儿，抬手将它抹去。

02

阿罗走了，这件事自阿音一睁眼便发现了。

有的人消失在生命里时是有仪式感的，心底会荡着一点点沙沙声，像是一块粗糙的抹布在将寸寸痕迹抹去。可气的是，她出现时却未必有像样的提醒，甚至连存在都悄无声息，仿佛是什么无关紧要的人似的。

阿音似往常一样趿拉着鞋起床，由下而上的盘扣将身段拢起来，眼见时辰还早，便洗了个头，而后擦着湿漉漉的头发坐到镜前描妆。

这眉啊眼啊是真真儿的精致，眉似一个人莞尔时弯曲的笑纹，唇似一个人批阅时指缝的朱砂，眼波似一个人泡茶时漾开的水波，连眼角细小的皱纹，都似一个人手底下拨过的游鱼。

“一个人”是什么玩意儿？

阿音想了想，“啧”一声，将螺子黛扔回珐琅盒里，拧着半干的头发下楼，竟见着了遛鸟归来的五钱。阿音心里头噌地燃起火苗来，嘴上却说：“你怎的还在？”

心里的话是——你没同她一起走？

五钱道：“大人未吩咐我。”

阿音动了动嘴皮子，如此说来，她竟是还回来吗？

问句自嘴里绕了几个弯儿，最终未获得面世的许可，阿音只无所谓地动了动脖子，越过他往厨房去。到厨房里剥了一个鸡蛋，剥前习惯性地在桌上滚了一滚，她停下来，这个动作仿佛是跟李十一学的，又仿佛不是，乱七八糟地想了一会儿，咬下第一口时思路岔了道。

她将嚣张的睫毛沉下去，猛然发现，若阿罗未带走五钱，兴许还有一个解法，便是她果真不打算回来了。

涩涩的感觉又堵了上来，她鼓着腮帮子呼了一小口气，却忘记了喉头还有干得很的小半个蛋黄，没留神呛了个结实，上气不接下气地咳嗽起来。她忙拧开水管接了一杯自来水，也顾不上是生的，一仰头便往下灌。

一杯水像是没了尽头，喝得一口比一口多，耳边是喉咙骨碌碌的声响，水一股一股的，似将什么不安分的东西生生往下压。

喝干净了，她才将杯子放下，打了个很不矜持的嗝，抹一把嘴边的水渍，胭脂糊在手背上，她瞧两眼，笑道："得，又白抹了。"

下午用了饭，李十一将昨儿在山上的见闻同阿音说了，又道怕宋十九情绪不大稳当，过几日再往山里去。阿音望着李十一淡淡的薄唇，觉得她嘴里情绪不大稳当、令人放心不下的仿佛并不是十九。

说来旁人可能不信，她这个冷着一张脸的青梅，有着世间最善解人意的体贴。好比说她只在阿音肿得跟桃儿似的眼上瞧了一眼，便未再过问阿罗的去向。

日子和往常一样过，几人或听戏，或哗啦啦地打牌，闲散得跟傻子似的。五钱也琢磨了两三日，阎罗不带他，府君不赶他，他摸不准这里头的门道，决意按兵不动，踏踏实实地住了下来。可阿音瞧着他，越瞧越扎眼，打了几回牌便懒得上桌子了，自个儿在院子里坐着发呆。

她有些想念涂老幺了，从前他在时，自己总与他凑在一处，两个凡人，他还比自己蠢笨些。但即便是个猪脑子，也总归与自个儿是一派的，唠叨些柴米油盐、家长里短、生老病死、愁的念的，听着也踏实。

后头响起轻巧的脚步声，微风一吹，身边坐了个姑娘。

阿音抱着胳膊有些冷，转头看宋十九："到外头，也不加件衣裳，冻是不冻？"刚说完，她又垂了头，心里头淡淡地哦了一声。

除了借鼻子和虚耗那两回，宋十九从未有过头疼脑热，有一回在地底下，她怕冻着十九，把人揽在怀里搓了好半天胳膊，小姑娘活蹦乱跳，自己倒咳嗽了好几日。

那是去年冬天的事儿了，说起来，竟快一年了。

宋十九什么也没说，就乖乖地坐在她身边，肩膀挨着她，暖乎乎的。

阿音望着院子里丑陋的老榆树，指了一下，问宋十九："你说这院子，旁的都好，唯独这歪脖子树，十分碍眼。"

宋十九看了一眼。

阿音又说："可若是砍了它，光秃秃的，兴许又不习惯了。"

不是兴许，是一定。她觉得她仿佛就站在一个光秃秃的院子里，从前每回出门时裙子总被那树杈钩着，或脑门儿硬邦邦地往枝干上撞，她恨得咬牙切齿，寻了斧头两三下将那树砍了。可如今望着那树墩子，左也不是，右也不是，总觉着缺了什么似的。

"人哪，矫情。"她捂着心底小人被撞伤的额头，下了结论。

她不在乎宋十九是不是能听懂，总之她觉得习惯这玩意儿可怕极了，怕得她必须说出来，踩在地上，再狠狠地啐一口。

宋十九却拨了拨面上的发丝，望着老榆树开了口："你晓得吗，我从前大概做了许多许多错事，秦将军一事，恐怕只是其中一件。我同十一说我害怕，她告诉我：昨日种种，譬如昨日死；今日种种，譬如今日生。"

时间的意义，便是能让一切都成为过去。

"阿音，"宋十九看她，抿着嘴，一会子才放开，"你说，长生是什么？"

阿音蹙眉。

宋十九道："我说，长生是惩罚。十一同我说，定义一个人的不是别的，正是她从前的所作所为。那么一个永生的人，便只有一次被定义的机会。他们怀揣所有好与不好的记忆，只能等待自己将其遗忘，若不能忘记，便只能承担，永远背负。”

“可凡人不同，”宋十九顿了顿，“他们有许许多多从头再来的机会，他们永远崭新，永远可以做婴儿。”

宋十九很少说这许多话，也十分不习惯同别人讲道理，可她的话里却有着天然的不加矫饰的纯真，恰到好处地拨在阿音老旧的心弦上。她听见自己心里嗡鸣作响，她终于有勇气开始想阿罗。

她明白了宋十九的话。阿音是她，傅无音也是她，从前的许多世都是她，只不过，她拥有了体验和遗忘不同人生的权利。魂灵不灭，肉身转换，这又何尝不是另一种形式的永生呢?

宋十九将头枕在膝盖上，这些话她想了好几日，她在开解阿音，也在剖白自己，她也需要面对长生，建立承担与背负的勇气。

03

街边的叫卖声不绝，自古而今是一脉相承的热闹。阿音消化着宋十九的话，正抬眼，却又意外地撞见了阿平。他还是那一身西装，更皱了些，见着阿音，面上浮起朴实的笑。

阿音后撤了一小步，脑海里耳鸣一样回荡着“别见他了”四个字，可她望着阿平，又停下了回避的步子，将手揣在羊毛大衣的口袋里，上前迎着他的眼神，说：“这样巧，回回撞见。”回回都是这条街。

“我刻意等你的。”阿平看着她。

阿音道：“那日你送我回去过，若有事，该去巷子里寻我。”

阿平有些失落：“我忘了。”他挠头，十分不好意思，“我这两年记性不大好，那巷子只走过一回，我便忘了。”

阿音笑了笑，随他沿着街道往前走，尽头处有隐隐骚动，阿音眯起眼睛瞧，阿平亦随着看一眼，道：“学生运动，这几日来了好几回，喊些什么口号的。”

“嗯。”阿音低着头，听着那人潮的声浪愈来愈近。

阿平转头对她说：“你若得空，一会子再带我走一回吧，我这回一定记着了。”

阿音将舌头在口腔里一顶，想了想，道：“不了。我这两日便要回北边了。”她撒了个谎。

阿平一愣，有些站不稳了，问她：“去，去哪里呢？我……”

他望着阿音的眼睛，“我同你一道去”这几个字仍旧没勇气说。他自小胆子小，阿音又凶悍，他怕阿音怕成了习惯，只要她稍稍一皱眉头，露出丁点反对的模样，他便说不出一个字。阿音说的是北边，不是哪个城市，那便是在说——你别跟着我。

举着旗帜和横幅的学生排成方阵，热火朝天地走过来，人潮开始涌动，震天的声势将两旁围观的行人带得跑动起来。阿音将目光放在女学生的麻花辫、蓝布衣同黑裙子上，她们的口中呼着白气，举旗子的手冻得通红。

她笑了笑，这家国大义总是热血，凉天儿里亦能将人烫得冷热不知。

她正想同阿平说，却瞧见阿平习惯性地抽出手帕，仔细地擦着额角的汗。阿音眯起眼，仔仔细细地打量阿平，愣愣地将手伸出去，示意阿平握上一握，轻声问他：“这天愈发凉了——你冷不冷？”

阿平将手递过来，笑着捏了捏她的手，笑道：“我倒是……”他疑惑地定在阿音的眼神中，余下的话未说出口。

阿音的指尖轻轻一抖，然后缩了回去，仍是揣回兜里，在里头捏住，指甲掐出血痕来。她的桃花眼此刻惨淡地睁着，里头的鲜活被碾碎了，闪动着难以承受的晶莹。她哽着喉咙，缓慢低声地问阿平：“我未问过你，那日，你为何要上缙云山的找墓呢？”

她全都明白了，阿平一身皱皱的西装，不断擦汗的巾帕，还有浑浑噩噩难以识路的记忆——他早在登山途中便丧了命，而后魂魄入了老墓，受法阵影响，同秦良玉一样丧失了身亡的记忆，并且他身上的时辰永远停留在了那个夏天。

阿平低下头，讷讷道：“我……我一直在寻你。我晓得你是倒斗的，听闻有墓，便也时常去瞧一瞧。兴许……”

兴许，能撞见你呢？

这话不晓得是没说出口，还是淹没在了高亢的声浪中，阿音没留神被人潮中的学生一撞，崴了脚腕靠到街边。她抬头，见阿平也浑浑噩噩地被推到了人群中央，随着人浪跌跌撞撞地往前走。

他左顾右盼，急切地寻找阿音，脑袋时而冒出来，时而被挡住，阿音忍痛小跑了两步，喊他：“阿平！”声音太小，传递不到他耳边去，阿音却不管不顾地继续喊，“去泰山府！阿平，去泰山府！”

阿平隐隐约约听到了阿音的声音，她说——泰山府？他欣喜若狂，忙朝声音那头伸长了脖子，也不管她能不能瞧见，重重地点了两下头。

“欸！”他笑着应承。

阿音拎着高跟鞋，光着脚一瘸一拐地回了巷子。

五钱被她唤回头时吓了一跳，出门时光鲜亮丽的姑奶奶此刻头发乱糟糟的，袖口一圈圈地皱着，脸上的妆花得厉害，胭脂红艳艳地糊了一小块在嘴边，正喘着气望着他。

不过是走了一个阿罗，竟被折磨成了这德行——五钱不动声色地将书放下，没话讲。

阿音捋着头发，头一句却是兴师问罪的口吻：“我问你，你们泰山府，是草台班子不是？”

“何出此言？”五钱不解。

阿音往凳子上一瘫，气儿仍旧不顺：“你从前说，府间籍规定生辰死令，那这样多游魂在人间晃荡，耽误了投胎的时辰，你们竟也不管吗？”

五钱一愣，摇头："你可知，泰山府君掌管人之魂灵，亦掌神、兽之魂灵？"

"那又如何？"阿音抚胸口。

五钱说得尽量浅显些："权力很大。"

阿音翻白眼儿："我是要听你夸令蘅吗？"

五钱摇头："正因权势过盛，为平衡三界，府间籍才更偏重于约束人的死令，也就是说，不能令凡人提前入泰山府。而泰山府的鬼差，如我、木兰，则是由府君上报混沌，一百年方能判一位入籍，收编鬼域。"

阿音被提起了兴趣，将方才的质问暂且搁到一旁："那么……"

五钱不忍心打击她眼里的光亮，说得十分委婉："木兰战功赫赫。"而他亦有前因，但他不大习惯自吹自擂。

"哦。"阿音蔫儿了下去，抬抬下巴示意他继续说。

"因此，凡人若有各式各样的执念或原因游荡人间，不入泰山府，府间籍对这些游魂的管束便要宽泛些。"

原来入泰山府不能提前，却有推后的余地。阿音明白了："严进宽出。"

她的心思又隐隐活泛起来："在人间做鬼同做人有何不同，难受吗？"

五钱给她沏了一盏茶："做鬼以执念支撑，若执念减弱仍不投胎，便会渐渐失去五感，变作游魂，最后魂飞魄散。"

阿音"嘶"一声，打了个激灵。

"其二，延迟入府的鬼魂归于泰山后，将由判官归罪，受罚后方入轮回。

"其三，此类鬼魂投胎时，人神会于府间籍上重新书写他们的生老病死，通常……会写得糟糕一些。"

阿音拎起茶盖："还挺记仇。"

神也有懒骨，若打乱了原本的秩序，需另行编写生平，费了些多余的精神，自然宽容不起来。

阿音沉默了两三秒，脸色有些发白，如此说来，她前半辈子糟糕透了，莫不是因为从前在奈何桥边哭了三日?

五钱看她将茶盏举了半晌，要喝却又不喝，便问她一声："好端端的，怎的问这个？"

好似想跟着阎罗大人入鬼籍，又或是欲等自己寿终正寝后，为大人以鬼身留在人间。也不晓得是不是他领会的这么个意思。

阿音这才埋头喝一口，同他说："我有个好友——便是我提过的阿平，他做了鬼，自个儿却不晓得，我恐他耽误投胎的工夫，想托你去寻一寻。"说是托，言辞却无半点请求的样子，跷着二郎腿垂着眼，心事重重的。

五钱应了，道："我这便出门。"

五钱寻阿平寻了整三日，他却再未出现在那条街上，也不晓得是不是听了阿音的话，上路找那传说中的泰山府去了。阿音有些懊恼，说是不该向他喊那一句，他记性不好，怕不是将自个儿弄丢了。五钱倒是安慰她，说递信回泰山府调了鬼差，再以遗留在缙云山的尸骨为凭寻踪，必定能找着。阿音这才放了心。

五钱受人之托，亦是早出晚归，甚是辛劳地在附近搜寻。

这日辰光很好，连南山上也镀了一层金光，五钱在山下歇了歇脚，惯常是要了一杯茶。抿了一小口，只觉寡淡无味，他便将其搁到一边，叫小二上一壶清水，而后静静打量一边围坐的粗人。他们喘着浑浊的热气，将一只脚踏在板凳上，一边飞着唾沫星子，一边抓起茶碗牛饮一口。

他想起从前，那时茶叶十分金贵，官宦以茶斗富，谁能想到如今飞入平常百姓家，茶肆开到了偏远的山脚下，客人不拘是挑夫或是尼姑。

那时的茶，还是煮的。

隔壁桌传来骚动，他回头一看，见是位散客不禁疑窦丛生，而小二端着热水躬身赔了个不是，环顾一圈儿，视线未在五钱身上停留。

五钱扬声道："是我叫的。"

小二对上他的脸，眨巴两下眼"哦"一声，堆着笑将水壶搁上来，又殷勤地满上一杯。

五钱却不大渴了，将银元放到桌上便起身离开。

几位尼姑自山上来，带着蜡梅和皂角的香气，同他擦身而过。五钱侧脸顿了顿，抬眼看向半山腰的庵堂，迈步往上走去。花开得影影绰绰，水粉画儿似的，将朱红砖墙的庵堂掩映其中，五钱信步入内，负手瞧了瞧石壁雕的功德墙，又站在门槛外头望一眼参拜金身的信徒。

虽说阿平不晓得自个儿是鬼，但出于本能，大抵是不会到这山上的庵堂中来的，他便只随意扫了一眼，转头要离去。

视线里撞入一个挑水的小尼姑，她显见被吓了一跳，扁担从肩上滑下来，木桶砸到地上，溅出几滴水，落到她洗得发白的袍子上。

她抬眼看五钱，庵堂外的古铜钟被狠狠一撞，"嗡——"

我是五钱。

我原本不叫五钱，我原本是一位将军。

我出身宗室，曾有一张令人过目不忘的脸，因相貌过于阴柔，毫无威仪，我便戴上青面獠牙的面具，战功彪炳，煊赫一时。

魂归泰山后，我被泰山府君令蘅看中，入魂策军做统帅，彼时我的副将，便是木兰。

一百余年后，武周代唐，阴阳倒序，神都洛阳有妖兽现世，食魂拆鬼，我受命前去平乱，在途中误杀一位采药姑娘，由此被褫夺将位，贬为寻常鬼差，跟在了浮提大人身边。

再三百年，我又遇见了她，她便是我口中那位绣娘，她的酒窝未变，胆小未变，见着我相貌时毫不遮掩地惊为天人，这也未变。

她父母双亡，独居于开封府，总被舅娘欺负。我有心弥补前世过失，便时常助她一二，起先，她赠我一双鞋底；后来，她给我绣了一对鸳鸯。

再往后的故事，便同我与阿音所述一样，她为我饮毒自尽，被判磨尽爱恨嗔痴，而我，失去了那张令人过目不忘的脸。

我再也未得到过她的消息。

今日阳光尤其好，我见着了一位姑娘。她穿着灰扑扑的袍子，光溜溜的头戴着一顶尼姑帽，她仍旧胆小，只一个回头便吓得手足无措，她将嘴抿起来，抿出一旁的一个酒窝。

她见我望着她出神，大着胆子上前来问我："施主是要求签吗？"

"不求。"我说。

她低下头，又抬起来，不晓得是不是甚少见男子，行动间有些紧张，她又问："来还愿吗？"

"还未许愿，无从还起。"

她便抿着嘴笑了，道："咱们庵堂后边的祈愿树最是灵验，施主若要祈愿，可于耳室内请一张红纸，虔心书了，再挂于树上，便是了。"

我望着她，说："多谢。"

她坦然笑了，低头念了一句佛，念得毫无尘世烟火，没有半分爱恨情仇，转身架上扁担，越过我穿过月亮门，消失在后院的小径间。

那日我好似确是请了一张愿，挂于她提及的祈愿树上。

我的愿望很短，开头是她的名字，钱五娘。

落款是：长恭。

04

阿罗说她没有别的法术，可阿音觉得有，比方说，入梦术她一定修得炉火纯青。

阿音睁开眼，在静得同棺材似的黑夜里醒来，鼻端是雕花床老旧的木香味，四四方方的容器如此熟悉，将她的美梦困在其中，以长钉封牢，然后埋进地底下，成为一个死去的秘密。

想念是一发不可收拾的东西，有最得寸进尺的赖皮脸，只要你给它透个门缝儿，它便拖家带口地住进来，一副主人家的样子。起初阿音还装模作样地赶赶它，日子久了，她也不负隅抵抗了，于是阿罗便时常出现在她的梦里。

她自床上起来，百无聊赖地打开门，望着空荡荡的走廊有些恍惚，她想起有位姑娘曾站在月光中，抬头同她说："窗户关严实，被子也盖牢些。"

她的头发细得很，摸上去像顺滑的丝缎。阿音摩挲了几回自己的指腹，忽然叹了口气，她十分明白，许多人和事本就是没头没尾的，但人们通常不会锱铢必较地讨一个说法，一旦你认为一段故事需要安上结局，那便意味着，它十分重要。而结局并不是为了让人死心，却是为了掂量不甘心的分量。

阿罗的出走，便是那杆掂量的秤，秤砣将阿音的顾虑与回避沉下去，秤杆子将她的后悔挑起来，刻度是阿罗消失的日子，日子越长，刻痕越深。

她掩门而出，"笃笃"叩响五钱的门。

五钱睡眼惺忪，眉毛皱得似刚被刨出土的蚯蚓，话语里却没什么脾气："有事？"

阿音妖娆地努了努嘴："打牌吗？"她没法子去打扰李十一和宋十九，唯有这鬼差同她一样形单影只。

五钱转头看墙上的西洋钟，又转回来："寅时。"凌晨三点，五钱习惯性地将它粗略地转换成十二时辰。

阿音挠一把脖子，抓出隐隐约约的红痕，道了声"罢了"，便转身要回去。

五钱想了想，却道："你既来了，将信拿走。"

"信？"阿音挑眉，靠在墙边上。

五钱回身，自书桌的抽屉里拿出几张碎碎的纸，捏在手里走过来。阿音眯着眼，待瞧清了，心里霎时狂风大作。她雪白的胸脯抽了一抽，脚后跟一退，几乎想要落荒而逃，但却只舔了舔干燥的嘴唇，将视线从眼熟的纸张上挪开，挪到五钱脸上，哑着声儿问他："给我做什么？"

她撕的东西，给我做什么？

五钱把胳膊一伸，递给她："大人走了，却没带走它。你的东西，自要物归原主。"

心脏一缩，似被兔子踹了一脚，阿音未伸手，只给了个眼神："我的东西？"

五钱清清嗓子："天不老，情……"

"打住，"阿音伸手阻止，想起阿罗黯然神伤的模样，忍不住刺一句，"听过了，矫情得要命。"

五钱偏头，锁眉睨她："矫情你还写？"

"我？"阿音眨两下眼，心底的预感令她反问得不是很有底气，抬手遮掩性地抵住下巴。

五钱将信往她另一只手上一塞，扶住门框困得想立刻上床睡觉："你从前写给大人的。"他在"从前"两个字上咬了重音，屈指在木门上轻轻一敲。

阿音张了张嘴，"大爷"二字弯弯绕绕的，停在牙关，骂也不是不骂也不是。她狠狠吸了一口气，两三下明白过来："傅……傅无音……"作的孽？

五钱眼神凉凉地看着她。

阿音倒吸一口凉气，用支着下巴的五指捂住嘴唇，睫毛抖动得似夏日的风扇，好容易才控制住了，将咬着的下唇放出来，又揉着脸摸了一把耳朵。

五钱看她一眼，掩门回房。

手心儿里出了汗，粘在有些年岁的纸上，阿音换另一只手将信接过来，拇指指腹摩擦着裂痕处凹凸不平的毛边儿，像胸口被扯开了似的，疼痛感也有了生命力。

她低头瞧了一会子才伸长脖子，后脑勺在冰冷的墙壁上轻轻一撞，之后走到楼梯口坐下，就着月光开始拼信。杂乱无章的碎片和杂乱无章的思绪纠缠在一起，她把碎片兜在裙子上拨了两回，便不再拼了，用手撑着下巴发怔。

她从未如此想哭过。

师父去世时，她同自己说不要哭，便一颗豆子也没掉；质问李十一时，她说该是哭的时候了，眼泪便哗啦啦止不住。但此刻不同，她任由哭泣的欲望涨得比天大，却只睁着涩涩的眼睛，迷茫地望着黑漆漆的楼梯。

她兜着被阿罗撕碎的信，想起十九说的长生是惩罚。也许她一开始就想错了，她同阿罗并没有什么高下之分，阿罗对她也并不是单方面的施舍。没准儿，同阿罗救赎自己一样，阿罗也十分需要她。

当初傅无音与阿罗因误会阴差阳错有了交集，阿罗从心底觉得这姑娘有趣，更是她百无聊赖的生命里头一个主动接近她的人。

傅无音看她，和别人看她都不一样——旁人看她，是从不行差踏错的鬼差，是位高权重的阎罗，可傅无音当她是一个寻常“公子”，想要亲近，是当先瞧见了她本人。

只不过当时的浮提大人顾着端庄持重，一封信也未回。

再度重逢，与阿音成为生死之交，听她哭，听她笑，或许，阿音对阿罗来说，也不一样。需要她成为漫长而无趣的生活中鲜活的念想，需要她来解释时间和等待的意义。

这点被需要的存在感令阿音行将就木的心膨胀起来，将寂寥的夜晚填满。

雨水同太阳最爱在山城争风吃醋，乌云将艳阳扯走，小雨便寸步不让地降了下来。阴雨天窝在屋子里最舒适不过，书房内燃起了熏香的炉子，虽不及炭盆暖和，却驱散了些阴冷。

窗棂上投射出两位姑娘交叠的剪影，高一些的那一个坐在书桌后的太师椅上，将目光自一沓宣纸上抬起来，轻声问："傀儡诀的最后一句，是这样写的吗？"她的眉眼像在雨水里过了一遍，凉飕飕的，剔透而干净。

宋十九面对她，两手一撑坐到桌上，偏头仔细看一眼，又勾头看她："不是吗？"

李十一瞧她一眼，执起笔删改二字。宋十九的视线随着她运笔的动作游走，见她写至结尾处便软软地"哦"一声。李十一将笔搁下，眼帘一垂，看向她悬在半空中晃悠的小腿，鞋头只穿了一半儿，脚后跟偷懒地溜出来，在桌脚上有一搭没一搭地轻敲。

李十一右手探出去，握住鞋跟的后方，微微用力往上一送，将鞋给她穿好，指头搭在她脚腕上，抬起清浅的眸子："谁教你这样穿鞋的？"

宋十九很老实："阿音。"

俗话说闲来莫道人是非，才刚提了阿音，娇花一样的姑奶奶便推了门。阿音见着宋十九同李十一相对而坐，稍是愣了愣，却并未放在心上，只径直走到桌前，两手一撑，连个寒暄也没有，便俯身对李十一开了口："十一，你说，我这么个人，最大的长处是什么？"

李十一皱眉，同宋十九对视一眼。

"漂亮。"阿音自个儿下了结论。

宋十九眨两下眼。

"你又说，"阿音眯起桃花眼，"我最大的短处是什么？"

李十一未启唇，偏了偏头等她开口。

"是口是心非。"

宋十九支起下巴。

阿音轻笑一声，隔着宽大的桌子望着李十一："你再说，我最大的毛病又是什么？"这回她停顿也没有了，一溜烟儿便说了下去，"是自私。我若是见过了好的，任嘴上怎样说不要不要，心里头却总恨不得抓得牢牢的。"她停下来，直勾勾地看着李十一，桃花眼上两弯嚣张的横眉此刻温顺地垂着，似被风打了头，病恹恹的，娇怯怯的。

李十一的肩膀沉下来，她往椅背上一靠，抿唇看了阿音两秒，随即摇头，轻轻笑了。

她说："明白了。"语毕向宋十九单挑了右眉，便起身离去。

楼下的厅堂里，五钱仍旧翻着一本兵书，听见有人不紧不慢地下了楼，走到他跟前，清香扑面，颀长的影子落在身旁，一只白玉似的手停到书的右侧，食指屈起来，在桌面轻敲了敲。

他抬头，见李十一淡淡道："叫她回来。"

第五章 夜夜流光相皎洁

伍 夜夜流光相皎洁

SHI CHEN JUE

01

阿罗回来这日阳光凉凉的，柔和得同月亮似的。五钱拿了隔壁大娘浆洗晾晒好的衣裳回来，摊到木椅上让众人各自拾掇自己的。

阿音正拎了一件带流苏的披肩，有些想不起来是自个儿的还是十九的，要摊开仔细瞧，然后便隔着镂空雕花窗瞧见了迈进门的阿罗——因此她同阿罗的重逢，是隐约带着皂角香味儿的。

热闹的厅堂霎时安静下来。李十一单腿跨坐在沙发扶手上，宋十九坐于沙发上靠着她，手里叠袜子的动作缓下来。

五钱直起身，阿音将披肩放下，搁在膝盖上拧了一把，本能地将视线移开，盯着衣裳堆瞧几秒，又伸手薅了一把，最终拣起一件挺括的衬衣，埋头理袖子。

那是……李十一的。

宋十九抬头跟李十一交换了个眼神，李十一笑了笑。

阿罗走到阴凉处，收起青色的油纸伞，仍旧是一身乌鸦似的黑袍子，长发披在一边。一月不见，她更瘦弱了，脸色也更苍白了些。她揽风扶柳一样轻轻地走过来，毫无血色的嘴唇衬得她下垂的睫毛也似褪了色，她柔柔喊一声：“阿蘅。”

头一个喊的是阿蘅，沉默了半晌，也没有第二个。

气氛尴尬到诡异，宋十九朝李十一那边靠了靠，仍是抬头看她，微微张了张嘴。李十一手略微一动，中指敲两下，示意她少安毋躁。阿音到底坐不住，一抬头清清嗓子便要打招呼，话未出口却锁了眉，望着来人愣在当场。

阿罗身后跟着一位眼生的姑娘，芙蓉面含情目，脸庞端正得同画上勾出来的似的，穿着鸦青褂子，不起眼的着装反倒衬得皮相好看得惊人。她站在阿罗身后，打量众人的眼神好奇又矜持，不过分地扫了一眼，便甚是节制地垂下眸子。

美得鬼气森森的，一眼便知是自泰山府里带出来的。

阿罗未有介绍的心思，只轻声说了她的名字：“阿桃。”阿桃是黄泉边上一朵桃金娘。

这下连李十一也不大坐得住了，支起一边眉头看阿音。

阿音眯眼抬起下巴，眼神在阿桃身上绕了个圈，便停在阿罗身上。阿罗转回头看她，柔软一眼，又抿了抿唇，却最终未说什么。

阿音将舌尖抵着上颚，用力扫了两下，又埋头将方才叠好的衬衣拆了，吸吸鼻子，这才抬脸朝阿罗笑：“谁啊？”笑得同花儿似的，起头还有一声若有若无的“哟”，招摇的眼神儿睨着，尾音却没什么重量地沉了下来，竟有两三分紧张。

阿罗瞧了阿桃半眼，低声道：“婢女。”

阿音笑了，双目弯弯地看着她：“我倒是穷苦惯了，不晓得婢女是这么使唤的，搀着扶着的，好不贴心。”

一双盈盈水目亮晶晶的，偏偏翘起来的嘴角不受控地抽了一抽，有那么些咬牙切齿的意味。

宋十九将脖子伸了伸，看向阿桃搭在阿罗胳膊弯儿上的手——十指纤纤，葱根似的，一双素手好看得很，半点不似做过活计的样子。

阿桃有些不安，将手缩了缩，阿罗摇头示意她退后一步，想要同阿音说什么，对上那大剌剌的视线，又本能地缩回眼神，垂头望着她手里的衣裳。

就是这么一个回避的动作，令阿音想起自己同她说那些撕心裂肺的狠话时，阿罗将搁在桌上的手蜷起来，那是一个自我保护的姿态。

阿音的心一瞬跟针扎一样疼，这才明白，阿罗原来并不是直来直往的姑娘，从前只因她愿意对自己敞开，才抛下许多矜持和脸面，将赤诚的一颗心捧出来。一旦她收回去，自己便连门儿也找不着，无头苍蝇似的在外头乱撞，撞得难堪极了。

她的青梅竹马、她的闺中密友、她的牌搭子，还有这一朵不晓得哪里冒出来的桃金娘，统统都看着她的难堪。

她的双肩撑得酸痛，脸上燥得火热，甚至连耳朵眼儿里也热烘烘了起来，偏偏心肝却凉冰冰地降了温，令她难受得仅能虚着眼睛望着面前的人。

自她向李十一求了情，便数着日子等这个人回来。

第一日她抄了那几句酸掉牙的诗，第二日她为衣裳办了个选美，第三日她拎着两双鞋问睡眼惺忪的宋十九哪个鞋跟的高度最恰到好处。

而这一日，终于样样都对了，她坐得娴静又温婉，晨起的妆容最是服帖，周身的香味不浓不淡，偏偏就是她等的人，出了差错。

她设计过许多或随意或郑重的道歉方式，可就是没想过，对面的人竟变成了两个，令她张不了口。

阿罗绵长的呼吸起起落落，也未再解释什么，只对李十一道声乏了，便同阿桃一前一后上了楼。

阿音顿了顿，低头仍是叠衣裳。

视线里出现一只漂亮的手，垂着五指略动了动，阿音抬头，见李十一不知何时走了过来，朝她伸出手。

“衬衣。”李十一叹气，那衣裳已然皱得不成样子了。

阿音咬住下唇，将手里拧着的衬衣还给她，眼神又似那日那样颓了下来，湿漉漉的似一朵开败了的花。

李十一拎起衣裳拉着宋十九离开，留下一个爱莫能助的背影。

阿罗自回来后便与阿桃同进同出，通常只下楼用饭，而后便又回屋里窝着，阿音经过时总忍不住瞧两眼，里头黑漆漆的，仿佛连灯也未点，偶尔传出阿罗清雅的咳嗽声。

她对阿音也没了从前的温柔，说话时隔一张凳子的距离，神情也保留三分余地。

阿音一肚子的话无从说起，仿佛铆足了劲儿却打在了棉花上，她一日比一日蔫下去，晚间睡不着，坐到阿罗房间跟前的楼梯处发呆。

初冬的夜晚冻骨头，阿音打了个哆嗦正要回房，却在脚步声中捕捉到了不同寻常的声音。她心头剪烛似的一跳，难以置信地后退两步，将耳郭贴到阿罗门边。

一声轻，一声重，阿罗在呻吟？

她抽一口气，捏着帕子的手按压住胸口。

第二日又落了雨，阿音头疼欲裂地下楼来，宋十九嘴里含着筷子，被吓得眉头一跳，音大奶奶面色蜡黄、髻散钗乱，眼下的乌青跟墨块似的，耷拉着眼睛端出来一碗粥。

阿罗皱起眉头，侧脸看她。

阿音感受到她的视线，却刻意不瞧她，筷子在粥里头搅来搅去，也不吃。

阿罗欲言又止几回，终于开了口：“病了吗？”温柔得令阿音没来由有些想哭。

宋十九将碗举起来，一面小口喝一面支着耳朵听。

阿音抽抽鼻子，瓮声瓮气："没有。"

阿罗抬手抵住下唇，又咳嗽了两回，阿音听见她的呼吸声，气不打一处来，将筷子一搁，道："不过同阿平逛了几个时辰夜市，竟不当心着了凉。"

宋十九呛一口粥，李十一不出声伸手替她顺背。

阿罗抬头，深深看一眼阿音："阿平半月前便入了泰山府。"

五钱叹一口气，尴尬得坐立难安。

阿音脸上有些挂不住，牙根儿一紧，仍是嘴硬："记岔了，竟是隔壁巷子的阿成。"李十一夹一筷子咸菜，又听阿音慢悠悠添一句，"姑奶奶观音兵实在多，轻易记不住。"

李十一淡淡扫她一眼，带几分警告，还未来得及收回眼神，便听"啪"一声轻响，阿罗将筷子搁到桌上，留了半碗温热的粥，起身裹着袍子离去。迈上楼梯时她扶住墙壁，又颤着瘦削的双肩轻轻咳嗽起来。

阿音望着阿罗的背影，心里头颠颠的，直堵了一宿。她明明晓得阿罗最不愿看自己堕落，却偏偏要说那些不爱听的来刺她，好容易将人盼回来了，却一字一句又要赶她走似的。

阿罗回来几日，阿音便长吁短叹了几日，跟剪了冠子的斗鸡似的，支着脑袋发怔，偶然瞥一眼经过的阿罗，无精打采的。可若是阿罗回了头，那哀怨便陡然套上硬壳，斗鸡的鸡冠子复又垒起来，昂首挺胸地招摇过市。

夜深人静时，她又懊恼，仿佛面前是一汪清水，你分明晓得应当用瓢去舀，却总是不信邪地拿了千疮百孔的簸箕。

她兜不住的自尊心，就是这个千疮百孔的簸箕。

饭吃得少，阿音见几天地瘦下去，她觉得是时候同阿罗聊一聊，好也罢散也罢，总得有个痛痛快快的说法。开场的话琢磨得差不离，碗里的米却只少了几粒。

一顿饭吃得安静又缓慢，刻意等着什么人似的，阿音身边的位置空了一个。

桃金娘是不吃饭的，下来收了阿罗的衣裳，怯生生地打了个招呼，便又上了楼。

鸡汤凉透了，飘着一层黏腻腻的黄油。几人停了筷子，李十一同宋十九低低说着话，并未急着散场。阿音正嚼着一颗绵绵的青菜，上头传来了隐隐约约的动静。

古楼的隔音实在差，正巧又是午歇的时辰，周遭安静得很，衬得若有若无的声音十分明显——

她这是饭也不吃，同桃金娘在上头耍闹吗？既回来了，又同旁人处处摆谱、处处回避，是要做什么？

阿音将筷子一扔，噌地起身往楼上走，噔噔几下便上了楼，至拐角处怒意还未消，抬手便拍门。

她觉得自个儿不要脸极了，似个打上门的泼妇，搁往常她一定要嗤之以鼻地哼一声，回身同涂老幺笑，说：做姑娘，最紧要是体面。而如今，她拍一声门，便是扔一层她的体面。

她赤身裸体似的站在门口，阿罗才终于开了门，苍白的脸上没什么表情，右手将胸口的盘扣一粒粒旋上。她系完了扣子，又将掖在领口里的头发拿出来，搭到汗涔涔的颈边。看她一眼，又转开，宁愿望着不远处的花，也不再将阿音放眼珠子里。

阿音感到自己被狠狠扇了两个耳光，打得她眼泪花子终于冒了头，她死死咬着嘴唇，下巴仍旧昂得高高的，泪盈于睫地望着阿罗。她不想再说什么气话，只是形销骨立地盯着阿罗，喉头的酸涩咽了一回又一回，她觉得委屈。

阿罗的目光终于挪回来，自她泫然欲泣的脸上扫过，又看向她起伏的胸膛，最后挪到她攥紧绢子的手上。阿罗的叹息很温柔，她回身对身后的阿桃说："先出去。"

阿桃应了"是"，阿罗看一眼阿音："进来。"

门被掩上，屋子里黑漆漆的，帘子也未拉开，空气里遗留着桃金娘扰人的幽香，阿罗慢步走到桌前点了灯，而后靠到床边，仔仔细细地看着阿音，一双没有血色的嘴唇柔软地合着。

阿音甚少用这样服软的眼神看她，令阿罗的心瞬间也硬不起来了。

过了一会子，才听见阿罗轻声道："阿平投胎了。"

阿音一愣，万万没想到她第一句是这个。

阿罗顿了顿，又说："他遗留人间的时日不长，又是事出有因，不是自身的缘故，因此，安排的命数尚算平顺。"

她的声音好听极了，抑扬顿挫的，带着深井一样的古意，话也浅显，可阿音竟一个字儿也听不进去，只睁着半干的眼眸，怔然问她："你便同我说这些？"

里头的人名不是阿音，竟是阿平？

阿罗沉默，阿音想再追问，才刚近前一步，却见阿罗本能地退了小半个身子，仍旧与她保持床头至床尾的距离。

阿音失落地将视线垂下去，不再动弹了。

她听见阿罗涩涩地苦笑一声，轻轻问："我还能说什么呢？"

这些天她总在想，阿音那日的绝情究竟是真是假，心底有个倔强的声音日复一日地说是假的，可这句话孤零零的，没有任何支撑的证据。

于是阿罗低下头，又陷入了长久的沉默。半晌，她才抬头对阿音说："我有些乏了。"

逐客令阿音不新鲜，新鲜的是自阿罗嘴里说出来，惹得她一瞬便跟丢了魂似的，木着脸往外走，走到门口才敢将提着的一口气放出来。

她生怕自个儿露出脆弱的模样，于是索性回屋关门，狠狠地睡了一觉。

到下午，阿音觉得自己好些了，因着午饭用得少，便去厨房里热一碗羊奶，喷香浓稠的液体在锅里翻滚着乳白色的泡沫，她正望着出神，却见阿桃端着簸箕走了进来，上头是一把新鲜水嫩的莴笋叶。

她同阿音客客气气地打了个招呼，阿音懒怠地应一声，忍不住瞄她一眼，白萝卜似的嫩脸蛋儿，透着春桃掠过的粉，连择菜的动作都同抚琴似的，文雅得厉害——

拿腔拿调的，阿音心里头的酸水也搁上了灶台，煮沸了咕嘟嘟开始冒泡。

她反手撑着酸软的腰肢，揉了一揉，还是忍不住问："你吃？"

她晓得阿桃不吃，也就是故意问一回。

阿桃到底单纯，摇头："大人有些饿，说是想吃阳春面。"说着她将手里择好的菜放下，踮脚找寻柜子里的挂面。

阿音动了动脖子，上前越过她抽出一把："这个，她爱吃细的。"后面半句实在是没有必要，可阿音就是想说，一面说一面偷眼瞧阿桃的表情，果然见阿桃愣了愣，抿唇将面接过去。

阿桃甚是安静地煮面，阿音立在一旁瞧。她有些恍惚，阿桃有同十九一样年轻鲜亮的脸，可奇怪的是，从前李十一那样护着十九时，她虽难过，却并未有这样张牙舞爪的敌意，可对阿桃却有。

她这才意识到，李十一同阿罗对她来说是不同的。她从前对李十一，像是望着街头一盆金贵的花儿，没银子，买不起，便搁在心里头，见有人买走了，也只能暗自嘱咐一句：你可千万好好待它。

可阿罗不同，她从来便长在自己的院子里，即便她从前不大在意，也不能让人明目张胆地挖。她对阿罗生出了独一无二的占有欲，颇有些面目可憎。

她蔫了吧唧地坐着，锅里的奶滋滋地烧干了一半。她于是站起来，伸勺子搅了搅，余光顾着阿桃的动作，想了想，开口问她："你跟着阿罗多久了？"

"跟着？"阿桃蹙眉，弱弱地反问。

阿音见着她怯怯的模样便要发火，睨她："你不是天天跟她寸步不离的吗？"

说完收了收下巴，将旁的话咬在牙根儿里。

阿桃却说："大人病了。"

"病？"阿音飞速地眨着眼。

"她带着你是——"阿音停下搅拌的动作，想起阿罗的咳嗽同难耐的呻吟。

"桃金娘是药娘。"阿桃说。

阿音盯着她，蝶翅似的睫毛一扇一扇的，似被围困了几日，终于要飞出眼眶的禁锢。

她听见了什么死而复生的声音，面香、奶香同阿桃身上的花香，混杂出了生机勃勃的架势，她熠熠生辉的媚眼儿有了无限的神采，聚焦在阿桃嫩芽儿似的脸上。

原来带着她，是为了治病，不是故意要气她，也不是刻意不用饭关门要闹，而是生病吗？

"什么病啊？"阿音问，嘴角抿得牢牢的。

阿桃想了想，说："风寒。"

最后一点子吊着的心也沉了下来，阿音软绵绵地"哦"一声，又看一眼阿桃，莫名看出了半分可爱。

02

阿音活泛起来了。尽管她的脸色仍旧蜡黄，眼睛仍旧肿得似核桃，头发也毛毛糙糙地忘了上刨花水，但她的腰肢扭起来了，蹬高跟鞋时双腿绷得直直的，半点不打弯儿。她婷婷袅袅地走到宋十九同李十一旁边，说是饿了，请宋十九下馆子去。

她想起前几天曾评价自己自私，实在对极了。桃金娘的话是“大人病了”，她的落脚点竟不在“病”上，而在前头那个“大人”上。阿桃喊一声生分的“大人”，她便在心里跟一句“阿罗”，越念越舒坦，舒坦得头发丝儿都伸展起来。

或者她潜意识里，还是觉得阎罗大人神通广大，如今能好端端地回来，只带了一个小婢子，多半出不了岔子。

若说她只请了十九下馆子，那也是有缘故的。她想明白了，既然阿罗未曾绝情，那她便有握手言和的机会，而论到哄人这件事儿……阿音瞄一眼冷着脸翻书的李十一，觉得还是宋十九天赋异禀。

天赋异禀的宋十九不枉费阿音的抬举，三两下便瞧出了她的欢愉，问她是否得了什么信儿。

阿音要向她讨教，自然将桃金娘治病的缘故挑挑拣拣地说了，宋十九却托着腮，坐在李十一旁边，不认同地皱起眉。

阿音瞧出不对来，拉一把椅子坐到对面，把二郎腿一搭：“你说。”

宋十九问：“鬼殿阎罗，也会生病吗？”下一句她说得小心翼翼，小指指尖抵着下唇，“你从前同她要好，仿佛也是因治病而起。”

她闪着娇俏的眼波欲言又止，瞄一眼李十一。阿音被她说得心慌意乱，见她竟还有未尽之言，而李十一也心领神会的模样，便吸了两口气，下巴一抬，指指李十一：“你说。”

李十一将目光自书上抬起来，头一偏，望着她一字一顿道：“风寒。寻常两帖药便好了，有带药娘的必要吗？有背着人医治的必要吗？”

阿音愣愣地眨了眨眼，宋十九在一旁侧脸看她，李十一总是能将辛辣的话说得冷淡而清幽。宋十九的手指在桌上弹钢琴一样地敲，李十一的嗓音在她的耳边亦如是敲。

阿音慌了，冬日的天气，她竟甩着绢子扇了两下风。未等她将被揉乱的思绪扇齐整，又听李十一开了口："过两日我便带十九上山，不能再拖了。"

她的话说了一半，余下的意思也很明白，因着阿音的缘故，十九寻找狌狌一事耽搁过久，如今阿罗回来了，她们便要继续了。

若宋十九的身世再有什么牵扯，更是没多余的心力顾着旁的了。

阿音在心里放大了"李十一不再管她了"这几个字，无端有些怅然，她抬手按住心口，硬生生打住，又感叹如今自个儿实在矫情，任什么都能扯到"被抛弃"上头去。

她深切感到自己不能再消沉下去，于是狠了狠心，说："你等我两日，我同你一块儿去。"她脑子里飞速地想着法子，片刻后将两手一合，掌心拍出脆脆的声响，心里头有了计较。

这夜，寒风刀子似的刮骨头，偏偏阿音穿着单衣，在巷子里鬼似的晃荡了二十来圈，硬生生吹了一夜风，第二日终于如愿以偿地发起了烧。宋十九推门而入时她晕得迷迷糊糊的，一面打喷嚏一面伸手薅床头的镜子。

宋十九忙上前将镜子递过去，阿音只撑着眼皮子扫了一眼，见不是太难看，便将其扣到胸上，锁着眉头轻轻地哀吟起来。

宋十九喉头一动，神色复杂地看着她。

宋十九一直以为，求而不得能激发人了不得的潜能，是以自己才能将所有的机灵和聪慧都搁在与李十一的博弈中。而她望着阿音，这才发现原来有人是恰恰相反，此刻她惯常的八面玲珑都褪了个干净，变作一个再蠢笨不过的傻姑娘。

傻姑娘眯着肿泡眼儿，头上搭着热巾子，“哎哟哎哟”的，一会子又停下来，问宋十九：“她的耳报神这样灵，竟半点没动静吗？”

宋十九宽慰她：“兴许是病了，收了神通。”

有道理。阿音虚弱地点点头，攥着宋十九的手：“你去喊她。”末了又嘱咐一句，“千万别说我请的，只说你瞧不过眼了。”

宋十九应了，掩门出去。

阿音闭着滚烫的眼数了一百来下，阿罗裹挟着清凉的风入了内。

阿音的心突突跳起来，回光返照似的，原来她的脚步声自己也认得，原来她们从前是太吵闹了，吵得令她此刻才有机会听一回这人的脚步声。

她感到阿罗坐到自己床边，轻柔的视线定在她那方不规整的巾子上，又看一眼一旁铜盆里的温水，没说什么话，只将手扶在铜盆外侧。

阿音听见细小的气泡声，不大的热浪自铜盆处传来。她想起阿罗头一回帮自己治病后，也是如此捧着一个茶壶，待里头的水滚烫起来，然后贴心地为她斟上一杯茶。

阿音眼皮子一动，听见阿罗问她：“此刻难受，昨夜又怎么出去吹风？”

阿音心旌一晃，睁眼盯着她，呼出的气灼人得很，目光也灼人得很：“你能听见？”

“听不见。”阿罗道，“自阿蘅那日嘱咐我，我便有所控制。”

“那……”阿音有些激动，连脖颈处的筋亦一抽一抽的。她仔细品着阿罗的话，若不是听的，那便是看的，她或许在窗台前，或许在门后头，又或许在路灯边上，一直在瞧着她。

她看她看了多久呢？她不大敢想，尤其阿罗本就有病在身。

阿罗将她头上的巾子拿下来，在水里过了一遍，略用力拧一把，声音却没什么重量：“若要我来，装个样子便是了，何必如此？”

阿罗的镇定衬得阿音绯红的面颊像个笑话，她也没力气再反唇相讥，只咬着嘴唇，道：“你是阎罗大人，装个样子，不是一眼便瞧出来了吗？”她许久没有这样心平气和地同阿罗说话了，以至于她不自觉地攥着对方的袖口，尽管她这般刻意地病了一遭，仍旧被立马戳穿，但她还是觉得，这烧发得值。

因着这病症耗光了她的力气，带走了她的硬气，敲碎了她的骨气，心底的孤寂和脆弱被放得比天大。

她站也站不起来，骂也骂不出来，仅能放低了身段，躺在床上安静地望着阿罗。

她病了，阿罗也病了，她们便前所未有地平等了。

阿罗将巾子搁到她额头，指尖不由自主地滑过她耳畔，喉头又痒起来，她捂唇轻轻咳嗽一声。

阿音拽住她另一只手，阿罗在抖动的气息间望着阿音，看她干得裂了皮的嘴唇，仍旧有着婉转的弧度，眼角往上飞着，瞳孔里却有了低眉敛目的情绪，氤氲得似她爱喝的茶。

茶泡好了，散着雾气等待她享用——阿音想明白了，散着雾气等待她回头。

阿音思来想去，决意不再迂回，于是抓着她的手，挣扎着起了身，道：“旁的且不论，我只问你，你身边还有没有我的位置？”

她说得十分直接，令阿罗心神一动，抬眼看着她。

阿音的眼眶红红的，又道：“若有，我便给你认个错。”她的话语里又恢复了些往日的嚣张，讨价还价的，好似在谈一个不肯吃亏的买卖。

阿罗抿着嘴角，默了一会子，才问她：“若没有，便不认了？”

阿音抬起下巴，头发乱糟糟的：“是，死也不认。”

她想得十分明白，她若是有错，那便是口是心非，糟蹋了阿罗的好意，可若阿罗厌弃她了，那她便一丁点儿也不必示弱。

未关牢的木窗又噼里啪啦打起来，阿音缩了缩身子，病气令她孱弱极了，也不自信极了，她分不清窗户此刻扇动是不是阎罗的缘故，就像她不知道自己的强撑还能维持多久。

她看向阿罗，阿罗沉着秋水眸注视着她，动了动嘴唇，漆黑的瞳孔里凝固着千万年的时光，她说："向我认错。"

她用漫长的时间等一个可能，等到了。

阿音从未听过如此动听的命令。她望进阿罗的眼睛里，听见她说——

你应当向我认许多许多的错。

阿音张了张口，带着眼睫毛同被掐了一把似的闪闪躲躲，终究没说出什么来。

她的脑子里不由自主地将前半生过了一遍，从在柴房里被老妈子掐着下巴时的无助，到第一回下墓的胆战心惊，再到头一次同人厮混后长久的寂寥和空虚，这些折磨她的过去如今轻而易举地就被隔了开。

她坑坑洼洼的生命里起了一座高山，阿罗在这一头，苦难在那一头。

她真希望她能清白一些，好踏踏实实地受了阿罗的这句话。

她低下头，不嚣张了，也不张狂了，就抿着嘴唇抽了两下鼻子，手里捻着不晓得何时抓住的头发丝儿。

她有些难过，她感到自己长了一颗不是很健康的心脏。阿罗要走时，它勇往直前；阿罗回来了，它又扭扭捏捏。阿音鼓起勇气看向阿罗，她晓得要将它治愈还需要不短的时间，但她愿意努力一回。

阿罗抬手拉住她的指尖，问她："不是要认错吗？"有些人的话是风，将冰霜一拂，两三下便化了。

于是阿音抬起头，点了点。

阿罗笑了，偏头又问："认什么错呢？"她一面说，一面用手背抚了抚裙面，像是果真要听她道歉的姿态。

阿音望着她，说：“我应当待你坦诚些，想要的不再说不要，觉着好的不再说不好。”

她的尾音没了妖娇的矫饰，被风寒搅得低沉又哽咽，阿罗认真而专注地望着她。

阿音将目光和嗓音一齐放低，终于道：“若是遇见想关心的人，便不再让她难过。”

话音未落，阿罗欺身上前，伸手轻轻地拥住了阿音单薄而执拗的脊背。

午后的阳光挤进来，二人对卧在床，听阿罗念涂老幺寄来的信。

信是请街边的先生代写的，开篇颇有文化地起了一句“展信佳”，后头想来是那先生被涂老幺的叙述为难住了，只能按他的语气一字不落写了下来。

粗人的话自柔意万千的姑娘嗓里出来，也动听许多。一封信正念至尾声，阿罗要抬眼，手上的信纸却被阿音一拉，横在两人中间。阿罗在透亮的信纸里瞧见阿音微勾了秀丽的脖颈，隔着墨香对她说：“咱们这便算和好了。”

阿罗捏纸的手顿了顿，她轻轻应道：“是。”

阿音伸手将阿罗垂在枕间的一缕头发拉过来，在掌心里绕啊绕，又道：“倘若你想变卦了，你便同我说。”

阿罗将信放下来搁到一边，她原本想说不会，忖了忖却启唇应承一句“好”。

阿音这才安了心，同从前一样躺在她身旁，嗅着独特的冷香，嘴角又隐隐翘起来。

阿罗瞧着她，低声问：“你还未同我说，你怎样想明白的？”

阿音恢复了些精神，答得轻快：“从前我以为咱们不是一路的，这几日我才发觉，我亦有特异本领。”

阿罗晓得她又开始信口胡诌，也不戳穿她，只问道：“什么本领？”

阿音眼波一荡：“扶乩请仙，占卜预言。”

阿罗蹙眉，听阿音低低笑：“我从前教了个小十九‘貌美如花’的诀，她便止住了一日一年的生长态势，而后我教她御时术法，竟也得老天赏脸，有了作用。”她撑起一边眉尾，对阿罗道，“你说，是本事不是？”

阿罗未回答，只在唇边绽了绢花似的温情，同她说：“那你再占一个，如今的。”

“如今，”阿音咬着下唇，眼角的光影里笼着阿罗软糯的笑，她眨眨眼，柔声说，“大约有两个姑娘，能一直要好，不再吵架吧。”

阿罗愣住，将眼神放低，安静地注视她。

阿音的呼吸起起落落，她在阿罗的眼神里感到了前所未有的渺小。她原来只是个再普通不过的平凡人，没什么钢铁之躯，也没什么三头六臂，她用了许许多多的时间在尘世里跌跌撞撞，而后才寻到了那些应该珍重的东西。

她曾对着五钱愤愤不平地后怕，琢磨自己今生的磨难是否是因为在泰山府哭了三日的缘故。如今她想，泰山府的那三日换来了前半生的坎坷，却也换来了许多珍惜她的情谊，如此算来，倒也并不觉得很亏。

阿罗回过神来，欲言又止。

阿音先她一步开了口：“欸，还未曾问过你，你会障眼法不会？等我老了，我若是瞧你还青春正好，保不齐心里不痛快，到那时，你变个样子，也做老太太，哄哄我，成不成？”

阿罗安然一笑，点头：“我去学。”

听她的意思，鬼打墙不会，障眼法竟也不会，也不晓得这千八百年的，到底修什么去了。阿音努嘴，心里头腹诽两回，打了个哈欠，闻着阿罗身上的药香睡过去。

阿音这一觉睡得顶安逸，蜷缩的筋骨都发了芽，痒酥酥地结出温顺的果子。阿罗陪了她几日，便将她的病陪好了，脸上容光焕发，仿佛掉进了蜜罐里。

她瞧阿罗写诗、作画，看看画又看看她，就想起幼时总想养一只雪白的兔崽子，后来又想养威风的黑猫，可幼时家贫，而后又跟着师父颠沛流离居无定所，便忘了这份奢侈的念头。

如今她望着阿罗，觉得她苍白的脸颊像白兔，如墨的缎发似黑猫，水漾的眼是她馋了千万回的糖雪球，连睫毛亦是一根根串山楂的竹签子……满足了她所有奢侈的念头，也替她寻回了所有遗失的渴望。

其实后来也买了许多物件，金门成衣局的衣裳、太平馆的双头鲍，还有外国桂花制的香蜜粉同檀香味儿的雪花膏，但她从未有过“拥有”的满足感。此刻不一样，此刻她真正踏实了，想好好地活一遭了。

03

每日里阿罗照例有半个时辰要同阿桃去用药，阿音虽疑惑，想来出不了岔子，倒也未说什么。

这日晌午她下了楼，见李十一坐于餐桌前开了一罐涂老幺随信捎来的咸蛋蟹黄酱，宋十九在一旁低头认真地剪纸人儿。细砂一样的蟹黄汪在油里，亮得同金子似的，肉香过了湖海味儿，自然是一等一的鲜香。李十一只瞧了一眼，正要将盖子合上，见阿音咽口水，便问她：“吃吗？”厨房里还有早上剩的米饭，拌一拌也很好。

阿音托着腮帮子，摇头坐下：“不了，这几日都胖了。”嘴上在抱怨，一双桃花眼却眯眯笑着，春风得意马蹄疾。

宋十九看得直乐，阿音爱胡说，面皮却总不会撒谎，喜怒最是形于色。

李十一瞄她一眼：“阿罗呢？”

阿音用左手支着太阳穴，懒怠地半瘫了身子，先是笑一声，而后盯着自己在桌上画圈的右手食指："阿罗呀，才用了药，歇着呢。"她勾着嘴角，愉快极了，连桌面老旧的木头都被她瞧出了几分精神。

宋十九笑吟吟的，对着李十一眨几下眼。

阿音正跟她笑闹，却听一旁清冷的嗓子："阿罗的风寒，还未好？"

阿音转头，见李十一将玻璃罐扣上，眼风淡淡一扫。

阿音听出了她的弦外之音："怎么？"

李十一将指头往铁盖子上一搭，薄唇里吐出三个字："饮魂鞭。"

阿音耳后的汗毛一颤，心里亦是颠了一颠，问她："什么意思？"

"我不晓得什么意思，只是昨日她上药时，依稀听见了这三个字。"李十一道，"你该问她。"

阿音"嘶"一声挺起腰杆，疑窦丛生地蹙眉："这两日她用药没了动静，你竟能听见？"

李十一垂下眼帘，又将头往右稍稍一偏，道："我的听觉，仿佛也更好了。"

她能听见隔壁巷子老砖瓦下滴滴答答的雨声，能听见屋檐的拐角处归燕衔来新泥的筑巢声，能听见五钱买菜归来时落在街口的脚步声，还有……她抬起头看一眼阿音，将隐秘的微笑藏在嘴角——某位姑娘刻意让自己染上风寒，哎哟哎哟地哄人。

阿音因她的眼神有些莫名心慌，却没心思计较，只将鞋跟儿在原地杵了几下，细声道："我这便去问。"她一股脑说完，也不顾二人的反应，清咳一声晃着肩膀便往楼上去。

二楼飘着淡淡的药香，将古木的年岁感晕染得恰如其分。阿音推开门，里头不似前几日那样暗，帘子拉开了一小半，足够阳光开疆拓土。里间被香炉的横烟隔断，阿罗站在亮度最好的书桌前，背对着窗棂写字。长发温顺地趴在她的背上，在暗角的阴影中似臣服一样规矩，唯有被阳光照到的那一小半能探查到不大安分的发梢，略微翘着一两根，在她鬼气森严的宁静中添了些俏皮。

阿音走到她身后，眼神攫住这点出格的俏皮。

阿罗将笔下的一捺写完，才看向阿音，笑意软软的，道了声："早。"

阿音径直戳破："两个时辰前，你醒来时，也是这么一句。"

阿罗莞尔，低头握着狼毫笔蘸墨汁。

阿音不愿意同她兜圈子，瞧着她拢袖的动作，开了口："你的病，几时大好呢？"

阿罗专注地移动手腕："这几日好了许多，再三两日便可不用药了。"

阿音"唔"一声，两手撑着桌沿，将背抵上去，试探地问她："这药，我替你熬，成不成？"

阿罗的动作一顿，抬眼看她。

阿音索性坐到桌上，勾头看她，眉尖儿轻轻堆起来，咬了咬嘴唇，才道："浮提大人，咱们此前是说好了，我不口是心非，待你坦诚，是不是？"

于是阿罗将笔搁下，拿起一旁的绢子轻轻擦拭指缝间的墨渍，低声道："你不问，我也要同你说的。"

"只是，我不大晓得怎样开口。"她微垂了脖颈，目光落在未干的墨迹上，将那几个字缓慢地过了一遍，而后抬头看进阿音的眼里，胸腔沉下去。

阿音忽然在她要开口的动作里感受到了前所未有的慌张，一把捉住阿罗的手，稍稍提了声调："你究竟做什么了？"她的脑子将这些年看过的话本飞速地过了一遍，"修人身？改府间籍？还是……你要造反了？"

她倒吸一口凉气，脸色隐隐发白，语速快得同倒豆子似的："你可千万别犯傻，做什么大逆不道的事，你安心做你的阎王老爷，我才好有个靠山，你……”

阿罗瘦削的双肩一颤，笑得柔弱又干净，她摇头：“不是为了你，是我自己的缘故。”

阿音一颗悬吊的心霎时便落了一半，在当中不上不下地垂着，她见阿罗将手抽出来，把颈间的头发拨到一边，随后自上而下一颗颗解开外袍的盘扣。白皙细腻的肌肤自墨色的袍子下一寸寸展开，似一幅上好的丹青正显山露水。阿音定定看着，呼吸一停一顿，被震住的紧张自她微张的嘴唇里探出来，才刚冒了个头，便在阿罗的转身中被打得魂飞魄散。

她虚了虚眸子，难以置信地望着阿罗裸露的脊背。

腰窝的曲线仍旧是画笔描出来的一样，肩胛骨似蝶翅一样蛰伏其上，中央是一道浅浅的沟壑，在羊脂玉一样的肌理间堆出矜持的阴影，这该是一具被精雕细琢过的躯体——若是能够忽略上头杂乱无章的疤痕。

那疤痕已然很浅了，边缘泛着隐隐的红色，是新长出的娇嫩皮肉，可阿音望着那痕迹交叉蜿蜒遍布背上的形状，便不难想象当初面前的人是遭受了怎样的折磨。

她攥紧了手，又深吸一口气将它放开，指头全无动作，连抚摸一把的勇气也没有，只是牢牢贴住微颤的大腿，嘴唇抿了又抿，才让语气显得不那么生硬：“这便是……饮魂鞭？”

阿罗一愣，侧了半个脸，看向阿音极力克制的嘴角，一会子才点了点头：“我这回回去，过奈何桥，桥上量出我的冥气少了七两四钱，一查，才晓得我擅自做主，为人解厄。”她动了动睫毛，令阿音瞧出了一点隐藏得极好的倨傲同高贵，这点骄傲令她仅能够说到这里，其间的事不愿再提。

她回泰山府后，向府间籍请罪，被判八十一道饮魂鞭，她跪于刑台正中时仍旧不解，饮魂鞭，鞭的是三魂七魄，以不亚于剥骨剔肉的痛苦，将神魂鞭笞得佛泣鬼哭。

她乃黄泉边的冥气，又哪里来三魂七魄。

直到手指粗的鞭子第一回落到她的背上，她在肝胆俱裂的痛楚中清晰地瞧见有一个与自己一般无二的剪影自眉心处震出来，在黄泉边发出震动万鬼的一声哀啸。

地府动，阎罗诛，百鬼惧，泰山枯。

她冷汗涔涔地趴在地上，背上似生了成千上万的火种，灼得她神思颤颤，口不能言。撕心裂肺的剧痛令她连呼吸亦不敢放重，仅能抿着血色尽失的嘴唇迟钝地回想。

回想方才轮廓完整的灵魂，回想落于信纸上的那滴眼泪，回想在奈何桥边见着那位斗鸡似的姑娘时，胸腔里沉甸甸地一颤，好似有什么东西正落地生根。

一如眼前丝线一般倾泻而入的阳光。

阿罗琥珀色的眼珠子熠熠生辉，倒映着眼前愣怔的姑娘，她伸出右手，指尖碰到阿音风华正茂的脸颊，对她说："我有了灵魂。"

阿音心里的酸楚水涨船高，原来她每日背着人是为了上药，原来自己曾对她恶形恶状，她却自始至终还以最大限度的坚定包容。她开始抑制不住地想，自己让李十一叫阿罗回来时，她是怎样难以支撑，却又马不停蹄地赶回了她身边。

她的距离与生分，原是不想她发觉，怕她忧心，而自己偏偏就如她所愿地粗心大意，竟信了那连小十九都瞧出了破绽的风寒。

阿音死死咬着下唇，不想哭，也不能哭，于是只风轻云淡地将被凌虐的嘴唇放开，想要说些什么，掏了掏心窝子，却没半句像样的话。

她抬头，却见阿罗久久地望着她，安静得过分。

阿音呼一口气，问她："瞧着我做什么？"

阿罗道："害怕。"

"怕什么？"

“怕你难过。”阿罗淡淡笑，“又怕你不难过。”

阿音心底一抽，绷着下巴问她：“那你瞧出什么了？”

阿罗拉她的手，笑得得偿所愿：“你难过，又怕我瞧出你难过。”

阿音嘴一瘪，哇的一声哭了出来。

阿罗慌了神，她从未见阿音有如此彻底的伤心。

艳光四射的大美人此刻糊了胭脂，手背无所适从地揩了一下眼角，又转过来用掌根儿抵着眼窝，最后索性不挣扎了，鼻翼一翕一合地望着阿罗号啕大哭，哭得像个被欺负了的幼童，一塌糊涂。

明明眼前的场景滑稽到好笑，阿罗的眼眶却不自觉地热了起来，她眨眨濡湿的睫毛，轻轻问她：“哭什么？”

阿音鼻子被堵得不行，勉力抽了几回才通顺了，她用袖子胡乱抹了一把双眼，望着窗外道：“姐这辈子，太难了。”后三个字说得咬牙切齿，也说得无能为力。

她不晓得为什么，若是在自己身上，天大的厄运嬉皮笑脸的也就过去了，可阿罗身上的每一鞭，都是一道过不去的坎儿，让她恨不得提枪上马，立时讨一个说法。

然而她能向谁讨说法呢？

她望着外头冷冰冰的阳光，心里头辗转反侧只有三个字——完蛋了。

耳边有杨柳抽枝一样的吸气声，她略略转头，余光里是阿罗垂下的脸庞。

阿罗用右手抚着左边胳膊处衣裳的褶皱，将它们一点点捋平，喉头的哽咽陌生又理所当然。她的心怦怦跳着，却不是夙愿得偿的圆满，而是后知后觉地酸涩和胀痛起来，只因她从方才阿音的话里觉出了不寻常的地方。

她面前的姑娘有对着刀山火海面不改色的傲气，任谁将她踩到泥里，她也能笑着啐上几口，她从未对人说过难、说过怕，可方才她将阿罗的伤痕，称作“难”，当作“怕”。

这是头一回，阿罗如此清楚地明白，原来阿音是真的做好了同她生死与共的准备，不仅仅是“咱们这便和好了”。

她红着眼眶，将这酸胀感压抑下去，阿音娇软的阴影将她的脸笼罩了一半，令她生出了自己仅仅是一个手无缚鸡之力的小姑娘的错觉。

她这才明白，神也好，鬼也罢，从来不缺想要被人保护的心思，这同法术功力并没有什么关系，只同眼前人有关系。

阿音哭够了，也宣泄得差不多了，这才捏着绢子小心翼翼地揩着眼角，却发觉阿罗站在一旁并不上前，一时颇有些不满意：“想什么呢？”旁人若见着小姑娘哭，自然要好好哄上一番，这傻阎王却愣愣的，教习之路任重道远。

阿罗抬起头来，抿着嘴角笑了笑：“在想，涂老幺说得有理。”

“什么理？”阿音朝上翻着眼睛，两指将卡在眼角处的一根睫毛摘下来。方才哭得险些岔了气，这会子最紧要的仍旧是美姿容。

阿罗靠在桌上，含着柔柔的笑看她：“泰山府是不如人间好。”

阿音眨两下眼，又伸出中指匀着鼻子两侧的粉：“哪里不好？”

阿罗道：“没有鸡。”

没有烧鸡公、炖鸡汤、白切鸡、荷叶鸡、叫花鸡、辣子鸡、炒鸡蛋、煮鸡蛋和鸡蛋灌饼……也没有这样可怜可爱得毫不自知的阿音。

神神道道的，阿音鼓了鼓腮帮子，活动了两下筋骨。哭得久了，头晕晕忽忽的同发烧了似的，喉咙也辣得很，她便在太师椅上坐下，撑着太阳穴静了静，总觉得缺了什么似的，便又将阿罗的手握住，把头靠在她肩上，瓮声瓮气道：“别动，我缓一会子。”

“嗯。”阿罗应了，果真一动不动。

阿音闻着她颈间的香气，清幽又诡谲，好闻得要命，不同于任何一种香粉，仿佛是泰山府里的，那桃金娘身上也有差不多的隐香。

想起阿桃，再想想阿罗方才的裸背，阿音将头抬起来，稍稍拉远了些距离，问阿罗："阿桃上的药，便是在这背上？"

阿罗点头，伸手捋了捋阿音散乱在耳边的头发。

阿音好奇："怎样上？脱衣裳吗？"

阿罗点头："我这伤，总不能令五钱上药，于是寻了一位药娘。"

阿音抱着胳膊正要开口，又听阿罗认真道："我还因为要来人间，不欲太招摇，特意嘱咐鬼差替我招一个丑的。"

阿音一口气被堵在胸口，险些咳嗽起来，她怔怔望着阿罗，只咳了小小的一声，她难以置信地虚着眼："你说那桃金娘——丑？"眼神儿不自觉地飘向一旁的铜镜，也不管能不能瞧见，但她实在是迫切地想瞅一瞅自己的五官。

阿罗拧眉："不是吗？"

"好看得都能下蛋了！"阿音飞快地接话，将嗓音不自觉地提了几度。她不晓得这是什么乱七八糟的形容，但也只有这样乱七八糟的比喻，才能恰如其分地接住她此刻乱七八糟的思绪——那阿桃粉面杏眼，身姿婀娜，虽然阿音很不想承认，但这样的姑娘，无论是搁在天上还是地下，都该是一等一的漂亮。

她听见阿罗若有所思地默了一会子，随即才无奈道："我同你说过，我辨不得美丑。"

阿音倒吸一口凉气，撞进阿罗真诚的眸子里，晕头转向地消化着这个事实。她有些怅然，又觉得有些荒唐，自己最在意的皮相，在阿罗眼里，可能同隔壁丑出了十条街的陈麻子没什么两样。

阿罗却未有心思欣赏她红一阵白一阵的脸，只将眼神压了压，望着地面的浮尘。半晌，她才听阿音问："泰山府生的鬼辨不得美丑，那由人化作的鬼差也不行吗？如此说来，竟是一下地府便瞎了？"

鬼差自然可以，否则她又为何下令甄选呢？

阿罗将目光挪到书案上：“兴许，是疏忽了。”她有所回避，阿音却摸了一把自己的脸，沉浸在先前的沮丧中，有意无意地忽略了这点回避。

04

至落日时分，下起了雾蒙蒙的雨，街头巷尾的小摊贩顶着油布散了个干净。

阿桃自外头采买回来，沾了一身水雾，她将布兜子裹在怀里，用外裳罩着，一路小跑进了巷子。两旁有延伸出的砖瓦，她三两步跑进瓦檐下头，一手仍旧搂着布兜子，一手捏着湿答答的大辫子。

她抬头望着屋檐下滴落的水珠子，珠帘似的，断断续续的，一颗落下来，要凝上好久才有下一颗，她瞧了一会子，不晓得想起了什么，忽然静悄悄地笑了。

她的笑意很短，同她人似的，怯生生的，仿佛多停一会子便要被人偷了去，她于是低下头，将笑藏好，又盯着被雨滴砸成的水洼瞧。

三两秒后，她伸出穿着布鞋的脚，鞋尖轻轻在小水洼里一点，透心凉，她忍不住缩了缩肩膀，这水比黄泉水还要凉一些。

黄泉里的水比泥坑里的干净一百倍，入口回甘，日日将她浇灌长大，却不似这泥坑中央的积水，能折射出丰富而绮丽的霞光。

她有些喜欢，想要伸出脚去再踩第二回，忽觉右手边有一阵阴凉的鬼气，她转过脸，见浮提大人撑伞站在门前。浮提大人黑袍黑伞、乌发玉面，立得似寂静的水墨画。

她便将脚缩回来，垂着头上前去，两手仍旧捧着布兜子，躬身请安：“大人。”她不爱说话，成人形后说得最多的，仿佛也就是这两个字。

阿罗递了一块巾帕给她，阿桃一怔，在阿罗的动作里沉默了许久，好一会子才抖着手接过来，小声说：“谢大人。”她仍旧立在屋檐下，将自己的不安掩藏在湿润的阴影里。

阿罗将手背回去，自上而下地打量了她一遍，眼里的考量并不显山露水，却足够阿桃感到不怒自威的压迫，她将帕子攥在手里，也不擦，只静静等着阿罗问话。

阿罗果然开了口，声音柔弱微哑，带着几分生冷：“我要问什么，你知道。”

阿桃布鞋的鞋尖顶了顶，小臂却只将布兜子牢牢抱住，半晌，她才白着一张俏脸，颤巍巍地直视阿罗：“阿桃死罪。”罪在她毫无分寸地看进阎罗大人的眼里，也罪在别的。

她知道阿罗不大有耐心，也生怕耽误她一丝一毫，于是长长地呼吸了两回，说：“我是黄泉边上一朵桃金娘，就开在奈何桥底下。”

阿罗的神情被雨水隔住，没有半点温度。她以听了一万回奏报的态度听着眼前姑娘的话，而眼前的姑娘，却是头一回说这些话。

“我还是花骨朵时，大人有一回瞧见了我，说这朵桃金娘弱小，让五钱大人留意着，多照料些。我那时原本要夭折的，因着大人的嘱咐和灌溉，才又活了过来。”

她低头望着坑坑洼洼的泥凼子说：“后来，大人经过时，裙角也时常拂过我一两回。”

阿罗稍稍蹙眉，阿桃的心便缩了起来，顾念着这份恩情，她一生都在仰望大人，时常听着她的脚步，时常望着她的背影。她总是走得漠然而匆忙，有时同五钱低声嘱咐两句，遇到为难的事时会不自觉地整着袖口，遇到吵闹的生魂时会掩唇轻轻咳嗽一声。

极偶然地，她也会同五钱说笑，阿桃便在姊妹颤动的腰肢中勉力伸长了脖子，想要多看半眼。

有一回，浮提大人的婢女被虚耗偷了快活，大人生了好大的气，将虚耗拎进油锅里头炸了一百年。她那时才晓得，原来大人也是有婢女的，可以日日在她跟前研墨添香的婢女。可她只是一个药娘，她盼着她需要她，也害怕她需要她。

终有一日她等来了阎罗殿的鬼差，说是要替大人甄选药娘。她那时刚化人形，同几位姊妹一起栽种药材，她那日栽歪了可怜的野山参，拎着裙子想要回屋寻一支朱钗，却被告知，大人要找丑的。

“我心知大人不辨美丑，便买通了大人殿前的鬼差，将我换了上去。”阿桃只说了这一句。

阿罗却将握伞的手紧了紧，摇头：“小小药娘，如何能买通我殿里的鬼差？”

阿桃停住，在雨水里落花似的寥寥一株。她终于又将目光抬起来，苍白的嘴唇弯了弯，露出一个胆大妄为的笑容，她说：“是心头血。”

阿罗握住负在身后的左手，认认真真地回望她。

桃金娘修行一千年方可化形，聚一滴心头血价值连城，可治百病。可若是失了心头血，便修为尽散，只有三月人形之期。不过她不在乎，她的命原本便是大人的，何况，再没有旁的药娘能比她对大人更尽心了。

阿罗幅度微小地摇了摇头，而后沉默地注视着她。

阿桃埋下头：“是阿桃的罪过，请大人责罚。”

却听阿罗问她：“几月了？”

阿桃眼波一颤，死死抓着阿罗给的帕子，抖着嘴唇淡淡一笑：“两个月零八天。”

“啪嗒”一声响，一滴雨水终于凝好，自屋檐坠下来，落到积水的浅坑里。她以心头血换了两个月零八天，每一日她都记得。她听见阿罗绵长而轻柔的呼吸，仿佛就在她耳畔，她低着头静悄悄地数，一、二、三、四……

第九下时，阿罗转了身，对她低低一叹：“回泰山府去。”

阿桃眼里起了温热的水雾，恭敬地躬身道：“是。”

怀里的布兜子被箍得太紧，里头的东西仿佛是碎了，支楞着硌着她柔软的小腹。她摸了一把，想起阿音那日说的——这个，她爱吃细的。终究未能将为她买的这把挂面留下来，原本也只是想日后阿罗再想吃面时，能吃到最喜欢的。

阿桃抬眼，见阿罗余留的黑伞孤零零地支在门边，她静静一笑，拾起伞转身往雨幕深处去。

好像只有一句忘了说：阿罗那日在奈何桥外撞见号啕大哭的傅无音时，阿桃就在桥下边。

灰蒙蒙的天将清晨压得同黄昏似的，令原本就不大清明的脑袋更加疲乏，李十一还未醒，阿罗一大早出了门，阿音坐在餐桌旁，对面是咬着小笼包的宋十九。

阿音歪着脑袋瞧她，见她两腮鼓鼓囊囊的，杏花似的水目随着咀嚼的动作一眨一眨，忍不住开口：“咱们今儿便要上缙云山了，你心里有底没有？”

宋十九抬眼望她。

“我猜，你是个妖怪。”阿音把胳膊叠放在桌上，见宋十九略微上扬的眼警觉而澄澈，瞳孔又大又黑，愈发似隔壁看门护院的阿黄。宋十九眨两下眼，眉心轻轻蹙起来，她皱眉也是没有纹路的，只左右两端半截蚯蚓似的一突，似一对隐藏的犄角。

八九不离十了，阿音自我肯定地点头，她怕宋十九懊恼，又添一句：“精怪也不差，若你是个狐狸啊猫啊兔啊什么的，冬日里变了原形，多少能搁怀里暖和暖和。”

宋十九咬一口包子，思索两下，问她：“若是猪呢？”

“猪妖化形，能成你这小模样？”阿音翻白眼，“变作涂老幺倒罢了。”

宋十九轻轻笑起来，将最后一口包子皮儿咽下去，柔荑支着脑袋，不晓得在想什么。

阿音同她对坐无聊，搜肠刮肚想了个八卦，坐直了身子冲她晃晃下巴：“你留心没有？阿桃走了，阿罗的伞也不见了，你说，这里头有什么门道？”

宋十九偏头：“你不是同阿罗坦诚相对了吗？你应当问她。”

阿音放低嗓音，不认同：“你究竟是嫩了，诚恳固然重要，可姊妹之间，若是事事掰开了揉碎了讲，倒也没什么意趣了，偶然也要猜一猜。”

“是吗？”宋十九若有所思。

两人又剥了几回瓜子，才见李十一自上头下来。阿音因着方才的话留心瞄了她几眼，也不晓得是不是错觉，总觉着从前冷着面皮的十一姐如今柔弱了许多，行动间有若有若无的停顿，停顿里溢出凉凉的温婉。

她听见李十一扶着椅背埋头同宋十九低声说了两句，她托着脸瞧着，一时又是感怀又是怅然。

偶然想起一些风吹雨打的日子，不记得是东风还是南风，也不记得是小雨还是大雨，只记得用力依附的心情。

她收拾好突如其来的兵荒马乱的心情，这才得空静静捋一捋过往。

午后老天终于舍得撒些阳光进来，给院子里的枯木上了一层金色的漆料，李十一、宋十九同阿罗候在院子里，等待未收拾好的阿音。咯吱咯吱的木板声响传来，蹬着矮高跟的姑娘又上楼要换一双皮鞋，李十一将视线自悠着秋千的宋十九处收回来，投向低头整理纸伞的阿罗。

那是一把极眼生的伞，以平平无奇的木色油纸糊了，伞骨却仿佛是雕花黑檀木，散发着桐油的香气。

阿罗听见李十一渐渐清晰的脚步声，头也未抬，柔声说：“它叫提灯。”提灯是她的法器，已经许多年未使过了，如今没了伞，便遣人送了来。

她将提灯撑开，撑起一片盛开的阴凉，阳光自半透明的伞面上穿过，将她苍白的脸庞笼罩得影影绰绰。她动了动睫毛，将提灯轻轻往上一抛，食指在伞骨底端略微一抬，那伞便悠悠旋了起来，似一轮完好而陈旧的满月。

微弱却果决的杀气自旋转的伞面荡漾开来，李十一抬了抬脸，见阿罗扬手将伞一收，又如往常一样将它亭亭支起来。

“不晓得是我这两月聚了魂的缘故，还是因着你在我身边，神识日益觉醒，我身上束魂令的作用竟减了许多。”自己的术法不再受泰山府和京市地宅之限，阿罗在为病中的阿音施力热水时便有所察觉，令人送来提灯也不过一试，不想竟果真能使出一招半式来。

“提灯，还是你赠我的。”阿罗笑得苍白而温软，“也不晓得今日上山，落雨不落。”

李十一却未接话，只忽然道：“我听闻，你下令在泰山府降整二十二日雨。”

那日阿罗和阿桃的对话，唯有耳识清明的李十一听了个明白，也只有近来时常翻阅泰山府典籍的她知道，阿罗留下的那柄伞，名唤游星，乃泰山府至宝之一，有聚魂结魄之功。

阿罗被罚八十一道饮魂鞭，鞭出了并不牢固的魂魄，为修补神识，便将游星携带身边。而如今她将游星留给了阿桃，只用撑伞七日，阿桃便能保全神魂，往后化形成人，无须再修千年之久。

阿桃随身伺候，自然晓得游星的功用，而二十二日的降雨，便是浮提大人隐匿的恩典——恩准她有撑伞七日的借口，允许她拥有两个月零八天的回忆，听任她记得近身上药时大逆不道的心疼。

阿罗垂着眼帘，姣好的侧脸似一个寻常的闺秀，她原本应当更果断些，只是她忽然听见了自己心里淡淡的回响，这些情感陌生又熟悉，真正在她心里生根发芽。

她又一次感受到了自己的灵魂，不再依附阿音的情绪，而是对旁人，也有了自发的感怀。

她未开口，李十一秋水般的嗓音在旁边响起来："若是她不舍得用它呢？"

阿罗顿了顿，拇指在伞骨上一滑，看向裹着大衣踏出房门的阿音。阿音握着白皙的手，哈一口气搓了两下，一面笑着，一面朝她走来。

阿罗轻声道："那便忘了，也好。"

第六章 其瞑乃晦，其視乃明

陆 其瞑乃晦，其视乃明

SHI CHEN JUE

01

缙云山上未落雨，连风也被看管得很严实，太阳将光线均匀地铺在山地上，晒稻谷似的，晒出冬日里为数不多的生机。

李十一拉着宋十九的手往上走，身后跟着阿罗与阿音。山间小道还有些泥泞，新鲜的土壤沾在鞋底，宋十九埋头看着路，一手拎着月牙色的旗袍裙摆，青黑色羊毛大衣的领口上堆着一圈儿暖融融的貉子毛，痒酥酥地挠着她尖尖的下巴。

宋十九侧眼去瞧李十一，藕色的一身收腰棉长褂，宽袖高领，将她清冷的面容衬得水洗过一样透亮，乌发自头顶鱼骨似的编起来，合拢成松松散散的一股，被拨至一边，就势搭在前胸，成了色泽饱满的皮草。她见宋十九瞄自己，便抬起戴了黑色手套的右手，将外罩的墨绿色披风紧了紧。

宋十九也就这点不满意，李十一的手精致得要命，这还是头一回遮起来，只给人瞧一瞧隐约的皓腕。

李十一记得，上一回戴手套还是几年前动豫地的千年凶墓那一回，头一晚翻书时手心起了汗，她擦了两回，翻出手套戴上，怕第二日手滑捏不住烟杆子。

她的手是她的心，将紧张拢住，便瞧不出来了。

明明上一回来也未过多久，却仿佛进的不是一座山，树叶落得干净，枝丫枯老地支棱着，似失了水的渔货，凸起的木疙瘩是一对对干涸的鱼眼睛，毫无生气地打量几位风华正茂的姑娘。少了阴森诡谲的风声，一切都凋落得十分直白。

好在这两月没了“鬼打墙”，山道上也零星有了几个行人。砍柴的猎户经过，背篓一颠，带起一阵汗涔涔的冷风，瞧她们几眼，又匆匆下山。

路是拎了山脚的行人来问过的，再往里头走，小径愈发窄，被落叶和积水覆得十分严实，上头还盖了一溜零零散散的纸钱，花花红红地倒添了些颜色。

纸钱一路往山上去，尽头处的侧面垒起了一座小小的坟包，土新得很，想来是新葬的。

阿音支着脖子瞧一眼，笑道：“这开了山头一宗，倒也还宽敞。”她不敬天地不忌鬼神的，向来是这么个嚣张模样，如今跟在阎罗身边，更略显出了狐假虎威的猖狂。

阿罗柔柔笑一声，也不说话，只领着她往前走。再沿着溪水绕过半个山头，走得几人的额头都沁出了薄汗。

宋十九拨了一把颈间黏腻的绒毛，抬头便见路旁冒出一个简陋的算命摊儿。

那摊儿在萧瑟的冬景中十分平常，但平常得甚是突兀。半人宽的木桌，旁立着一个蓝白相间的布幌子，正中央草书的“算”字没了一半，倒显出了些年深月久的斑驳。

摊儿后头缩着一位耷拉着眼皮子的白须老人，双颊瘦得凹进去，身子却鼓鼓囊囊的，脖子一缩佝偻在座椅上，见了来人，眼珠子在眉骨间慢悠悠地动了动，将揣着的两手掏出来，笑问：“姑娘们，算命吗？”

他的嗓音嘶哑得很，似破落的风箱，说一句喘半句，还带着老痰卡喉的粘连，仿佛指甲盖儿在耳膜上划拉了两下，听着难受极了。

李十一抬眸看了两眼，携着宋十九上前去，在摊儿前定住。清冷的香风将影子送至短了一截腿的桌面上，老头将抖着膝盖顶木桌的动作停下来。

“擅算什么？”她问。

老头的脸缩着，跟被晒蔫儿了的花簇似的，两眼来回一扫，笑一声：“姻缘、命理、占梦、择吉。”因为是未开脸的姑娘们，才将姻缘搁在了前头。

李十一伸手，顶着手套的指尖翻了翻左侧的一本蓝皮儿小册，又问：“怎样算呢？”

“八字、测字、龟甲、占星。”

阿音哼笑一声，上前倚着桌子：“这相面卜卦，姑奶奶是行家。我问你，你承的什么师，学的什么派？”她见李十一不紧不慢地问，心知有缘故，便接着递了个话。

“姑娘您这满面春风的，想必有喜。”老头眯着笑眼也不恼，咧出豁了一颗的门牙，摇头晃脑，“祖师爷王禅老祖，您耳熟不耳熟？”

“鬼谷子！”阿音轻嗤一句动了动腰肢，“京市胡同里的卜卦先生，十个里有八个是鬼谷子的曾曾曾徒孙。”

“余下两个呢？”宋十九问。

“余下两个口气大些，是曾曾徒孙。”

阿罗屈指抵着下唇，甚是矜持地笑了笑。老先生仍旧噙着笑，将李十一扣住的蓝皮儿小册子拽回来，齐整整地放在中央，头也不抬道：“姑娘不算，便罢了。”

“我算。”李十一说。

老头支起眉头盯她一眼，琢磨着眨了眨眼皮，而后将缩着的脖子探出来，乐了："那敢情好，姑娘算什么？"

李十一拈了一张白纸过来，眼神投向一旁的毛笔。

那毛笔被冻得硬邦邦的，龇牙咧嘴地支棱着，老头讪笑一声，拿过来在嘴里润两下，又蘸了蘸还未来得及凝固的墨汁，反手递给李十一，也顾不得擦嘴角的墨迹，只兴致勃勃盯着宣纸："生辰竖着写，自这里起头，版式好看些。"

李十一也不嫌弃，抿唇笑了笑，从善如流地架起笔，在老头的目光下书了娟秀的两个字："生辰便不必了。"她将字递给老先生。

那先生瞧清了，脸上笑意凝住，斜着眼觑了李十一半晌，仍是笑开来："这是？"

"我的姓名。"李十一直起身子。

老头将纸举高了些，瞧瞧它，又瞧瞧李十一，"令蘅"二字自纸背上透出来，令他莫名有些手抖。

李十一垂眸聆听，却见他将纸往桌上一放，三两下把笔墨纸砚胡乱塞进吊在脖子上的蓝布兜里，又将小册子一裹，缩着脖子站起身来："不算了！"

他躬着脊背刚转身，却见一旁柔柔弱弱的长裙姑娘将撑着的伞落下来，堪堪挡至他面前，阴影压迫性地覆住他的鼻端。那姑娘支着伞，仍旧是垂柳似的身段和温水似的嗓音，问他："怎么不算了？"语毕她手腕一抖，伞面拦着老先生往后退。

老头脚下一个不稳，颠得踉跄起来，身侧却现出了一双执着烟杆子的手，将他盘于腰间的绯红色裤带一挑，另一手将其捉住，生生往后狠拽了一把。

杀猪似的叫声响起来，在荒郊野岭显得愈发凄惨，阿音同宋十九回过神来，定眼一瞧，李十一手里捉的却哪里是什么裤腰带，分明是一根毛茸茸、活生生、颤着抖着的长尾巴。

阿音惊呼一声，抬手掩住双唇。

阿罗浅浅一笑，上前将手伸至呆若木鸡的老头耳后，略微一掏，便将一张泛着腥气的脸皮剥了下来。她将其捏在手里，负到身后，对慌不择路想要掩面的那怪物道："要往哪里去？狌狌。"

那狌狌眼见被捏住了命门，又听得此言，心知挣扎无用，便将手放下，露出一张似猴非猴、似猿非猿的毛脸。五官倒是同人别无二致，比方才年轻稚嫩了许多，杂毛下的皮肤隐隐泛着红，瞧起来只似一个身量矮小些的少年人。

它的嘴角往上咧着，仍是天然一张笑脸，眼角却往下耷拉，好似在丧气。

它想问自己究竟是哪里露出了破绽，可眉头一撇想来也是白说，这荒郊野岭支一算命摊儿，任谁也瞧出蹊跷了。

却听李十一问道："狌狌素通过去、晓往事，怎的却做起了问卦的买卖？"

狌狌想要开口，身子一动又扯得尾巴生疼，便龇牙咧嘴地示意李十一松松手。

李十一依言撤了撤力，仍旧是拎着它宝贝万分的尾巴，听它道："正是通过往，却不晓得未来事，知前尘而不知后果，大憾事也，这才苦修预言之道。"它说完，见阿音拧着眉头奇怪地望着它，便十分不服气，提嗓嚷嚷，"不兴我有追求、有理想，欲提高、欲完善了？"

"你这撒的哪门子气？"阿音被吓得缩了缩下巴，顿了顿，又问它，"既有这么个理想，方才送上门的买卖，你怎的不做？"

狌狌闻言耷拉下耳朵："不中用了。"语毕甚是哀怨地望了一眼横拦它的提灯，一个一个挨个指过去，"府君，阎王。两尊大佛今儿上门，我半点未算到，我这碗饭，还吃得成吗？"

宋十九轻声道："各人有各人的缘法，你有这独一无二的本领，已是很了不得了，常言道慧极必伤，又何必事事精通呢？”

狌狌这才认真瞧了她一眼，却觉水目氤氲，甚是眼熟，一时又想不起来。它脑子里装的事实在多，若要细细捋出来，仍是需作法。

宋十九又道：“今日上山，也是有求于你。”

这话它倒是猜着了，原本要拿乔摆几句谱，却忽觉尾部一痛，被人捏了一捏，于是只得敛目问：“什么事？”

宋十九默了默，出声：“我不记得我是谁，我想问你，我是谁。”

“这容易。”狌狌薅一把自个儿的方巾帽子，将其戴方正了，清了清嗓子，对李十一扬扬下巴。

李十一松开长尾，阿罗亦收了伞，却见狌狌朝她伸出手，一副不依不饶的执拗模样。

阿罗顿时明白过来，将攥着的面皮还给它。

狌狌仔细戴上，又抚摸两把，仍旧佝偻着身子做足了世外高人的姿态，这才慢吞吞走至书桌前，自蓝皮儿小册子里翻了翻，抽出一张略硬的纸，递出去前想了想，侧身对李十一作了个揖：“令蘅大人。”

李十一蹙眉，听它诚恳道：“哪日我魂归泰山，要入轮回，您替我安排一算命先生的命格，顶精通的那种，成不成？”

这小猴儿毕恭毕敬得有些滑稽，阿音没忍住“噗”一声乐了出来，却见它转脸正色道：“这是理想。”

“姑……”姑奶奶编排理想的时候，你还不晓得在哪个山头呢，阿音瞧一眼阿罗，到底是忍住了，只一迭声地服软，“是是是。”

狌狌这才气顺了，眼见李十一颔首，心知落了听，便喜滋滋地将纸张递出去，又埋头掏笔：“一点线索，零星的记忆，有没有哇？写上头，一两个字便成。”

宋十九将笔接过来，想了想，俯身书了一个“九”字。

简单的笔画在她呼吸间成了形，狌狌遗落的疏漏也在宋十九抿唇凝神的侧脸中成了形，它心里“咯噔”一声，剪烛似的一跳，不由得将背直起来。

眼见宋十九书完，狌狌双手接过，沉默地瞧了一会子，咳嗽两声，道：“同我来。”

一行人又随着狌狌往山上走，蜿蜒的山路瞧不见尽头，约莫走了小半个时辰，夜幕便逐渐将静谧的四周笼罩住，所幸山顶视野开阔，能瞧见山下绵延成片的华灯，同半山腰一簇一簇山花似的农家烟火。

灯火倒映在一处月牙形回抱的水潭中，狌狌这才停下来，绕着小湖来回踱了几步，选了光亮最好的地，一屁股坐下去，对身后喘着白气的宋十九伸手：“头发。”

宋十九愣愣地同李十一对视一眼，伸手拔了一根长发递给它。

狌狌不知何时掏出了一根细细的银针，将弯弯曲曲的发丝穿过针眼，略抻了一抻，便埋头沿着“九”字绣起来。一根绣完，字仍未覆盖住，狌狌又伸手，宋十九从善如流地又递了一根上去。接着是第三根，第四根……

她望着狌狌上下翻飞的动作，后怕地摸了一把自己的长卷发，幸好李十一问出的是“九”，若是个旁的难写的字，怕是要秃了。

万籁俱静，只剩窸窸窣窣的树叶声同汩汩的水声，唯有附近人家偶尔的狗叫声有些人间的味道，宋十九屈膝坐在湖边，将脑袋枕在胳膊上看李十一。

狌狌的一针一线都在编织她的过往，可她不紧张了，也不恐慌了，她从未如此坦然过，也从未如此像一张白纸。

她感到自己有了难以撼动的东西，这份笃定令她踏实又从容，她可以以任何身份，透过任何情绪望着李十一，只要她还在身边——那么她什么也不必怕。

宋十九颤了颤睫毛，听见狌狌说："成了！"

她直起身子，手上被塞了绣好的纸张。

狌狌道："盘腿坐，两手捏着这绣字，闭眼。"

宋十九望了一眼李十一，而后依言闭上。以发丝绣成的字符在手里逐渐发热，烫烫地烙着她的掌心。如灵蛇被骨血滋养，睡足了精神自冬眠中醒来，由她指骨间的脉络探出头，试探地吐着芯子，而后快活地冲向四肢百骸。

眼皮透进的光亮挣扎两下便灭了，脑中温言浅笑的李十一闪动两下也灭了，呼吸和耳郭里容纳的山林和夜晚统统都消失了，没有鸟叫，也没有游鱼，没有任何鲜活的气息，唯有无休无止无边无际的黑暗。

宋十九入定一般垂着头，阿音咬着下唇，紧张地攥住了衣裳，阿罗沉默地握着提灯，不晓得在思索什么。

而李十一只是望着宋十九，面上一点表情也没有，唯独那点闪烁不明的眼波牵着她隐隐抖动的指尖，然后又沉了下去。

她眼中开了一朵瑰丽又妖异的昙花，承袭了夜的鬼魅、湖的清澈、群山揽抱的大开大合和空谷遗世的亭亭独立。宋十九的红唇微张，脑后的发丝被牵引着微微扬起来。

李十一凝了凝神，却听"嘣"一声微弱的声响自耳畔散开，而后便是山脚同半山腰处急促的一阵哗然。

那惊呼的人声简短，四下而起又如鸟兽散。

阿音皱眉，问："怎的了？"

阿罗将眼抬了抬，轻声道："四下的灯，全灭了。"

阿音这才从紧张的氛围中抽身，察觉了周遭的异样。

山脚下，供富丽堂皇的洋楼点亮半边天的电路被切断，声势烜赫的老宅里红彤彤的灯笼一盏盏熄尽，煤油灯、压力灯、汽灯……还有山间土灶里经年不熄的火星子，统统埋首，悉数臣服于最原始的黑暗。

而宋十九眉心隐约的光亮是黑夜里唯一的救赎。

狌狌见她眼皮突兀地一跳，这才哑着嗓子出了声，问她：“瞧见什么了？”

“瞧见了……蜡烛。”宋十九未睁眼，语带迟疑。

盈盈微光，摇摇晃晃。

狌狌笑一声：“蜡烛，便对喽。”

宋十九脸上的迟疑如潮水般退去，抿着的嘴唇徐徐放开，噙着一点隐约的笑意，她的眉峰骄矜而张扬，将不屑一顾的姿态藏得只剩一丁点儿。

她听见狌狌嘶哑的声音说：“烛火，便对了。

“烛九阴，九大人。西北海之外，赤水之北，有章尾山。有神，人面蛇身而赤，直目正乘，其瞑乃晦，其视乃明，不食，不寝，不息，风雨是谒。是烛九阴，是谓烛龙。”

02

李十一自宋十九睁眼的动作里发现了她的不同，往常她睁眼似拽帘子，将薄薄的遮挡物“唰”一下拉开，含羞带笑的眼神便跳了出来，莺啼似的，咋咋呼呼地期盼你看她。

而此刻她像是用一双手推门，垂下的睫毛是整理袖口的准备，落在地面的眼神是她叩开的门缝，最后她才将一扇门洞开，眼神完完整整地对上眼前的人。

自如，慵懒，还有沉睡乍醒时不自觉带上的被冒犯的感觉。

她静静地将目光自周遭一一扫过，最后在李十一身上停下，未语先是笑，她哑声说：“十一。”万家灯火在她这两个字落下时重燃，李十一乍停而复苏的心脏也一样。

她站起来，娉娉婷婷的似一弯依树而立的白蛇，白蛇慢吞吞朝李十一走过去，无名指同中指一折，将手心的字掖进掌纹里。

才走了几步，她又停下，忽然皱起了眉头，眸光在阿罗拎着的提灯上一扫，偏头问李十一：“狌狌不难制服，也并不凶险，你一早就知道，是不是？”

她闪着眼波，露出了一点眼熟的天真。

李十一道：“我查阅了几日典籍，晓得它的习性。”

“那么，”宋十九低头，又抬起来，“她手里捏紧的提灯和你为动武戴的手套，不是因为它。”

她拥着湖水的涟漪，静静望着李十一：“是因为我。”

我叫烛九阴。

——钟山之神，视为昼，瞑为夜，吹为冬，呼为夏，掌春秋，司时辰。

钟山大极了，我也大极了，我时常以原形之身，躺在起伏的山脉上，遥望着人间。

我呼出的气息是钟山的云朵，梦呓的唾液是凝聚的湖泊，我闭眼，钟山便陷入黑暗，睁眼又是一个白天。

我在这万兽聚集的山头沉睡了许多年，后来，我化作人形，下山入凡尘。我听了唐宋的说书，吃了元明的陈酒，走过五胡乱华时的白骨坑，坐过阿房宫最高的檐牙。

我见识过形形色色的人，拿捏过形形色色的欲望。

新历元年，我入了泰山府。

缘故是我接到雨师妾的信，说朱厌被泰山府判转世为家猪。朱厌是顶乖巧的一只异兽，白首赤足，肖似猿猴，自小便长在钟山里，只是略皮了些，好去人间的林子里玩耍。

早年间我便失了它的踪迹，据闻是被人诛杀魂归泰山，因着活得过久，前尘纷杂，细审一二百年，这才结了案。

泰山府冷清得很，连茶肆也开得有一日没一日，偏偏按着《清明上河图》的模样修葺了汴河两岸的街道，密集的商铺关了一半，桥上的鸦雀打着盹儿，枣红马同老黄牛百无聊赖地对望寒暄——穿了龙袍也偷不来半点汴梁大道的车水马龙繁花似锦。

俩字儿：做作。

比这假市集更做作的是桥上走来的人，她青天白日拎着一盏玻璃罩的长明灯，落雪似的交领长裙自石阶上拂过，乌发梳了个家常的发髻，颈边有一粒朱砂似的红痣。

这便是令蘅。

这便是天上地下拿腔作调头一位的妖女令蘅。

我坐在茶肆边上，往后一躺，将腿摆到桌上，交叉着晃了晃。这个动作是我自爷们儿身上习来的，唬一唬鬼应很是够用。

那时我嫌弃鞑子的衣裳难看，正穿着一身晚唐时绛红色的公子服，头发松松束了一半。我瞧着她略带诧异的神色，心知她将我当作了登徒子。

其实我来寻她，还为着一桩公案——听闻三百年前府君令蘅眼馋地藏王的谛听，想要寻一小宠，天上地下挑了一遍，只说烛龙尚可。

尚，可。

我压下心头火，只一事归一事，同她细细辩了一回朱厌的去路。她生得面目可憎，讲话倒是很动听，你可曾听过雪化时窸窸窣窣砸在心上的声音，便是那一种。

她同我说，朱厌乃凶兽，主兵燹，见则有兵，有兴战之过，应沦为牲畜，任人宰割三世。

我答生来如此，何过之有，凡人生要吃喝，食鸡捕兔，难道也是罪过吗？

她又道，朱厌令帝王生征战之心，帝辛东征，玄宗西伐，蒙古国无度拓疆，硝烟纷飞，民不聊生。

我笑问，帝王本心，怎能归罪外物，若皆是朱厌撺掇之过，守成之主是为何？怀柔之主又为何？当年，朱厌伏诛，再无征战，如今又是怎样的光景呢？外敌难御，百年耻辱，内有割据，四分五裂，又该是谁之过？

她显见说不过我，只淡淡道：“旁人有因，朱厌未必无过，判令已下，无须再言。”

说话时她蹙了蹙眉头，像是疲乏得很了，越过我便要往去处去。

我伸手拦她，这便与她动了手。

我与她自黎明打到黄昏，又从黄昏打到黎明，打得地上经过的游魂皆抬头往上看，打得那唤作阎浮提的丫头要调魂策军，令蘅却提着灯往后一退，道：“不必。”

不、必。

这是她第三回冒犯我——那始终未放下的灯，也勉强算半回。

我擅御时，便捏了个控时诀划出一圈昼夜无序的结界，同她在里头打了个难舍难分。

硬生生打足了几百上千年，筋疲力尽地落了地，跌进目瞪口呆的游魂堆里，正经的时辰才过了三日。

令蘅落在桥上，仍旧是裙摆蹁跹的一朵白玉兰，手里的灯摇摇晃晃，始终未灭。

我望着她只散了一点的发髻，决意智取。

她不赶我，我便在泰山府住了下来，整日里跟着她，留心她的破绽。

我瞧见了她许许多多的破绽，其中最大的一样，唤作孤独。

她不爱饮茶，只喝温水，不爱颜色，只穿白衣。偶尔凌晨时处理完公务，她会拎着那盏孤零零的灯，在黄泉边上瞧一眼浑浑噩噩的魂魄，看一眼漫天的星辰，而后沿着假汴河桥回殿。

我遇见她的那日，她便是熬了一整夜。

我趴在初见她时的茶肆栏杆上，看看百无聊赖的枣红马，看看低头打桥上过的她。

我发了很长时间的怔，以至于混进泰山府的横公鱼唤我时，我被吓了一跳。

她见我为令蘅一事忧心，便献宝似的给我出了主意，说是任什么法子，皆不如与她结契。

咱们钟山之兽，一生只能同一人结契，结契之人与兽主同生共死，听任差遣。

横公鱼让我细想，若打死她，还有新的府君，可若同她结契了，不单能差遣她，还能掌控泰山府，往后咱们钟山的小兽，再不能被安排家猪的命格。

这令蘅原本便想收我做小宠，如今我反其道而行，以彼之道还施彼身，再合适不过。

何况，我打不死她。

结契一事，讲究心甘情愿，必要双方自愿方能按下契印，于是我接过横公鱼呈上的愉神露，正正经经给令蘅写了一封冰释前嫌的拜帖。而后我备了一壶酒，将那愉神露倒至酒壶里头晃了晃，拎回宅子里，再满上两杯。

不入虎穴，焉得虎子，我怕我做戏做得不好，只能自己与她同饮。

后来……后来，我忘了。

只依稀记得那日她风尘仆仆地来，我隔着桌上的烛火头一回叫了她的名字，我叫她令蘅。

再见到她时，也是在一个夜晚，我隔着复燃的万家灯火第二回叫她的名字，我叫她十一。

我是烛九阴，她是令蘅。

我和她的起点被遗忘，终点还未知。

惴惴不安的夜露自枝头滴下三滴，游鱼的尾巴摇晃五回，宋十九走了七步，同李十一只隔半个影子的距离，却仍未听到她的否认。

她的全盘托付满心真诚，她的青梅竹马、她所有跨越山河的肖想和所有步履蹒跚的回忆都变得清晰，此刻站在凉如珠翠的夜幕里，她没有底气否认自己在防备她。

宋十九目不转睛地望着李十一，眼皮子一跳，又是一跳。她终于明白，从前看着李十一时，那种广袤无垠的空寂感究竟是什么，是因为她们都活得太久了，一旦那些纷至沓来的回忆填满思绪，自己同她这数月来的相处和情分便变得十分薄弱，像一块愈抻愈长的面皮，她能清楚地看见中央部分渐渐透明，不大均匀地绷着不堪一击的纤维，但她控制不住自己往两边拉的手。

什么叫无力感，恐惧而不得不恐惧，这便是无力感。

她低下头，又抬起来，同目光一起扑到李十一面上的是一道凌厉的疾风，耳边响起鸟翅惊惶的扑棱声同阿音急促的惊呼声。

李十一抖了抖睫毛，宋十九张开的右手停在她鼻尖前方一寸处。

手心里是游走的杀气，在她修长白嫩的指头间横冲直撞，仿佛她只需轻轻合拢五指，便能将如今尚未完全觉醒的眼前人捏个粉碎。

李十一却只清淡地抿了抿嘴，透过指缝的微光，眼神温柔地对上呼吸一起一伏的宋十九。

狌狌缩着下巴将捂眼的手挪开，见九大人偏了偏脸，将目光一寸寸下移，最后停在李十一垂下的左手边。那只手仍旧风轻云淡地架着一杆铜烟管儿，手腕蓄着力，将阿罗探出的右手硬生生挡住。可终究是晚了一些——

一柄伞在宋十九头顶旋开，如昙花徐徐绽放。

宋十九抬头望着本该在阿罗手里的提灯，伞下清辉落得好看极了，似飞舞的流萤，落在她深黑的瞳孔里，为她点上漂亮的灯盏。

灯入人眼，命绝黄泉。原来这便是提灯。

她静静地看着，而后将手收回来，落寞地抿了抿唇角，随即转头离开。

阿音动了动鞋跟儿，想要上去追她，却见李十一垂眼望着地面，胸腔跟空了一块似的一缩。

李十一太了解宋十九，她是个有着七窍玲珑心的伶俐姑娘，若是她舍不得自己，转身时便会稍稍停顿半个侧脸，睫毛欲拒还迎地一颤，将追逐的余地留给李十一。

可这一回她没有，方才李十一目不转睛地望着她，未捕捉到一秒钟的迟疑。

那便意味着，她不想要李十一追上去。

李十一叹一口气，食指一勾将烟管旋回来，握在手心里，而后看一眼提灯，再将眸子对上阿罗。阿罗扬手将提灯收回来，勾着脖颈细细捋着伞边儿，捋了几下，她才开口，低声说："我不该出手，可是……我因她失去过你一回。"

她从未告诉过李十一自己是如何怀揣着希望找了她一回又一回，甚至连这句话也未染上多余的情绪，平铺直叙得仿佛在说今日的天气格外好。

李十一却蓦地想起阿罗那日久候阿音，无助至极时，缩在椅子里叫的那一声阿蘅。

李十一默了默，正要启唇，却听周围一个莺啼似的女声响起来："才不是因为大人！"声音空灵得不似来自人间，仿佛自波纹里荡出来的。

众人一愣，环顾一周却未见人影，只见狌狌炯炯有神地盯着平静的湖面。

于是几人将目光聚焦在岸边，不多时果然有涟漪泛起，一条巴掌大的鱼儿自湖水里一跳，又极快地钻回去。

那鱼浑身金黄，头部发红，身子鼓囊囊的，似一个小巧精致的绣球儿。

“横公鱼？”阿罗奇道。

李十一在《神异经》里读到过横公鱼，它是钟山异兽，长在冰川之中，鱼鳞坚硬无比、刀枪不入。它白日为鱼身，夜晚可化人形，平生最惧乌梅，若以乌梅入水煮之，顷刻便化。

横公鱼听得阎罗大人唤它，又蹦跶两下，打了个摆算招呼过了，随即沉入水中咕噜噜吐着泡，水泡愈来愈小，未几便消失不见。

又等了十余秒，临近岸边的水面上无风起了小浪，而后聚起一层薄薄的水雾，湿意飘散开来，潜入众人的毛孔中，众人便似做了一场酣畅淋漓的美梦。

雾里点了几盏明明灭灭的灯，在水面上一起一伏、缓慢游移，近了些，再近些，才瞧见了那灯盏周遭凹凸不平之物。

那哪里是什么灯盏，分明是几条团聚水中的鳄鱼，睁着铜铃大的眼，幽森森地望着岸边。

骇人的光亮中，湖面浅浅荡起波纹，自水里走出一位赤身裸体的姑娘，漆黑的长发裹住曼妙的身体，似携了几条长长的海藻，她拨开水雾，湿漉漉地站着，竟半点不哆嗦。

倒是阿音替她打了个哆嗦。

一时几人相顾无言，阿音到底反应快，三两步上前，背身隔绝住众人的视线，又抬手将自己的大衣解了，上前裹住她，一面将扣子扣严实了，一面问她：“方才是你出的声儿？”

阿罗任她一串动作做完，回到自己身边，才将自己的斗篷解下来，给阿音披上。

横公鱼被阿音的衣裳裹得严严实实，好容易才挣扎着将手伸进袖子里，一面穿一面说："是，我是阿鱼。"

这是个脆生生的小姑娘，说话时摇头晃脑的，两根头发耷拉下来，似长长的鱼须。

她是因九大人回归，感知到气息的波动才游来的，一来却发现令蘅同阎浮提在此处，吓得不敢吱声，眼瞧着阎浮提口口声声怨九大人，这才忍不住开了口。

"当年那桩公案，我再清楚不过。"她盘腿在湖边坐下，伸手拍了拍最近的一只鳄鱼脑袋，仿佛拍了个惊堂木，要将那评书细细说来。

李十一看一眼宋十九消失的方向，按捺住隐隐不安的思绪，决意理智先行，先听缘由。

阿鱼长得稚嫩，说话倒是十分老到，三言两语便将泰山府朱厌一事讲了明白。

李十一睁了睁眼，脑中不自觉地勾勒出一派嚣张的宋十九的模样，束起的长发在脑后晃啊晃，交叉的双脚也晃啊晃，李十一的眉梢好似也不动声色地晃了晃。

她的面色终于在横公鱼讲到"结契"时有了破绽，阿音怔怔地放下握着绢子的手，阿罗亦怔怔地在提灯上将食指一扣。

阿鱼道："那日大人决意结契，我唯恐自个儿的主意出了岔子，便潜伏在宅子的池塘里，以防生乱。"

"生乱？"阿音插嘴。

阿鱼点头："咱们大人，有个短处。喝多了便轻狂，一轻狂便忘。"

轻……轻狂？

阿音忙问阿鱼："你怎知？"

阿鱼正色道："钟山人尽皆知，说是大人还是奶龙时，饮多了琼浆玉露，拽着雨大人的袖子喊娘。"

阿音甩了甩绢子，暗咳两声，对阿鱼点头："你继续说。"

“没承想，果真是出了岔子。”阿鱼又拍一把鳄鱼头，“那令蘅……大人饮过酒，却皱眉说一声不对，疑心九大人做了手脚，二人言语不合，又打了起来。

“两位大人昏昏沉沉，打一招停一招，直追到了奈何桥边，九大人一个踉跄要跌倒，令蘅大人伸手拉了一把，却见九大人慌乱中两手一推，不小心把令蘅大人推入了轮回道。

“九大人推令蘅大人时，手上正捏着时辰诀，于是乎活生生将令蘅大人顺着轮回道往前推了数十年。而后大人重心不稳，自个儿也栽了下去。”

“那是……

“新历十二年，冬。

“大人在泰山府住的第十二年。”

众人沉默，李十一脑中的记忆如走马灯一样倒放，自坐在书桌上勾着高跟鞋娇俏地笑，至院儿里牵着裙摆笨拙学的第一支舞，到山神庙前吹的第一曲横笛，最终落到开棺后婴孩打的第一个小小的嗝。

原来如此。

她将自己的双臂抱住，好似抱住了所有缠缠绕绕的缘分，上下抚了抚，才又抬头问横公鱼：“那愉神露仅有令人身心愉悦之用，怎会令人浑浑噩噩，记忆尽失？”

横公鱼也不解，头摇得同拨浪鼓似的，李十一正思索，却听旁边传来迟疑的一句：“是我。”

阿罗茫然地睁着眼，连自己都有些难以置信，她咽了咽喉头，轻柔却艰难地将空缺的一块补充完整。

“那时烛九阴在泰山府住得过久，又三不五时找阿蘅打架，我便与五钱商议，如何能送走她。五钱替我在孟婆处要了孟婆汤，说诱她喝下，待她前尘尽忘时，再将她哄走。”她顿了顿，添一句，“为保万无一失，还特意要了最浓稠的老汤底。”

她颇有些说不下去，脸色白得近乎透明，尴尬地瞧了李十一一眼，才又道：“那日我见她坐在茶肆，对着桌上一瓶新买的花露，左瞧右瞧十分喜欢的模样。便于阿蘅经过、她趴在栏杆上瞧的时候，差人去将那花露换了。”

“换作了……

“孟婆汤。”

阿音原本以为李十一总算要慌一下，但李十一终究是不如她的意，只平静地听完横公鱼同阿罗的讲述，将烟杆子收好，又把手套摘下来，想了想再一把将松松的辫子拆了。她耷拉着眼，五指插进发缝中央，将散落的头发捋到后头，木着脸安静地呼吸了两回，随后才起身，一如往常下山回家。

03

巷子昏黄的夜灯将人的影子拉得极长，隔壁门口的阿黄打着酣甜的小鼾，若不是李十一的影子只有一个，那称得上是一个十分美好的暖冬。

李十一不发一言，推门入内，径直往楼上去。

阿音抱着双臂斜倚在门边儿，撑着沉甸甸的眼皮子，听见上头传来哗啦啦的水声。

——她竟有心思洗澡。

阿音向阿罗扬了扬眉，嘴里难以置信地“啧”一声。

阿罗有些心不在焉，心事重重地扫一眼楼梯，又神思倦怠地低了头。

阿音道：“睡不着，耍牌吗？”

阿罗瞄一眼阿音眉心紧拧的沟壑，心知她其实担心宋十九极了，但却不大敢提议什么，怕李十一伤心，又怕阿罗自责。

因此她想熬上一会子，小十九没去处，也没带什么换洗的衣裳，兴许后半夜便回来了。

她总是愿意将宋十九当个普通姑娘，也不高兴去想身为钟山之神的九大人究竟会不会为换洗衣裳这样的小事发愁。

阿罗又望一眼黑黢黢的楼道，同阿音坐到了牌桌子上。

人是坐了下来，却没什么玩耍的兴致，阿音支着脸颊横着手臂，抓了一方牌在手里磨磨蹭蹭地转，眼神自煤油灯上飘过去，静静望一会儿窗外，又飘回来继续望着油灯。

灯花刺啦爆了一下，将她模模糊糊的视线晃清晰了，她晃晃脑袋站起身来，对阿罗道："剪子搁在哪里？我绞一绞烛芯。"

楼梯旁传来男声："小几下头，针线篓子里。"

阿音看向五钱："你这便起了？"

五钱颔首："寅时中了。"

阿音晕晕忽忽望一眼窗外，天果真隐隐亮堂起来，屋子里的炭盆烧得旺，窗户内结了一层水雾堆的白霜。她拿了剪子回身抹一把白霜，动了动唇线，却未想好说什么。

楼梯咯吱作响，她愣愣地转头，见是李十一。

李十一换了一身家常的袍子，未干透的头发搭在一边，眉目似被结出的霜露覆盖过，隐隐透着苍白。

她一面整着袖子，一面朝牌桌子处走来，瞧一眼，问："耍牌吗？"三人齐刷刷看着她，她幅度微小地抽了抽鼻子，尾音糯糯的，像在水里泡了一整夜。

她立着松竹般颀长的身板，勾头随意拨弄牌，等半晌却见无人回应，又抬眼偏头追问，话语中还带着鼻音。

五钱看向阿罗，阿罗看向阿音，阿音望着李十一，倒是哼两声冷冷笑了，腿将凳子一钩："打。"打牌便打牌，皇帝不急太监急，她心里头起了无名火，候了半夜的太阳穴处突突地跳着青筋。

李十一权当瞧不见，也将脚边的凳子钩过来，挺着脊背坐下。

钩凳子的动作刚完成，耳边便骤然响起一个透着病气的女声，声音的主人那时乖巧地坐在她身边，说："我那时就在想，待我会说话了，定要问问你，李十一，你的凳子是摆设不是？可我果真会说话时，又忘了。"

李十一摸着凹凸不平的牌面，开始发怔。

阿音候了一会子见没动作，正要不耐烦开口催她，一抬眼却见李十一摸着牌的指腹上堆着深深的褶皱，是浸泡过久导致的脱水，她望着李十一发白的手腕子，将要出口的话收回嘴里。

她忖了忖，清了清嗓子，终于放软声儿道："既不放心她，怎么不追？方才那鱼也说了，都是误会，又没半点深仇大恨，你此刻又拿什么乔呢？"

李十一不言语，专心码起牌来。

府君要玩牌，五钱不得不玩牌，于是硬着头皮扔了骰子，当先开始摸牌，阿罗不声不响紧随其后，过了李十一，最终回到柳眉倒竖的阿音一方。

她歪着身子瞧了李十一半晌，撒气似的将牌一扔，骨碌碌转到李十一手边。

李十一仿若未觉，抿着嘴看了一溜牌面，又是一个骰子丢到她手背上，她顿了顿，这才开口："阿音。"她抬起头来直视阿音，缓慢而认真地说，"她自小跟着我们长大。"

她的眼神很疲惫，却带着一点执拗的坚持，只说了半句，便转了转手里的牌，将话题一转："这一副牌，原本有许多种和法，我却时常提点她，令她的牌风同我一般无二。"

阿音想起当年同宋十九打牌，李十一自后头经过，轻飘飘抽出一张扔了，而后在宋十九耳边说："和这个，这个，同这个，记住了。"

那时她眼里是春风般的温柔，如今她眼里有凝了一夜的冬霜。

李十一的叹气声落在阿音心间，她问阿音："你明白吗？"

阿音说得对极了，是没什么深仇大恨，也正因没什么深仇大恨，她才能说服自己安下心来，将时间交给宋十九。

宋十九被自己有意无意地教导得乖巧又可爱，然而这又是不是她的本意呢？如今她神识觉醒，应当有一个完全由自己决定的、选择的机会。

倘若如今的她重掌一副牌，还会不会和当日那一张呢？她前世是九大人时，便一直不待见令蘅，如今，还要不要跟着李十一呢？

阿罗听明白了，只是她有些恍惚，李十一竟将自己放在了被选择的位置上，甚至被她觉察出了一点可以称之为"卑微"的姿态。

最后李十一望着牌桌子，低声道："她会回来的。"

阿音皱起眉："若不回来呢？"

李十一将手上的牌放正，轻轻笑了："那大概说明，我也并不是那么重要。"

阿音因这句话心头一跳，仿佛被仙人球滚过似的，生出了细细密密的痛感。

因何而疼她说不上来，或许是她从未想过，如此落寞的神情竟有一日会出现在李十一脸上，睫毛在她眼睛下方投射出阴影，同薄胎瓷上的瑕疵一样，突兀得令人难受。

又过了两三日，李十一好吃好睡，看书练字，一如往常，每日下午还出门去逛上半日街。

阿音起先还心疼她一两回，见她风轻云淡日日好，疑心那夜牌桌子上的一席话是个梦。

她伸手摸一把码得齐整的波浪形发髻，胳膊上搭着几件新做好的外衫，这外衫还是前儿同宋十九一起去挑的料子，做好了等着开春穿。她望一眼十九的浅粉杏花褂子，心里头又堵得慌。

一口气未叹得出去，阿音便被住街角的赵大娘喊住：“音幺妹，买新衣裳哇？”

木门大剌剌敞着，赵大娘坐在院子里的藤编摇椅上，身后垫一个厚实的靠垫，头上一顶乌漆漆的防风棉帽。

“是呀。”阿音笑笑，回了一句好。

说的是吴侬软语，赵大娘最是喜欢，又找了两句话说：“你们家李幺妹今日几时来？你倒是问问，要晚了我便出门了，陈麻子家杀猪、摆酒。”

赵大娘口音很重，总将“了”说成“老”，阿音辨了一会子才听明白，却又不是很明白，问她：“几时来？来什么？做什么？”

阿音吊着眉梢，觉着“李幺妹”这个称呼滑稽得有些好笑。

赵大娘“呀”一声：“你不晓得？她这两天日日都来，搬了凳子跟我学包抄手。”

说来也怪，李家姑娘是顶聪明的，这一小活儿却学了好几日，仿佛要精益求精似的。那包好的抄手也不拎回去，只说搁在赵家店里。

“抄手？”阿音愣住。

赵大娘的儿子在街头开小面店，宋十九最爱吃他家的抄手，说皮薄馅大，像圆滚滚的元宝。

她说这话时腮帮子鼓得小小的，阿音将绢子递给她，笑她：“财迷不是？元宝能进你肚子？”

宋十九却收回双手捧着脸，笑盈盈否认：“我才不是财迷。”

阿音回过神，笑意一下子便散不出来了，僵得十分难看。手里无意识地攥着宋十九的褂子，将冷冰冰的袖子翻过来，又翻过去。

她想象不出向来不爱跟人打交道的李十一说要学包抄手时，是用哪句话开场，是不是微微垂着脖颈，将面皮搁在掌心中央，把未宣之于口的期待温柔地包进去。

爱八卦的赵大娘会不会问她，是哪一位这样爱吃这小玩意，竟让她巴巴儿地来学，而她又会不会说出宋十九的名字。

阿音别了赵大娘，慢吞吞地往回走，到院门前抬头，见正要出门的李十一站在斜阳里，孤清的脸上连不期而遇的错愕都未曾光临。这张脸熟稔又生分，目光不紧不慢地垂下来，落到阿音臂弯间浅粉杏花的褂子上。她手上的水杯敞着盖子，缭绕的热气若有若无。

阿音这才晓得，原来有些人的情谊是不吵不闹的，连失落，都安静得似一杯捧在手里的温水。

04

等待让夜晚变得漫长，也滋生了许多可能性。

李十一披着鸦青色的褂子，未上楼，只坐在客厅里就着灯雕一个小玩意。手里的木头细细长长，精巧的刀工刻出齐整的鳞片，指头覆盖住顶端，将上头的木屑扫下去。

只雕了一半，她便停了下来。烛龙是什么模样，她未曾亲眼见过。年画和书本里，神兽的眼都恶狠狠地鼓着，铜铃似的十分威武，可她以刀尖抵着木头，总觉得应当有娇软的眼皮、上扬的眼尾、纤长浓密的睫毛以及水灵灵的瞳孔，若是笑得开了怀，还会月牙似的眯起来，有蜜糖堆成的卧蚕。

她将木雕放下，开始想念宋十九。

说起来，宋十九这个名儿还是她起的，当初未过脑子，叫得随意又敷衍。也不晓得她究竟是喜欢听自己冷冷淡淡的一声“十九”，还是旁人恭恭敬敬的一声“九大人”。

她的旧友，朱厌、雨师妾，平常又叫她什么？是阿烛呢，还是阿九？

阿九，阿九，李十一觉得也有些动听，倒是未曾再介意“九”同“十一”究竟哪个大了。

她将褂子紧了紧，站起身来去厨房倒了一杯滚水，一面吹一面靠在桌边小口小口地喝，抬头看了两回西洋钟摇动的摆锤，随后便将身子直起来，打开门想去院子里走走。

老旧的木门一动就震天响，仿佛开合一回便是割下一块肉。李十一皱了皱眉，抬头却见宋十九站在院子里。

世间有许多令人心折的瞬间都在于"刚好"和"幸好"，好比说方才想念的人刚好出现在面前，而宋十九的出现，也称得上一句幸好。

李十一认真地凝望着她，仍旧是前儿那身月白的旗袍，外套的貉子毛沾了两片碎叶子，衣裳下摆有两块不大明显的干灰。她卷卷的头发被拨得有些乱，轻浮随意地簇拥着她姣好的面庞，倒比规整的模样多了些生动。

更为生动的是她的表情，眼珠子机灵又活泛，眼皮子却懒洋洋的，嘴角稍稍勾着，也不知道笑还是不笑。

李十一又留神看了看她鬓边的夜露，好似站了有一会儿了，她有些懊恼，想来是方才雕刻得太专注，才未听到她的脚步声。

"去哪里了？"李十一问，嗓音像潜入梦里的风。

而宋十九的回答更是扰了清梦，她说："你知道。"她的眼神气定神闲又心照不宣——自己在哪里，对面的人一直知道。

李十一的眼神一动，想起自己坐躺在洗澡桶里时，听见的屋顶的呼吸声。

屋顶上的宋十九侧卧在砖瓦高高的屋脊旁，脸颊枕着手背，身体起伏的曲线美妙得似丹青圣手勾勒的群山。

同在钟山时一样，她呼气又吸气，睁眼又闭眼，静悄悄地思索，也静悄悄地感受这座院落的体温。寒鸦停在她的腰窝，树叶落在她的发间，她从自然中来，又回到天然中去。

可到底不一样，莺啼鸟叫里没有阿音扔麻将时哗啦的脆响，日月星辰也抵不过李十一浅笑时微动的鼻息。

她还是如此在意她，那份在意并没有被膨胀的记忆压缩，反而在缝隙间生出了不甘心的枝丫，软绵绵地挠着她的心窝。

李十一听完了她一整个起落的呼吸，待回过神时，才发觉木桶里的水凉意入骨，她站起身来，走到楼下去拨出骨牌的声响，而宋十九往日最爱的娱乐并未将她引诱来。

最爱的小食也未将她引诱来。

入夜时，仍旧会听到宋十九的呼吸声，李十一便躺在床上等，等她的呼吸变得绵长而有规律，等她入一场香甜的美梦。

她时常按捺住担心她会不会着凉的心思，时常想要为熟睡的她披上一件外裳。

哪怕她是天生神骨，凡尘的温度奈何不了她，只能够将李十一的担心衬作无用功。然而，人心最软的那一部分，就叫作无用功。

宋十九望着她，说："你又明知故问。"

李十一心里的紧张后知后觉，白蚁蛀木一样侵蚀她的五脏六腑，她并非对宋十九耍心眼，恰恰相反，她没了底气。

宋十九在蜜罐子里长大，过得甜蜜又和顺，这是头一回与她生出了嫌隙。

然而宋十九终有一日会发现，生活并不是蜜罐，若她偶然尝到了一点涩和苦，会不会生出悔意和动摇，会不会觉得，跟着他们，同之前在钟山的日子相比，根本不够好。

李十一握着杯子的无名指一动，这才觉出杯中水原是滚烫的。

宋十九将她的小动作尽收眼底，她幅度微小地扬起嘴角，抬步朝李十一走过来，开口便要说话。

舌尖在唇齿间一弹，笑吟吟地嗬了半个字，不知是"令"还是"李"，最后她说："李十一，你也有今天。"

这话她在许久前便想说了，设想的是打败了令蘅之后，她轻蔑而不屑地哼出来。如今，她到底是说了这一句，只是说得如此柔软，如此不舍得。

她望着李十一，突然有了一种殊途同归的宿命感："这几日，我想了许多，我有些不服气。不服气我当初放低身段说想跟着你，你却将我拒之门外。"

潇潇洒洒浪荡不羁的九大人，被养成了这般温暾的模样，那人还趁火打了个劫，将自个儿的仰慕拐了去，甚至推三阻四摆足了姿态，最终勉勉强强地收下。

她看着李十一的眼神里带了些宋十九未曾有过的骄傲，这骄傲令她神采熠熠，却没有了从前的锋芒毕露，仿佛被包裹在了一层柔软的外衣里。

比眼神更柔软的是她的话语，她说："但是你终究让我进来了。"

年岁正好的姑娘，站在月华遍洒的院子里，也好似站在了李十一曾闭门谢客的心坎上。

"方才我在底下，望着你的窗户，我想，若你开窗瞧瞧我，我便不与你计较了。

"你没有开窗，但你出现在了我面前。我该怎么好呢？我不曾预想过，但它仿佛比我预想中的更好。

"我想要怪罪这个不循常理的轨迹，却不知从何说起。"

她的话语诚挚而温柔，将李十一的胸腔撑得无限大，她从未如此动容过，手中端着滚烫的热水也没了知觉，仿佛连听觉也多余。

她瞧见宋十九偏了偏头，说："但你不该防我，你这点有错。"

李十一抿唇，哑着嗓子说："是。"

宋十九却笑了，将手负在身后，道："可你防我，也只是因我过于厉害，对不对？"

李十一的笑意自唇边漾开来，颔首：“对。”

厉害得要命。行走坐卧，言语神情，无一处不厉害，她是李十一对付过最厉害的精怪，也是她下过最难窥探的古墓。

宋十九高兴了，脚跟踮了踮，伸手拉住李十一，握住她的手，忽然叹了一口气。

她无法同任何人讲述记忆苏醒的感受，仿佛自己是瘫痪了许久的患者，身体自脚指头开始有了知觉，一寸寸地发麻，又一寸寸地开始动弹，麻得令她难受极了，恨不得重回病榻。可她又是如此地需要这双腿，唯有这般，才能完好地走到李十一身边。

阿九也好，十九也罢，她终于是一个完整的姑娘，做了一场沉甸甸的黄粱梦，身边有了实实在在的新日子。

李十一牵着宋十九回屋，自小炉子上拎了一壶热水，给她沏满一杯六安茶，而后备上温度正好的洗脸水。

宋十九接过李十一拧好的巾帕，把脸埋进湿热的水汽里，深深吸一口，听见李十一收拾书本的声音。李十一将散乱的信笺拾掇了，一张张规整好，夹到书套里，信纸翻动的声音仿佛也带着墨香，能够将旅途疲惫的归人抚慰好。

宋十九这才终于有了“回来”的感受，它踏踏实实地表现在李十一的动作里，将她经年累月的漂泊感一一打消。

又翻了一页纸，她听见李十一问：“你既想起来了，朱厌怎么说？”

宋十九将帕子搭到木架子上，回身靠在旁边，双手支在两侧，眨眼道：“仔细想想，做猪也不错——如今时局乱，粮肉飞涨，不便宜呢。”她说得认真，眼里的笑意却装点得十分狡黠，甚至还慢悠悠地挑了挑眉，看进李十一的眼里。

李十一将抿着的嘴放开，摇头笑出声，她终于笑了，笑得坦然又澄澈。

宋十九幽幽看着她，走到桌前，与她相对而坐，中间是热腾腾的一杯茶，便支手隔着茶香望她，说："方才我开口前，你害怕了。"

用的是陈述句，并不需要李十一回答，紧接着才是问句："怕什么呢？"

茶香将李十一的眉目晕染得湿漉漉的，像果子被柔情蜜意地含了一口，宋十九慢悠悠地说："我不过是有了记忆。难不成，明日你有了记忆，便不要我了？"

话讲完，她又低低说："你担心过了，该轮到我了。"

也不晓得从前瞧不上她的令蘅，讲话时是否有李十一一星半点的温柔。

宋十九低下头，食指沿着茶杯画着圈儿："我打算过了。今日我毫无芥蒂地回来了，还是跟着你，日后你恢复记忆，但凡有一丁点儿迟疑，你便对我不住，便于心有愧。这是你未曾教过我的心机，我只用它来对付你。"

她咬着嘴唇，眼波一闪一闪的，半是天真半是骄矜，半是李十一宠着的小姑娘，半是归来要重整旗鼓的掠夺者——

她想要掠夺的是李十一毫无保留的真诚以待，如今敲响的是第一声旗帜鲜明的战鼓。

战鼓敲在李十一的心里，轰隆隆的，像是春雨来袭的前奏，天边骨碌碌地滚着惊雷，随后便要有淅淅沥沥的雨落下来。它会落得铺天盖地，滋养一切渴望的生灵。

李十一说："是，我害怕。"

宋十九睁眼时她害怕，怕面前的她不再是从前的她；横公鱼说结契时她害怕，怕宋十九对她的依赖有了荒诞的起因；阿罗说孟婆汤时她害怕，怕宋十九尽忘的前尘里有对她的憎恶。

她想了无数种可能来折磨自己，但是没有。

她自小不是个走运的，娘将她卖给师父时，只说是学手艺，她用了一个来月才明白，爹娘说的以后来瞧她是假的。

和师父相依为命、读书练诀，头一回开了棺摸出白骨上的金串子时，她吓得腿肚子打战，这才晓得自己平日里吃的是什么饭。再后来，每一回九死一生，她都做足了最坏的打算，若能捡回一条命，她便觉得称得上有幸。

而宋十九告诉她，“幸运”二字并不只有“活命”这么小，它可以很大很大，可以更多更多。

她以每回平安归来时，重见天日一般的眼神望着宋十九，那是最为脆弱的一种，也是最为坚硬的一种。

宋十九被她的眼神扰得心神微动，放低了嗓子，轻声说：“从前的记忆是记忆，咱们相识的记忆便不是记忆吗？谁说非要搁到秤上量一个轻重？我偏不。

“世事变幻，神思万千。若从前的我不是此刻的我，明日的我又是不是今日的我？这一个时辰的我，还是不是下一个时辰的我？

“你认识的、护着的，又是哪一个我？

“你从前说，昨日种种，譬如昨日死；今日种种，譬如今日生。你最是通透，最是聪慧，怎么如今却又瞻前顾后，畏首畏尾呢？”

宋十九一连抛了好几个问句，扔得李十一的眉头微微蹙起来，她又一回哑口无言，依稀记得这仿佛是第三回。

上一回是她质问自己凭什么不能靠近她，再上一回，好似在一个繁华却空荡的街道上，有一位怒气冲冲的小公子，仰着下巴同她辩驳朱厌的罪责。

宋十九这才温情地住了嘴，好一会子才说：“你瞧。前世今生，你都说不过我。今生前世，我也都打不过你。因而有些事情大抵是命中注定的，而可以随意更改的那些，想来也无关紧要。”

茶汤凉了，热气也散了，宋十九的面庞清晰又透亮，在烛火中摇曳生光。

宋十九长大了，比李十一还要懂道理了，李十一望着她，温软一笑。

第七章 萍水相逢，尽是他乡之客

柒 萍水相逢，尽是他乡之客

SHI CHEN JUE

01

雷雨声将小楼的懒骨敲碎，美梦自阴沉沉的天色里醒来。

阿音靠着窗户，兜了一绢子自申城带来的燕窝，握着银剪子小心地挑拣细毛。

阿罗披着披风坐在一旁，翻一页书便细细咳一声。

她的身子骨好得差不离了，唯独阴雨天有些反复，背上湿湿冷冷的，似隔壁大爷患的风湿。

她咳一声，阿音便皱一回眉，却什么也没说出口，只暗暗加快了挑燕窝毛的动作。

楼道里传来响动，李十一同宋十九下了楼。阿音暗暗瞧，二人不似从前那样腻在一处，前后保留了半个身位的距离，一边一个搭着楼梯扶手往下走。

李十一不瞧人，低头盯着脚下，走得踏实又轻巧。宋十九却仍旧在拐角处伸手扶了她一把，只一小下，又矜持地收回了手。

这什么开场？俩人谈了吗，究竟和好没？阿音拧起精细的眉头，眼珠子来回扫。

二人同阿音和阿罗打了招呼，李十一却并未有解释宋十九缘何回来，径直在沙发上坐下，右手松松握拳抵住鼻端，不大声地咳嗽了两回。

宋十九耳朵一动，伸手碰了碰桌上的水壶，拎起来倾身为她倒了一杯滚烫的热水，递给她时眼神仍盯着桌面，仿佛摆在上头的报纸十分值得探究，而扬手背不过是顶随意的动作。

李十一接过去，抵着下唇饮了一口。她的神情很疲惫，连翻书的欲望也无，只将胳膊撑在扶手上，疲倦地揉着眉心。

揉眉心的动作一顿，她的睫毛微微颤了两下，眉心不大明显地蹙起来，眼神虚虚地眯着。

宋十九将二郎腿放下，高跟鞋一踩，起身去点了一盏灯。

屋里亮堂起来，将李十一眉间的沟壑霎时熨平整了，她撑着额角抿了抿唇，眼里有不明显的笑意。

阿音看看重回沙发座上埋头看书的宋十九，又看看神思倦怠的李十一，心里笑了起来，这是谈妥了，和好了。

“吃什么？”李十一终于出了声，“吃抄手吗？”

宋十九很欢喜：“吃。”

李十一道：“我给你做。”

“我来。”宋十九站起身，“你歇着。”

李十一还是跟了去，二人一前一后进了厨房，除却锅碗瓢盆的碰撞未再发出声响。

阿音望着宋十九的模样，还是很好奇，于是将燕窝搁下，问阿罗：“螣蛇是神兽，烛龙也是，是不是？”

阿罗不明所以，柔柔咳一声：“怎么？”

“这两者有什么关系没有？好比说，同宗同源什么的？因着我同那螣蛇有过节，我怕我一个不高兴，把她打了。”

阿罗微微一笑，让她放心：“没有。”

抄手下了锅，却发现没了醋，宋十九素爱吃酸，便撑了伞要上巷口赵大娘处借一些。

李十一披了衣裳与她同去，正套着袖子迈过门槛，抬头却见宋十九支着伞，目光落在院门口。

院前的天似洗笔的水，堆着湿漉漉的乌云，珠串似的雨滴一粒粒往下坠，滴答滴答的寒意沁入骨头。

靠近院门的地方有一团黑乎乎的东西，还没春日时种下的小树苗高，几乎要同老旧的木门融为一体。待走近了，两团清亮的圆点一动，这才显出了活物的气息。

这分明是一个面黄肌瘦的小姑娘。小姑娘穿着辨不出颜色的棉袄，破破烂烂的遮不住身子，露出的皮肤像在煤堆里滚过，被染成深一块浅一块的黑色，仅剩的其他颜色便是白惨惨的眼白，以及手上烂萝卜似的冻疮。

她倚着门边儿，任由自个儿淋着，一手扶着门，踩着湿透的棉鞋，直勾勾呆愣愣地盯着光鲜亮丽的李十一和宋十九，好一会子才抽了抽鼻子，伸手扯了扯棉袄下摆。

她抖着手，只不用力地扯了两下，见仍是盖不住身子，便不再强求，停了一会子，又抬手拉了拉凌乱的辫子。

辫子上的稻草被淋湿了，散发出难闻的腐气，她似乎想要将它拿下来，却无论如何也摸不准，便只缩了缩脖子，又如同一开始那样，面无表情地盯着宋十九。

她盯着宋十九温暖的毛领大衣，盯着她裁剪精良的旗袍，又呆滞地看了一眼她干净整洁的高跟皮鞋，最后细小的喉咙一动，像是闻到了房门里抄手的香味，眼底终于生出了些零星的羡慕。

她未回过神来，便听得笃笃两声脚步响，一阵温暖的香风将她裹住，她怔怔抬眼，见宋十九快步走到她面前蹲下，用羊绒大衣裹住她瑟瑟发抖的身体，将伞支到一边。

宋十九皱眉问："怎么一个人在这里？"

小姑娘望着面前的人，怔怔不说话。

雨水自宋十九的睫毛处坠下来，连狼狈也狼狈得风情大盛，原来阴雨也是如此势利，落在苦人家是砸在井里的碎石，落在好人家是斜倚栏干的装饰。

雨水骤然停住，李十一将伞支起来，低头轻声道："先进去。"

合拢的纸伞靠在墙边，晕染出不规则的水渍，似同雨做了连日的搏斗，此刻筋疲力尽地淌着血。桌面上的热气是最好的救赎，足够怜悯饥肠辘辘的夜旅人。

屋子里的人坐了一桌子，好奇地望着面前的小人，身上的衣裳换成了宋十九的大袄子，长长的袖子挽了一层又一层，脸蛋被巾帕捋过一把，倒是显出了几分白嫩来。

湿答答的辫子还未拆，只用棉布裹了吸着水。她瘦极了，腕骨突兀得似嶙峋的石子儿，此刻缩着肩膀坐着，沉默地望着面前喷香入鼻的骨汤抄手。

寂静的雨声中，她的喉头一动，咕噜一声咽下口水，饿得干瘪的肚皮也一起响起来。

她这才抬眼看了看对面的人，四位小姐，好看得似话本里的精怪，干净又体面。

于是她不由自主地抠了抠手上的死皮，不晓得要做什么动作好。

宋十九从未见过如此单薄的小姑娘，下巴尖得似被削去了一块，鼻梁不算高，鼻尖儿却挺翘，上头秃噜了皮，好似在哪里被磕的。颧骨低平，红彤彤地皴裂开，是脸上唯一的血色。最引人注目的却是她一双葡萄似的大眼，在脸上几乎要占了一半，水灵灵黑黝黝的，眼神不软也不硬，只毫无立场地盯着人，像盯着一根石柱。她的睫毛稀稀拉拉的，同她细软发黄的头发一样，显出了些营养不良。

阿罗的好奇心不足，她只瞥了一眼便垂头看书，阿音立着靠在她椅背旁，一手捏着帕子有一搭没一搭地甩，一手支着腰身眨巴着眼研究这姑娘。

宋十九托着下巴，和李十一对视一眼，才转向小姑娘，嗓音柔柔的："怎么不吃？"

小姑娘好似被突如其来的声音吓了一跳，将咬住的下唇放开，底下一排浅浅的牙印，干裂的嘴唇润了几回，仍旧留不住水分。

她许久没听过这样好听的声音，她脑中嗡嗡回响的全是或惊恐或凄惨的尖叫。

她想起自小看她长大的大娘将她推出窗口后沉闷又痛楚的哭喊声，瓦块割玻璃似的，压抑得令人喘不过气来。

原来体面的声音是这样的，有不被追赶的不紧不慢，有吃饱了饭的底气，还有勾挑尾音的闲散。

她不由自主地抬手捧住陶瓷碗，热乎乎的，像是活的，她的心便跟着这温度一点点活了过来，唐突而用力地跳着，就快要瞧不上她不堪一击的骨架子。

她将手抬起来，执着勺子将抄手搅了搅，热气钻到手心儿里，肚子里的馋虫也醒了过来，挠心挠肝地叫嚷。然而她只瞧了抄手一眼，便又抬头望着宋十九。

"若不想吃，便罢了。"李十一道。

阿罗抬头，慢悠悠地探出手来，做了一个收取的动作。

那姑娘的目光在她好看的玉手上一绕，双手本能地捧住碗，小犬护食似的，而后又埋头，哆嗦着握紧勺子，张嘴猛地塞了两三个。凹进去的两颊霎时鼓起来，她急匆匆地用力嚼，双眼忽闪忽闪的，警觉地盯着阿罗的手。

手的主人轻柔一笑，指头在空中坠了坠，而后收回去，仍旧是不被打扰地翻书。

阿音的目光在李十一和阿罗身上扫过一遍——鸡贼，小姑娘也诓。

所幸抄手凉了半天，也不算烫，只是小姑娘到底饿了许久，吃得着急，便不自觉地打起嗝来，油光光的嘴包裹着吃食，连打嗝也不愿意将牙齿松开，只皱着眉头要硬生生咽下去。

宋十九看不下去，递给她一杯温水："慢些吃，里头还有。"

"还有"这两个字出人意料地安抚了她，她这才后知后觉地不好意思起来，恋恋不舍地将勺子放下，下意识要拿手背抹嘴，又在宋十九递手绢的动作里顿住，接过来，胡乱地擦了一把嘴角，仿佛是不敢擦得太用力，怕将这清香柔软的绢子弄脏了。

她将绢子攥在手里，仍旧是埋头打着小小的嗝，在吸气的间隙里宋十九听见猫儿叫似的一声："春萍。"

小姑娘说完，像完成了一笔付好银钱的买卖，顺了顺气，又就着碗吃起来。

宋十九又问："你爹呢？"

春萍将未咬住的面皮吸溜进去，又顺势吸溜了一回被热出来的鼻涕，一会子才道："没有爹。"嗓子哑哑的，有气无力，带着江南口音。

"你娘呢？"

春萍又打了一个小小的嗝："没有娘。"

"没爹，也没娘，石头里蹦出来的不成？"阿音摸一把耳坠子，媚嗓一悠一悠的。

春萍不言语了，也不吃了，仍旧是将下唇结结实实地咬住，咬得那排牙印隐隐发红，一会子才放开，一股脑将热汤喝下去："打仗，死光了。"

宋十九蹙眉，听闻北边是起了硝烟，原是逃难来的。

阿音失了言，一时很有些过意不去，撇着眉头也像春萍似的咬起嘴唇来，桃花眼里的水晕晃晃荡荡的，半是愧疚，半是心疼。

春萍倒仿佛已很习惯了，将汤底喝得一口不剩，小腹发出咕噜噜的声响，略微鼓起来，在她瘦小的身躯上很是突兀。

吃完了饭，一时不晓得说什么，她便盯着自个儿指缝上不当心沾上的油渍发呆。

倒是阿音接了李十一的眼色，靠过去拉着她的手，掏出绢子替她细细擦了，问她："多大了？"

阿音的指头柔若无骨，又软又暖和，似春萍幼时曾摸过的猫儿，让她觉得痒酥酥的，仿佛还带着醉人的甜香。

冻疮痒起来，痒得春萍想往回缩，却未如愿，于是她将头埋到胸口，索性不再瞧："记不得了。"

记忆里只过了四五个生辰，还是因为吃了白水蛋，后来没了白水蛋，便不大记得日子了。

阿音替她擦干净了，将手放下，舌头在口腔内一转，对李十一轻声说："人。"

李十一放了心，指头在桌上松松搭着，同宋十九交换了眼神。

宋十九忖了忖，道："既无处去，便在这里住下。用过饭，我带你去买几身儿衣裳，咱们也不过是走江湖的，好在吃食倒不短缺。"

春萍抠着手上的倒刺，不作声。

拾掇了碗筷，宋十九替春萍烧了热水洗头，乌黑的水换了几盆才变清澈。待头发干透了，绑作两个辫子，宋十九又替她缠了几圈红头绳，左右打量两下，尚算满意。

春萍不爱说话，只瞪着漆黑的眼珠子望着她，瞳孔的边缘倒映出崭新的红色。

02

待收拾齐整，几人果真将春萍领出了门，宋十九原本要拉她的手，她却一挣缩了回去，将指头藏在长长的衣袖里。

小姑娘矜持，宋十九便也不强求，只不远不近地领着她，穿过巷子往市集上去。

才刚停了雨，热闹却没有一刻停歇。

笼屉里的蒸汽被湿润的空气一透，更是鲜香袭人，晶莹剔透的山楂果子、栩栩如生的面人儿、大胖肚子细长腿的吹糖马……教人眼花缭乱。春萍只瞧了一眼，便倚在巷口微张了嘴，仿佛要痴了。

天空碧澄如洗，四周梅香掩映、车水马龙，眼前所见都是人间的福气，春萍站在这堆福气里手足无措，又转头看看眉眼弯弯的宋十九。她和李十一靠着墙根儿笑，笑意给她姣好的轮廓勾了一层暖边儿，令春萍不敢直视，却又鬼使神差地移不开眼。

她忽然道："我死了，是吗？"

她有些困惑，在她有限的知识里，死亡是自人间坠入地狱，可她经历的这一回"死亡"，却仿佛是自炼狱重返人间。

她悄悄拧一把自个儿腰上的皮肉，也不晓得是不是冻得厉害了，半是痛半是不痛，她正要再使劲些，却见宋十九轻轻拍一把她的肩膀，道："想要什么，便过去。"

脚趾在布鞋里听话地顶了顶，大拇指的指甲掉了半块，此刻新长出来，痒乎乎的，她便又在地上蹭了蹭。这个动作令她瞧起来可爱极了，像要奔跑前撂了撂蹄子的小马驹。

小马驹朝热闹里走去，清亮的眼神却死死攫住身后的两位小姐，一步三回头，仿佛生怕一眨眼她们便不见了似的。

宋十九莞尔一笑，上前揽住她，将她的视线不着痕迹地带到摊位上，把红彤彤的果子如红头绳一样装进她眼睛里，她的眼睛成了店铺的花窗，映照出活色生香的世间百态。

宋十九放低身子，伸手要拿一个，却被春萍一把攥住，粗糙的冻疮硌着她柔嫩的掌心，春萍抬脸望着她，执拗地摇了摇头："不吃。"

春萍幼嫩的指甲在宋十九掌心挠了挠，面上仍旧是毫无表情，连乖巧也谈不上，只咬着嘴唇望着她，不打算再多说一个字。

宋十九在她淡淡的眉头和蹙起的眉峰里感受到了力度不小的倔强，透过瘦弱的小人儿，好似望见了当年颠沛流离、不爱言语的李十一。

她自认算十分幸运，天赐神骨放荡不羁，及至投胎转世，也被李十一护得好好的，养得娇憨又自在，从未有过吃苦受罪的时候。

人总是如此，若太过圆满，轻易便生出了恐慌，怕福满招祸，怕横生枝节。有人将恐慌化作患得患失的矫情，有人将它变作推己及人的慈悲与怜悯。

宋十九是后者。她想将福报垒得大一些，再大一些，垒得足够坚不可摧，变成说服自己心安理得享受世间美好的借口。

圆满令神佛难挡的钟山烛龙生出了惧怕与敬畏，变得同烧香求子的陈麻子媳妇没什么两样。

而春萍相反，她想将突如其来的福气变小一些，变得再小一些，小到她可以坦然地认为自己配得上，溜走时也不至于太不舍得。

宋十九几不可闻地叹了一口气，拉起春萍的手继续逛。

春萍便压抑着自己小小的欲望，在包子铺边闻了一回肉香，在酒楼侧面闻了一回酒香，最后在脂粉店前闻了一回胭脂香。

她心里的雀跃未曾展露到脸上过，一双眼茫然而好奇，拉着宋十九的掌心微微出汗，冻疮又痒起来，却并不难受，因为心里也痒了起来。

买了红底粉杜鹃的新袄子，坐了人挤人的电车，又打包了几份晚上吃的糕点，付银钱时春萍的眉又蹙起来，望着钱币发了好一会子怔。

一行人回屋热热闹闹地做饭，春萍却糊里糊涂地发起了烧，病气来势汹汹，烧得她面色酡红眼珠混沌，小腿肚子不住地抽筋。

宋十九大惊失色，忙将她安置在床上，用厚厚的棉被裹了，又差五钱去请大夫。

大夫来把了脉，又翻了翻她的眼皮子，却是号不出什么病脉来，便斟酌着开了两服治肺炎的药。

厨房里的饭香被药香替代，炉子咕噜噜地沸腾起来，几人手忙脚乱地折腾了小半宿，强灌了几碗药，又拿巾子细细擦着春萍干燥的手心儿和脚心儿，至后半夜，春萍脑袋的热度才下去了些，昏昏沉沉晕睡过去，濡湿的头发团在颈间。

宋十九靠坐在床边拥着春萍，替她将汗擦了，耳后有细微的翻书声，一转头，看见李十一坐在桌边就着灯光看书的侧影，她有些困了，手指撑着额角，将眼皮懒怠地张开，又抽了抽精致的鼻翼。

宋十九忽然在她的细小的动作里生出了无限的温情，这温情是昏黄的油灯，是被捻出毛边的书册，是她拥着的发热的小人，更是倦得厉害却仍候着她的李十一。

一切不踏实的都变得踏实，一切飘在天上的都开始生根，天为父地为母的九大人开始想要一个孩子，在一个不特殊的年份的不特殊的夜晚。但这样的想法只出现了一秒，停留得还没有油灯爆破的动静长，短得令它无法成为一个提议。

胸腔里不期而遇的母性倒是生得有些长，宋十九轻轻拍着软软的被褥，忽然问李十一：“你瞧我和她，似不似从前的你和我？”

李十一侧过脸，诧异地挑眉，略有些红的眼珠子动了动，目光在宋十九温情脉脉的手上一扫，未语便是笑。

“怎么？”宋十九偏头问她。

李十一摇头。

她同宋十九几时有过这样母慈子孝的静好？若梳理她同宋十九的关

系，自然便能发觉，她从未将宋十九看作幼童过。

除却衣食住行的照顾，她同她的思想从来便是对等的。从一开始的“要鼓掌吗”“若有能耐，学认字儿”至宋十九捧着馒头慢悠悠地同她递眼神——涂老幺诓你……她在她心里，是来路不明的小怪，是未曾觉醒的幼兽，却从未是一个孩童。

是以才能够在往后毫无芥蒂地将她留在身边，成为她势均力敌的伙伴。

宋十九明白了她的意思，弯唇淡淡一笑，见春萍睡熟了，便放低了嗓子道：“今儿我给她洗头，上头很多虱子。”未等李十一开口，她又道，“只是……没有活的，悉数死了。”

李十一的眉头拧起来，宋十九小声琢磨：“我听闻，若人死了，虱子才跳出去，可未曾见过宿主好端端的，虱子却灭了个干净。”

李十一垂下眼帘，表示知道了，见宋十九起身掖了掖被子，两人才一同回屋。

春萍的烧来得快去得也快，第二日一早，便精神大好。虽脸色仍有些苍白，在红袄子的衬托下却也有了些喜庆。她吃了一碗五钱拌的葱油面，倒是不再用袖子擦了，抓起宋十九别在她前襟的手帕，学着宋十九的模样沾了沾唇周。

吃过饭，她百无聊赖，又坐到沙发上抠手，巷子里传来几个少年的追逐笑闹声，她慢吞吞地走过去，趴在窗上瞧。

那几个少年学生模样，背着的布袋子里露出几本书，春萍的眼神跟着那书本上上下下地跳。

另一头的院子里传来噼里啪啦的动静，将整个寂静的院子点燃，春萍听见有人叫她，便小跑过去开了门，硫黄味儿蹿了满鼻子。她眯着眼睛一瞧，阿音穿着毛领大衣站在院子里，将羊皮手套一摘，云朵形状的发卷下堆着映丽的笑，冲她招手："春萍！来！"

她见春萍磨蹭，便快步上前拉住她的手腕子，领到院子中央，将点燃的线香往她手里一塞，指着地上的炮仗说："眼瞧着要过年了，你也放两个炮，去去晦气！"

春萍瞄她一眼，猫儿似的，又瞧了瞧手上的香，略一皱眉便摇了摇头，将线香递回给阿音，又转头回了屋。

阿音举着那香，烟味缭缭绕绕地往她鼻子里钻，她打了个小小的喷嚏，小声道："不晓得哪里来的丫头，比李十一小时候还闷些，偏偏十九喜欢，我是半点瞧不出可爱来。"

阿罗坐得远远儿的，也不晓得听进去没有。

阿音又蹲下点了一个炮仗，站起来自言自语："放炮多好玩儿，邻里的丫头们个个都喜欢，我巴巴儿地买来，偏她嫌弃。"

她被这炮仗引起了兴致，翘着嘴角看，"啪"一声脆响，红纸纷飞，炸得院门口的鸡咯咯咯地飞窜。

她被唬了一小下，往后一退，却未曾听见接下来的鞭炮声。她的耳郭被一双手捂住，温柔得很，她回过头同阿罗对视，手里的线香被远远儿地抛出去。

原来人是始终长不大的，好比说阿音总被不规律的响声激发出幸福感，比如幼时点的爆竹声，比如此刻被掩住双耳时听见的心跳声。

入夜，爆竹蹿去天上成了闪闪烁烁的星辰。

春萍洗过澡，擦着头发下楼，却发觉厅里一片漆黑，四下无人，她有些慌，扶着扶手一步步往下走。吱一声响，老旧的木板被压弯了腰，龇牙咧嘴地抗议起来。

春萍在这个动静里怔住，泛着光泽的眼珠子睁得顶大。她开始抖起来，当初被藏在水缸里时铺天盖地的恐惧同黑暗一起到来，她沉着胸腔小心地吐纳气息。

那时也是如此安静，小小的水缸将一切隔离，老鞋匠的媳妇见着了她未藏好的头发，当下便扔了个火把过来燎了，而后拼命往相反方向跑去，一面跑一面骂，说："你们这群狗东西，追得上老娘算你们的本事！"

之后，她便什么也听不见了，耳旁"嗡"的一声，只能听见自己骨头因恐惧而震动的声音。

她不爱烟花，不爱炮仗，不爱一切轰然炸开带着硫黄味儿的东西，总令她想吐。

她捏紧扶手正要回身，眼前却出现了星星点点的光亮。她转过头，光影自纱窗上飘过，在空旷的大厅里游走：身跨白马的少年将军、逐月点灯的神妃仙子、氤氲的山水、矫健的猛虎……通通成了被暖光裁剪成的影子，旋转着投在冷清的屋子里。

她走了两步往下一瞧，厅堂的正中央放了一个走马灯，仙音烛令灯面上的图像活了起来，眼前五光十色。

这是一幅绮丽而虚幻的画，似只发生在母亲嘴里的童话，能够将惧怕黑夜的孩童奇异地安抚，让他们进入香甜的美梦。

浮光掠影中，她瞧见走马灯旁直起一个颀长的影子，那人的剪影比任何一幅图像都要精致，睫毛冷淡地垂着，手里架着方才点过仙音烛的火柴。火柴在她手里一转，又是一转，倒比那走马灯更吸引人些。

李十一这才转过身，在灯影中笑了笑，道："若想玩，便过来。"

若不吃，便罢了；若想玩，便过来——她说话总是这么两句，连语序也未变过。

但春萍觉得，这位话不多的小姐总能恰如其分地击中自己心底的渴望，好似一双手在她脊背处轻轻地推了一把。她于是走过去，在走马灯旁蹲下，勾头瞧了一眼那烛火，又仰头望着被折射出的影子。

她头一回主动说话，问："老鞋匠的媳妇，会变作光吗，还是星子呢？"

寻常人讨安慰，得来的回答通常是肯定的，但李十一只低声道："不晓得。"

甚至她并不晓得老鞋匠是哪一个。

春萍仰脸望了李十一一眼，眼睛一眨一眨，眨至第五下时，将抿着的嘴往两旁一咧，露出一个不大熟练的笑容。李十一低头看她，鼻息微动，亦还了一个安抚性的微笑。

春萍未再说话，只静静地望着变幻的花灯。

李十一将灯盏留给她，静悄悄往回走，在楼梯上踏了几步，正走至月影阑珊的转角，却忽闻一阵淡淡的冷香，宋十九用微凉的指头拉住李十一的手腕，将她带到了拐角处的阴影里。

"怎么了？"李十一见她脸色不大对，轻声问。

宋十九咬了咬嘴唇内壁，一会子才说："这灯，你未曾给我做过。"

她的委屈来得十分幼稚，与她体面的教养相悖，她原本踟蹰了许久，最后才想起来自己是一只神兽，神兽要什么教养呢？她只要李十一的偏心。

她卷翘的睫毛一颤一颤的，配上咬得泛白的嘴唇，令再铁石心肠的人也软了脾气，更何况李十一早就对她递了降书。

于是李十一温声道："谁说走马灯是只给她看的呢？你若喜欢，我也给你做一个。"

宋十九高兴了，挽着她的胳膊往楼上去。

03

再过了小半个月，春萍适应了许多，虽不爱说话，但偶尔也笑一笑。不晓得是什么缘故，她与宋十九最为投契，时常跟在她不远处，静悄悄地坐着。

宋十九似找回了尾巴的小蛇，将得意的嘴角翘得分外矜持。

日子久了，宋十九也渐渐摸索出了一些门道，也不晓得春萍是有什么先天不足，只要出门见了生人，夜里保管发烧，但只烧一夜，第二日清晨便又生龙活虎。

说是精神好，但到底身子骨弱，宋十九不敢折腾她，便不再领她出门儿。

所幸她也不大爱随处溜达，多半时候都趴在窗前看上下学的丫头小子们，时而笨拙地捧着一本书，摇头晃脑地瞧上半晌。

宋十九过去一瞧，上头的字倒了个个儿，头往下底朝天，于是自她手里将书轻轻抽出来，问她："不识字？"

春萍的脖子根儿有些红，她轻轻嗯一声。

"想念书？"宋十九随手翻了两页。

春萍想了想，道："我娘说……我娘从前说，读了书，往后就不挨打了。"

这是什么道理？宋十九有些啼笑皆非，将书合上搁到桌面上，又替她理了理衣裳下摆，道："要念书还不简单，咱们屋里头有个'书袋子'，你找她去，让她教你认字。"

说起"书袋子"时她眼角有不张扬的笑意，春萍歪头瞧了一瞧，在这样的神情里，"李十一"三个字是不必指明的。

春萍点头，依言去寻李十一，正要往楼上去，却听见院子里头有动静，便先探头出去瞧。

阿音坐在新移的梅花树下，二郎腿一晃一晃的，同阿罗对坐嗑瓜子。冬日冻得鬼都哆嗦，偏生这位姑奶奶不爱在屋里窝着，旗袍下还露着一截发粉的脚腕，一片胭脂似的梅瓣自金线旗袍上滚下去，沾到脚踝窝里，三两下又被抖了下来。

春萍盯着她抖下来的花瓣，又瞧了一眼她粉面含春的脸，欲言又止地立着。

阿音呸一口瓜子，同她说："有话便说。"

春萍却另择了话头，朝桌上一瞟："这是什么？"

阿音转头，将信纸拎起来："涂老幺来的信。哦，涂老幺你不认得，你该喊涂老叔。说是再不回去，要动身来寻咱们了。"

"回去？"春萍一愣。

"咱们自申城过来的。"阿音上下牙一合，舌尖卷了新鲜的瓜子仁儿，两三下嚼了，又问她："申城，你晓得不晓得？"

"我晓得。"春萍点头，一会子又皱起了眉头。

"听你讲话，不是本地人，却未问过你自哪里来的？"阿音用手心儿将沾着口脂的瓜子壳兜了，端在胸前问她。

春萍看一看她红艳艳的蔻丹，一会子才道："自建宁来的。"

走了许久的路，颠了许久的牛车，还有幸碰着一伙赶路的陆兵，这才安生到了渝州。

一来便逢着阴雨，在城外的山神庙里晕了好几日，好容易睁了眼便摸黑进了城，七拐八拐的，便寻到了这方院落。

"怪道晓得申城呢。"阿音笑盈盈的，将瓜子壳拍在绢子里。

春萍点头，梅瓣落到她颈后，软绵绵的，她动了动脖子，一会子才道："果真要回申城吗？"

阿音偏头看她，噗一声笑了："你这小人儿，怎的跟癞子狗似的，总皱着脸做什么？咱们走是走，总不至撂下你。你见着你涂老叔便晓得，泼皮无赖咱们都没嫌弃，更何况细皮嫩肉小丫头呢？你安生将心揣肚子里。"

春萍幼嫩的眉头略微动了动，嫩芽儿破土似的，面上却没了旁的动静，她暗自想了想，才转身抬步往屋里走，才走了三两步，她又停下来，盯着阿音的脚腕，小声道："若要赶路，你这么穿不成。"

阿音挑眉，阿罗抬起眼，在春萍沉静的瞳孔里瞧见了压抑得厉害的伤痕，最后她绷直下巴抿着嘴唇，再没说一句便扭头进了屋。

“神神道道的。”阿音下巴沾着一块瓜子皮，懒怠地直起腰身。

进了屋子，春萍定了定心神，抬步往楼上去，李十一果真在书房里，燃了一炉白豆蔻和甘松混的杂香，挽着袖子写字。

她今日散着头发，一身白色的长旗袍略宽大些，不似阿音同十九那样婀娜有致，腰部空荡荡的，前襟也不大突兀，配着她精巧的腕骨同颈边的小痣，将旗袍穿出了别样的禁欲感。

她抬眼看向春萍，看她的眼神像在抚琴，将方才被挑得紧绷的弦慢悠悠地按下来，再以指腹一揉。

春萍在这个眼神里瞧出了与前几日的李十一不同的地方，似从沉睡中苏醒的人慵懒地伸手将困倦的鼻端抵住，而后以将醒未醒的眼神眷顾你。

但这样的眼神只是一瞬，李十一又低下了头，语气淡淡的：“要学字？”

春萍不意外她是如何听见的，只点点头，走过去靠在书桌边。

她不开口，李十一也未有主动教学的心思，只放任她认真瞧。

李十一今日练的是瘦金体，狼毫笔格在指间，游走时把持着细瘦的分寸感。

“挑支笔。”一幅字写完，李十一停下来，示意她看向桌面上的笔筒。

春萍颔首，屏气凝神左右瞧，仿佛在做一件十分有仪式感的事，李十一笑了笑，替她拣了一支兔肩紫毫的，又抬手添了两回墨，亲试了几笔。

她的侧脸格外好看，哪怕视线清冷，起落的呼吸却暖似春风。

香炉上方是歪歪扭扭的烟雾，窗棂隔断的是歪歪扭扭的朝阳，春萍歪歪扭扭地伏在案边，小心翼翼地看着李十一中正至极的身骨。

她没有抬脸，只盯着李十一写字的手，忽然问：“为什么待我这样好呢？”停了片刻，又低声追一句，“我不认得你们。”

她极少说这样矫情的话，此刻也将手缩在袖口里，来回摩挲细密的针脚。

李十一耷拉着眼皮瞧她一眼，却未急着说什么，只将笔在手中略微一顿，另起一行，正中书了一个“萍”字。

“认得吗？”她轻声问。

春萍摇头。

李十一的薄唇上下一碰：“萍。”

春萍心神一动，是她的名字。

李十一未过多解释，只在后头又添了三个字，而后将笔搁下，看着她道：“萍水相逢。”她笑了笑，“人同人的缘分，都是从这四个字里来的。”

她透过春萍矮矮的头顶，想起缘分不深的师父，想起扎着蝴蝶结的阿音，想起抱着她大腿不撒手的涂老幺，最后想起捉住她手指的小十九。

人与人之交集没什么道理，相遇便是道理。

同李十一学了几日字，春萍的话多了许多，偶然遇到不大理解的，还会叽叽喳喳说上小半日。

这晚天黑得早，至晚饭的时辰已是暮色深沉，阿音一面摆碗筷，一面对下楼的春萍道：“去去，洗手去！”

椅凳一阵轻轻的划拉声，众人入了座，春萍洗手回来，正要盛饭，见着那桌子菜却怔了怔。

阿音笑道：“新开的馆子，建宁菜，你不好外出下馆子，我端了回来，你尝尝。”

松脆油嫩的金陵烤鸭、葱香扑鼻的叉烧鳜鱼、汤色爽滑的鸭血粉丝汤同摆尾相簇的凤尾虾，秦淮风味满满当当铺了一桌子，仿佛有小调咿咿呀呀地从金线勾边的白瓷盏里淌出来。

春萍坐下，动作幅度极小地端着饭，碗在手心里转了转，才说：“这些，我大半未吃过。”除却鸭血粉丝汤，好似是吃过一回。

阿音夹一块凤尾虾给她，笑道：“甭管吃没吃过，拢共就你这么个建宁人，正不正宗你说了算。”

春萍抿着嘴角笑，眯着眼点了点头，将虾咽下去，又扒了一小口白饭。

好吃极了，令她忍不住伸手去夹了第二块，想了想，筷头却在空中转了个弯，落到了宋十九的碗里。

宋十九挑眉，春萍却没说什么，只将身子骨往凳子后边缩了缩，埋头又送了几口米饭。

吃了会子后，众人的话也活络起来，阿音见大伙吃得香，高兴自个儿办了件漂亮事，便道：“你们若是吃着喜欢，我明儿还去，那老板说是有好几样拿手菜，只恨我胃小，一回吃尽不能够。”

阿罗见她邀功，只柔柔笑了笑，伸手为她盛了一碗汤。

却见春萍弱弱出了声：“有春胜粥吗？”

“什么粥？”阿音没听明白。

春萍小声道：“我逃难途中，碰着一位老乡，说他吃过春胜粥，我便一直有些想着。”她仍旧不习惯向别人讨要什么，不好意思极了，未等说完，便将脸埋进汤碗里。

“你若想吃，我明儿问问便是。这名儿耳生，哪个春？哪个胜？你同我说道说道，省得言语错了。”阿音接口。

春萍这才将头抬起来，说：“是春胜将军的名字。

“听那老乡说，前两年，北边的春胜将军打了胜仗，开仓放粮，那仓里都是碎碎的小米和陈年的腊肉，家家户户熬一碗粥，求胜利，求不打仗。”

阿音眨了眨眼，越听越糊涂："春胜？哪个春胜将军？"

春萍亦有些疑惑："吴春胜将军，你们是北边的，不晓得吗？"

阿音讪讪一笑，接过阿罗递来的汤："我竟不知有这么个将军。"她向来不爱读书看报，想来是孤陋寡闻了些。

却见一直沉默的李十一抬起头来，望着春萍出了声："你自建市过来，那边打的是什么仗？谁在打？"

春萍对上她的眼神，心里惴惴一跳，润了润嘴唇，半晌没言语。

李十一缓慢地将嗓音沉下去，又问："如今是哪一年？"

春萍生出了不好的预感，无措地咬了咬下唇，四顾一圈，低声回答："新历……二十六年。"

"放屁！"阿音没忍住，当先打破沉闷的气氛。

春萍被吓得肩头一缩，瞳孔丝毫没有退却，眼皮子一抖一抖的，极其克制地注视着她。

阿音在她的眼神里回过神来，胸骨迅速收缩，放低了嗓子皱眉道："你细想想，莫不是过糊涂了，翻了这个年头才勉强够得着新历十五年，这十来年被吃了不成？"

春萍咽了咽口水，眼神紧张地闪烁起来，望了一眼紧锁眉头的宋十九，明亮的眼睛像起了雾，疑惑而模糊地望着众人，巨大的慌乱将她打得晕头转向，令她需要死死抠住桌底下凹凸不平的木料，才能抓住一点真实感。

她迷茫的眼里有李十一、宋十九与阿罗安静的轮廓，似渔民荡在海面，透过孤灯望着沉默的礁石，而阿音是有着尖利嗓音的鲛人，让朦朦胧胧的蛊惑更进一层。

头骤然一阵晕眩，险些在众人惊诧的表情里昏厥过去，春萍深深呼了一口气，强力抑制住不安，阿音絮絮叨叨的话语重新攫住她混乱的思绪。

阿音“嘶”一声跷起腿，侧着身子打量她，见她面无血色的表情实在不似作假，才将屈起的食指递到唇边无意识地咬了咬，又放下，拿指腹来回摩挲唇沟，问阿罗：“是春萍走岔了这光阴道，还是，咱们？”

未等阿罗开口，她忽而想起了什么，摇头否定，“街头的馄饨摊儿，杀猪的陈麻子，都是往日模样，咱们必定未动过。”

她又敲了敲一旁的牛皮纸信封，快语道：“涂老幺递的信儿，里头说四顺还未足岁，请咱们回去瞧着他抓周。”

她三言两语下了结论，对春萍郑重其事地点头：“你走岔了。”

她的逻辑十分简单，同一堆人相比，一个人走岔了，难度实在小许多。

“走，走岔了光阴道，是什么意思？”春萍的下巴止不住地哆嗦，心里却逐渐拨云见日。

怪道阿音这个打扮，怪道街巷和乐昌平，怪道她瞧见的那银钱……不是寻常样式。

她并非入了黄泉，却是回到了过去。

木屑陷入指甲里，塞得满满的，成了她浑身上下唯一的感受。

她正要开口，却觉藏在桌底的手上被覆了一块丝绢，那丝绢轻轻一拂，两三下扫去指缝的碎屑，随即将她的手包裹住，温柔而不失力道地拿下来——那不是丝绢，是宋十九细腻无骨的手。

她的余光里瞧见宋十九另一手支着额头，将眉心放开，嘴唇弯了弯，说：“原来如此。”语气淡然而无谓，并未将这混乱无序的缘由放在心上，似乎这缘由仅仅值得她锁三秒眉点两个头，道一声原来如此。

宋十九也骤然明白了春萍头上的虱子为何悉数死了，原是她机缘巧合倒流了时光，旁的活物却未必有这能耐。

春萍倒是很有能耐，她眼里盛着笑，赞许地点了点头。

春萍不晓得这赞许从何而来，却莫名心下熨帖了许多，方才旁人瞧她的眼神似瞧一只无家可归的丧家犬，唯独宋十九的手拢起来，拢作一个小而温暖的窝。

她不由自主地朝宋十九处挪了挪身子。

阿罗望一眼李十一，阿音也望一眼李十一，气氛微妙得厉害，李十一垂头默了一会子，抬起眼皮扫一圈桌面，问：“今日谁刷碗？”

“我。”五钱站起身，不紧不慢挽袖口，待见阿罗垂下脖颈没了别的话，才开始垒起碗筷来。

骨瓷碰撞的声响过于平常，轻易便令光怪陆离的猜想落了地，到底活了几百年，稀奇古怪的事见得多，五钱倒并不十分惊慌，天大的事也未必有眼前凉透了的油花子难对付。

耳旁有春萍穿着布鞋上楼的响动，他却罕见地在洗涮的动作中走了神，被寒霜抹过一遍的晓窗上印出一张带酒窝的怯生生的脸，他记得五娘被判时，府间籍里有这么两句——生死有序，勿乱时辰。

他将这句话嚼了又嚼，随后面无表情地低下头，将五娘的笑靥掖进波澜不惊的眼底。

04

惯常午歇的阿罗难得地未合上双眼，欲言又止的阿音亦难得地翻起了书，阿罗侧身瞧她，她看书的样子恬静又可爱，跟文化人似的，只是习惯性地咬着指甲，也不管蔻丹才新鲜了几日。

阿音翻了好些页，仍旧不得要领，便索性将书一扔，将脚伸进阿罗被窝里。

天气寒凉，她浑身似被冰碴子裹了一层，呼出的气也凉飕飕的，她小声问阿罗：“春萍的缘故，你知道，是不是？”

阿罗抬眼看她，回道：“大抵能猜出来。咱们这里头，能在时辰上作手脚的，唯有十九。十九回归那日，灯盏俱灭，昼夜无光，时辰恭迎其主，自有波动。”

横公鱼能感受到波动，旁的未必不能。

“机缘巧合下，扰乱的时光道不经意将春萍带了回来，并且，带至了钟山之神身边。”

是以春萍总本能地靠近宋十九，是以她见着生人便晕眩发烧，她原本不属于这里，不过是被强留下，唯有宋十九能保住她的精气，自然亦需避忌同他人的交集。

“那么……”阿音将下唇咬住。

阿罗轻声问：“春之秋菊，冬之夏荷，不合时令之花，能开多久呢？”

阿音心底一颤。

同样一颤的还有书桌前李十一收拣字画的手，她的耳郭略微一动，将一墙之隔的话语悉数纳入神识里，阿罗在说给阿音听，同样也是说给李十一听。

她的手捻着眼前宣纸的一角，抿唇望着上头的字，正中央的“萍水相逢”四字并不陌生，陌生的在下头，有一排歪歪扭扭蚯蚓似的笔画将这四个字描摹了下来。

笔迹深浅不一，起头顿点也毫不讲究，连一旁不当心沾染的墨点子也昭示着写字人的生疏，李十一望着那四个散了骨架的字，隐约瞧见一位小姑娘趁她不在偷溜进书房，虔诚得大气不敢出，一笔一画地照葫芦画瓢。

李十一提起笔，想了想又放下，其实那日她的话并未说完——萍水相逢，尽是他乡之客。

李十一露出一个不大成功的笑容，叹口气，果真是——他乡之客。

门被推开，宋十九走了进来，皮草领子扫着冻芙蓉似的脸，羊皮手套一摘，拍了拍上头的寒气。她见着李十一抿唇一笑，将手里的信封搁到桌上，低头抽出一叠卡片大小的纸，那纸覆着胶面，摄魂似的拓着熟悉的剪影。

她将几张相片摆到桌面，摊开给李十一瞧：“上回领着春萍去照相馆照的相，今儿洗出来了，你瞧瞧，好看不好看？”

李十一扫一眼，照片里春萍局促地坐着，眼神略显惊慌，嘴角却翘得高高的，将两颊牵动得十分喜庆，一手攥着红袄子，一手拉着一旁的宋十九。

宋十九放松地跨坐在木椅扶手上，笑得春风拂面、意气动人。

李十一的眼帘缓慢地开闭，食指指腹自照片上宋十九的肩膀处抚摸下来，停到她与春萍交握的手上。

她的神情不同以往，宋十九敏锐地敛了三分笑，将目光落在李十一的指端，又兜兜转转地勾上来，仍旧是弯着眼角，说：“我总在想，为何她待我比旁人亲近三分，我亦对她一见如故，今日方知有这样的缘分。”慨叹的语气不大明显，听起来似一个试探。

李十一直起肩膀，将她的手握住，一会子才应道：“十九。”

宋十九的眸光凝住，定定看着她。

西洋时钟嘀嗒嘀嗒，划船似的前进，将水面的波涛越搅越大。

李十一听着秒针井然有序地走动，将五指同宋十九的交缠，二人的掌根贴合着立起来，她的眼神也进退两难了起来，她对宋十九平淡而温柔地说：“将她送回去吧。”

秒针走动的声音窸窸窣窣地钻进宋十九的耳朵里，同催促似的，令她的张口成了一种压力。

她望着李十一，仍旧是清风明月一杆细竹，亭亭玉立的，似兵荒马乱里干净的孤本。

泰山府君也好，问棺先生也罢，其实她从来就是这么好看，当初是怎样觉得她似个妖女的呢？宋十九不大想得起来了。

她亦步亦趋地跟着她，像被装进墨守成规的套子里，唯独这一刻，她感到刻板的钟表跑进了脑子里，叠在一处的秒针和时针分离，“嘣”

一声弹响，像某种曲调结束时奏响的哀音。

她卷翘的睫毛也如指针一样，缠绵地交合，又果断地分开，她问李十一：“为什么呢？”

好似问的是为什么要将春萍送回去，又好似在询问李十一，为什么同她想得不一样。

李十一低着头，不晓得是个子高，还是习惯性的回避，她总是将沾染情绪的眼睛隐藏在阴影里，停了一会子才道：“万物生死，自有时序，我教过你。”

人之命盘，如同这兢兢业业的指针，齿轮严丝合缝地转出规矩，由不得谁勤勉地快一秒，或是懒怠地拖一秒。

宋十九同李十一贴合的手心微微出汗，声音平铺直叙：“送她回去，送回战乱里？”

李十一看进宋十九的眼里，温声同她说：“她不属于这里。你瞧见了，她不能见生人，每回起的烧便是反噬。你若要强留下，她往后将承受更多。”

“我能护住她。”宋十九喉头一咽，低头瞧相片，她不习惯同李十一争论，心里似被磨砂石来回剐蹭，钝钝的，提不起兴致来。

“还有将来，”李十一解释，“十余年后的活人猝然消失，势必扰乱所有与她有过交集的人的命数，一乱十，十乱百，百乱千，恐怕会引起难以估量的后果。”

“还有比战乱更糟糕的后果吗？”宋十九反问，“烽火连天，民不聊生，人间炼狱，生灵涂炭。即便是乱了命数，你又怎知，乱得是好是坏呢？”

李十一合了合双眼，微微偏头看着她，目光里掩藏不住的凉意铺散开来，令宋十九掌心的汗迅速风干。

是坏，她知道。

宋十九如梦初醒，站在她面前的是掌生死簿的万魂之主，她气定神闲地将宋十九的执拗衬成一个天真的笑话。

宋十九生出了难以言喻的错觉，仿佛此刻与她对峙的不是平等温和的十一，而是从前执着灯打桥上过、从不正眼瞧她的令蘅。

她终于想起来自己当初为何憎恶令蘅，她憎的不是那惊为天人的脸，憎的不过是她高高在上不近人情的态度，似一块冥顽不化的坚冰，固守在生硬的教条里，轻描淡写地教导旁人什么是“应该”。

令蘅不愿意被打扰，不愿意被攻破，不愿意有任何例外，她就偏要——她是天底下最桀骜不驯的烛龙，庞大的躯体滋养了她无边无际的心，她的心想要落在哪里，便要落在哪里。

从前她将心放在李十一手上，任她掂着把玩，可这不代表臣服，不代表遵从，不过是她愿意。

宋十九将手腕抬了抬，撩起眼皮看向李十一，头一回不服管教地质问她：“战争，也是时序，也是规矩吗？”

她不需要李十一回答，自顾自摇了摇头，抽出手扶在桌面上，将一些李十一还未想起的回忆讲给她听：“往日若我钟山出了妖兽，食了你泰山府两三个鬼，你们泰山府便大兵压境，魂策军军旗四起，好不威风。不承想如今当真是哀鸿遍野水深火热了，四方诸神竟袖手旁观，只道规矩不可乱，连护住一个小丫头亦不能够。”

“如此说来，实在无用。”她的嘴角有罕见的讥诮，目光灼灼看着李十一。

李十一平静地回望她，眼里连被冒犯的形容也没有。

她到底还不是令蘅，尚且不能对宋十九的嘲讽感同身受，令她皱眉的无非是宋十九陌生的表情，眼里的失望明晃晃的，将她同她的隔阂摆得泾渭分明。

李十一想伸手拉她，宋十九的手指却一动，蜷作了一个小小的拳头。

李十一的心被尖锐地刺了一小下，令她的手亦不自觉地握起来，但她仍旧耐心地以略带沙哑的温柔嗓音说："是规矩。"

宋十九哽住，一时无话，一会子才回她："若万物循矩，那么，人活一遭，意义在哪里呢？若命由天定，那么病痛无需求医，冷冻不必添衣，你也曾饥寒难耐，也曾历万分凶险，我问你，生死一线时，努力求生是为什么？下墓开棺挣三钱两子，又是因为什么？"

难道不是为着一丝改变命运的希冀，难道不是拼着一口人定胜天的骨气？

她的话未说尽，李十一却仿佛全然明白，定定望了她一会子，摇头道："同你想的不一样，规矩并非束缚，却恰恰是丈量人生意义的刻度。"

李十一极少说这样多话，但她十分想要宋十九明白。

"人生来便注定要死亡，却从未停止过生之希望。有死亡，生才可贵；有衰老，方懂得不负青春。花开花谢，日升日落，春夏秋冬，四季轮转，皆是时序，是规矩，却不是凋敝，而是生机。

"若人人受庇护，世间无生死，万灵无冻饿，爱恨尽可消，我是无须再挣三钱两子，却也无从感知温饱欲求。"

她注视着宋十九："我便不会如此刻一样站在你面前，想要告诉你这一切。"

她细瘦的肩膀里生出了无限的温情，头一回真诚而毫无保留地将自己向宋十九敞开。

宋十九杂乱无章的心轻轻抽搐着，充盈着乱跳的欲望，她的反叛被李十一轻而易举地压制了，像从前压境的魂策军，在钟山境内马踏飞花。

宋十九沉默地掩了门，在楼道里坐了一会子。

华灯满巷，整个小楼静得落针可闻，阿罗和阿音歇了，五钱喂了院子里的鸡也睡了，宋十九抱着膝盖，忽然意识到自己为什么想要牢牢抓住春萍。

自她觉醒以来，时常觉得自己同这里格格不入。阿罗对她态度不明，五钱对她不冷不热，阿音同李十一有青梅之谊，自然比跟她要亲厚些，周遭的人的情谊都属于李十一，而自己不过是个附属品。

这份情谊会让他们因李十一而优待她，也会在她可能伤害李十一时让他们毫不犹豫地对她出手，若没了李十一，她同那小小的他乡之客没什么两样。

想起春萍，也不晓得她如今如何。宋十九站起身来，去厨房热了一碗烫烫的牛奶，端上二楼房里。

春萍坐在床上，正打了热水洗脚，手里捧着一卷书，上头的字她只认得不到十个，但总想同它们再相熟些。见着宋十九，她将书放下，扯扯嘴角笑了笑，笑之前先眨了眨眼睛，透着猫儿似的亲昵。

宋十九将碗递上去，道："趁热喝，喝了好睡。"她想要摸一把她的头发，却未动作，只回身坐在一旁。

春萍捧着半个脸大的碗，大口大口地喝，食管烫烫的，足底也烫烫的，她小小的脸上泛起粉色，连眼珠子里的情绪也暖起来。她喝了两三口便停下，嘴唇上方挂着一圈儿奶渍，将手上的冻疮在裤子上蹭了蹭。冻疮痒得厉害，宋十九知道，可春萍总是如此，疼了不爱说，待实在忍不住，才有些微动作。

心酸来得十分突兀，比涌进胃里的牛奶还争先恐后，宋十九伏下身子，用掌根儿撑着额头，眼中却正好是木桶里春萍光裸的小脚。

那脚上的疤痕纵横交错，几乎找不到一块好皮，水泡肿了又被磨破，贴在上头同血痂粘在一处，足跟有厚厚的茧子，硬得不该长在一个小姑娘身上。右脚中指仿佛是断过，以畸形的姿势蜷缩着，那不过是一根还未长成的小脚趾，却像极了令宋十九不堪重负的"无能为力"四个字。

宋十九木然地抹了一把脸，盯着那双脚轻轻问春萍："那一年，是什么样的？”

春萍低下头，望着热腾腾的牛奶不说话。

宋十九喉间的酸意浅浅弥漫开来，她顿了两三秒，润润下唇，又问：“跑出来，花了许多力气，是不是？”

春萍这才抽了抽鼻子，轻易便红了眼眶，半晌方捋顺了言语：“跑的时候没想许多，顾不上。阿生和我一起跑，跑了二里地才发觉肚子上有个窟窿。”她瓮着鼻音说，“出来了才晓得怕。”

宋十九没问阿生是谁，也不想再问。春萍的语气里没有惨痛，只有劫后余生的麻木，恐怕还有一丁点遇见宋十九的感激。

宋十九将脸埋在掌心里，好一会子才抬头，伸手将春萍的头发捋到耳朵后头，她哑着嗓子说：“睡一觉，别想了。”

05

宋十九神色如常地去找李十一，她难得地未看书，坐在床边叠几件青灰色的袄子，见她来了，撩起眼皮子瞧了一眼宋十九，面上仿佛挂了清汤寡水的笑，问她：“洗脸吗？我倒水。”

宋十九“嗯”一声，抱着胳膊坐到床边，盯着李十一叠好的衣裳发呆：这个人连衣裳都叠得工工整整，折痕同框架似的，四四方方的。

她想呀想，总觉得从前的李十一不是这样的，从前她随意又洒脱，四处漂泊，不惧鬼神，若当真怕这天理循环，又如何吃那行饭呢？

她望着拎着铜壶倒水的李十一，感到某个魂灵在对方身体里若隐若现。

“瞧什么？”李十一留心手下的动作，睫毛清冷地一扇。

“我在想，”宋十九的脚后跟轻轻敲着床板，“令蘅果真在觉醒了。”

李十一顿住，捏着把手将铜壶颠了颠，不紧不慢地搁下，这才转头看宋十九，她是如此蕙质兰心，以至于宋十九的未尽之言不需要一丁点注解。

宋十九慌了，她原本以为自己怕的应当是回归的令蘅嫌弃她，却从未想过，若是自己不喜欢令蘅呢？

这想法将她吓得心惊又心虚，只略瞟了一眼李十一，便挪开了目光。

李十一立在屋子里，月光打了一半在她脸上，谪仙似的迷人，左手食指搭在脸盆架子上，掌心开始出汗。

她眯眼瞧宋十九，忽然发觉对方从未了解过自己，她以为自己的改变是因为“令蘅”，因为泰山府君，因为那一个虚无缥缈的身份。但唯独她自己知道，都不是。

从前一个人时，以天为盖地为庐，赤条条来去无牵挂，自然潇洒。令她如此瞻前顾后，如此权衡掂量，对坏结局生出恐惧的，无非是那个叫作宋十九的姑娘——她在担心宋十九，担心她做错事。她睁着干涸的眼望着宋十九，看上去澄澈而清明，几乎瞧不出她心里头一次滋生的委屈。

李十一从前用遮掩的面皮来面对外人，如今她用遮掩的情绪来面对宋十九，最终还是什么也没说，只将指头在木架上不动声色地划了划，擦去浅薄的汗渍，然后侧身为宋十九拧帕子。

热水雾腾腾的，适时缓解了某些脆弱的情绪，可冬夜实在长，这个冬天也实在长。

宋十九深呼一口气，不晓得自己怎么就同李十一有了相对无言的时刻，从前那个叽叽喳喳绕着李十一转来转去的小姑娘，像被狠揠的幼苗，以猝不及防的姿态长成大人。

好似是因为有了春萍，被春萍幼小的手掌一握，顷刻就将她握成了大人。

宋十九走过去，到李十一身后站定，伸手轻轻拽了拽她的袖子，放低了嗓子唤她：“十一。”

李十一未回头，帕子搁在手心里，等她开口。

宋十九尽量让自己的语气轻快些，可话一出声仍是带了三分祈求：“从前我同你说，若我做了许多坏事，你千万原谅我。”她的心脏坠得厉害，扯着她原本娇嫩的嗓子，她只能将口水咽了又咽，才能阻止酸涩的蔓延。

她不想将春萍送回去，她想将她留下来。

李十一挺直脊背回过身来，将拧好的帕子放进宋十九掌心，下颌一收，叹了口气：“阿九。”她头一回喊眼前人阿九，喊得温情脉脉又郑重其事。

她说：“我可以包容所有你犯过的错。”

宋十九抬起头来，眼里的希望似微光，明明灭灭。

李十一顿了顿，又道：“前提是，你要更正它。”

瞳孔里的光亮“啪”一声熄灭，比任何疾风都要迅猛。

宋十九垂下眼帘：“我做不到。”

李十一未曾见到春萍那双伤痕累累的脚，也并不晓得十余年后是怎样的世道，但她知道，说是与春萍心灵相通也好，又或是作为兽类天然敏锐也好，她就是知道。

她无力地将肩膀耷拉下来，轻声说：“我才刚刚想起来，兴许，我没有那么大的能耐。我不懂得怎样将她送回去，若是送错了呢？若送至旁的年份去，兴起更大的波澜呢？”她拧着眉头絮絮叨叨的，执拗得像一只在困境中毫无章法扑腾的小兽。

她十分努力地将心底的希冀燃起来，润润下唇，说：“我应当把她留下来，我可以不让她出门，若出门便戴上面罩，不与任何人碰面，待再过十来年，我……”

她说了许久，李十一却始终沉默，等宋十九的睫毛扇得如振翅的幼蝶时，才听见一道清冷的嗓音响起：“当初将秦良玉强留世间时，你是怎样想的？”是否也抱有自以为是的不忍心，以为自己做了一件皆大欢喜的好事。

残忍的话语像一根针，刺啦一声将宋十九精心编织的锦绣划破。

秦良玉？宋十九猛地抬起头来，目光氤氲望向李十一。

“秦将军留于世间时是一缕精魂，其他几魄虽不完整，却也能归入轮回。因此她能够待在你的结界里，与自己投胎转世的肉身共存。

“可春萍不同。她是活生生的人。再过几年，她要出生，世间如何能有两个春萍？而若她不能出生，如今的这一个春萍，又是否还会存在呢？

“还是说，你想将她变作鬼呢？

李十一连质问都温柔得不像话，自上而下的眼神像春风似的，抚慰隐隐不安的姑娘。

宋十九一张脸血色尽失，娇艳欲滴的嘴唇亦干裂开。

她沉默许久，待手里的巾帕都凉透了，才回过神来，她喃喃道：“变作鬼，好似也没什么不好。”总比她回去承受非人的折磨，要好一些。

她的眼神躲躲闪闪地看过来，仿佛在祈求一个救命的认同。

李十一静静地注视她，半晌才摇了摇头——她失望极了：“你分明知道，若春萍不回去，兴许战乱的时间会更长，伤亡会更重，这一头能瞧见的折磨是折磨，那一头瞧不见的，便不是折磨吗？”

“眼前人我尚且不能救于水火，千里之外又与我何干呢？”宋十九咬着下唇，极力反驳。

李十一深深吸一口气，嘴角抿起来，心里如楚河汉界一样清楚明白，她道：“若目之所及是苦难，目之不所及便不是苦难，那该叫良善，还是私心呢？”

宋十九双肩一颤，因李十一的话愣住，双眼被火燎了似的眯了一眯，默然而空洞地望着她。

她是有私心，她从来便是如此，自小生在钟山，长在钟山，同百兽嬉笑玩闹长大，冬日靠在一处取暖，夏日齐齐入水泡汤。她的世界里没有正义，没有黑白，没有规则和秩序，只有亲近与不亲近。而李十一却以神明的慈悲来要求她，要她亲手将喜爱之人送到非人之地去。

她的嗓音里终于生出了难以克制的哽咽，她说："我不是神，也不是人，令蘅，我是兽。"

你明白兽是什么吗？是靠气息与本能判别喜欢，是一睁眼便对眼前人生出依赖，是一往无前不惧生死，是千万人俱殁亦要扑身护住心头明珠，是没有什么教养，没有什么学识，不懂权衡利弊的，兽。

她到底未将这些说出来，只是侧脸望着桌上的烛火，听见李十一以缓慢的嗓音说："你从前是兽，如今做了人，你念书识字、知事明理。夏姬、秦良玉的事犹在眼前，你本应当记住前车之鉴。"她顿了顿，最后一句几乎是叹出来，"但你总是如此，感情用事。"

四个字一落，西洋钟正巧敲到十二下，当当的钟声并不吵，甚至不及楼下贪玩孩童的鞭炮声吵，但听在宋十九耳里，仿佛是某种摧山搅海的宣判，将她珍之重之的前尘砸得粉碎。

她一瞬明白了为什么这个冬夜如此长，因为眼中起了雾，睫下生了霜，偏生雨水却是温热的，倒显得她的眼眶凉得过分。她隔着这浓浓的水雾望着李十一，她自一出生便握住了李十一的手，从此便将她放在了心里头一位，学她穿衣吃饭，跟她走南闯北，生气也舍不得过夜，她给的零星疼爱，却能留存许久许久。

若她是人，那么实在当得起天上地下一等一的傻姑娘。

宋十九低下头，自嘲地笑了笑，鼻子一吸，而后抬起头来，将李十一的面庞装进眼中，她点头承认："我是感情用事。"

"我是如此感情用事，才这样没脸没皮地跟着你。"小姑娘一次次在她的冷漠中碰壁，又一次次自个儿站起来讪笑着扯扯不规整的衣裳，欢欢喜喜地去牵她的手。

"我是如此感情用事，才不知道任何前尘过往，便毫无芥蒂地信任你。"哪怕是在被虚耗偷走快乐时，也一声声给自己加油打气，舍不得令她多担忧一个时辰。

"我是如此感情用事，才在知晓同你所有的前因后，将九大人的颜面尽数抛弃。"李十一吃定了自己不会离开，因此连追逐的举动也没有，而自己就真的这样不争气，夜夜躺在能听见她呼吸的屋脊，最后鼓足勇气走回那个零落萧瑟的院子里。

连极力克制的泪珠子也不给面子，就这样不听话地滚了出来，令宋十九抽泣得胸腔发抖，哭得毫无排场，毫无骨气，毫无一点应有的自尊心，她抬手抹一把眼泪，木然说："我可真感情用事。"

长久以来积攒的委屈其实从未消失，从前被她牢牢压制在李十一的温柔里，也牢牢压制住了缺失已久的自尊心。如今它们奋起反抗，将她打了个兜头罩脸、无力还击。

她也不想自己心眼如此之小，但女人通常如此，不大记得感情的上限，总是记得感情的下限，好比说她未必会反复想起那些同生共死的刀山火海，但她一定会记得，有一日昏昏沉沉地醒来，你不肯为她剥一个鸡蛋。

李十一听着她的哭诉，脸上现出从未有过的表情，像是把被刀剜了的心摆在了脸上，她原本应当上前抱住她，但她无论如何也迈不开步子。手的骨节捏得发白，柔弱的手腕上青筋直冒，但她仍旧站得稳稳的，睁着酸涩到极点的眼，一动不动地望着宋十九。

原来宋十九存了这么多的不甘心，原来她们之间并不是她以为的那样毫无问题。

宋十九哽咽的叩问像狂风暴雨一样袭击着她疼得一缩一缩的心脏，缝隙里钻出了一些从前被埋得毫无痕迹的东西。

那个清冷淡漠的人，仿佛绝情得令人难以置信。可是，她不曾彷徨、恐惧、患得患失吗？她不曾害怕过宋十九会猝然消失吗？她不曾害怕过她觉醒后有一丝后悔吗？就在方才，她在宋十九的眼神里读到对令蘅的陌生时，又是怎样说服自己镇定自若地为她拧上一块巾帕的呢？上缙云山寻狌狌一事，向来果断的她一拖再拖，又是因为什么呢？

她的喉头咽了又咽，鼻翼微微翕动，想要剖白的话却始终未从嗓子里挤出来，她抬头望着空荡荡的卧室。

巾帕被毫不怜惜地扔在桌面上，像散了骨架一样瘫软。

第八章

上穷碧落下黄泉

上穷碧落下黄泉

捌

SHI CHEN JUE

01

烛火被潜入夜的晚风打了个趔趄，浓雾一样的黑暗袭来，并且丝毫未有退却的态势。

屋檐凝结的夜露在将落未落时停住，被孩童遗落的爆竹卷儿同寒风斗得如火如荼时停住，连钻进窗缝要扰乱安神香的硫黄味儿也停住。

游走在时间之外的只有它的主人，她穿着华丽而优雅的旗袍，乌发红唇，玉面含情目，好看得令人心惊。她慢步踏在走廊间，脚步松松软软的，仿佛踏在云里。

时辰的缝隙里流沙一样窸窸窣窣地闪回记忆，战国时她刚刚睡醒，饮了一口朝露，赤足朝夏姬走去；大明将倾，清军入关时，她扔了一根虎骨，袍角生风朝秦良玉走去。

如今她刚结束了一场刻骨噬魂的挣扎，红着眼站在春萍的屋前，走得漫不经心又步履沉沉。

漫不经心源于无人反抗的安静，原来她是个不大老实的小骗子，方才才说自己不善用法术，此刻却胸有成竹地将时间停驻。九大人能够毫不费力地将阿音定住，将五钱定住，甚至将受伤未愈的阿罗同尚未觉醒的李十一通通定住。

她微微垂着头，横眉入鬓秋目飞星，只将呼吸略略一收，木门“啪”一声洞开，重重打在两旁的墙壁上。墙灰连落下也不敢，牢牢攀附着石壁，生怕惹恼了漏夜而至的贵人。

宋十九走进去环顾四周，屋子里简陋得过分，方才洗过脚的水搁在边上——春萍总舍不得倒，说是第二日可以舀来浇花。她绕过木盆，停到春萍床前，没多瞧熟睡的春萍，只将右手探到她颈后，左手搂住她膝盖弯，打横抱了起来。

清风朗月的脚步声穿过李十一走过的楼梯，穿过等阿罗回来的厅堂，穿过阿音嗑瓜子的院子，穿过五钱日日买菜回来的门槛，脚步声停了停，最后宋十九走向她同李十一寻落脚处的巷子。

月光将孤清的影子拖得极长，待快要消失在青石板路的尽头，身后的路灯才一盏盏亮起来，偶有几户睡得迟的人家，窗户里透出暖融融的光，像是初到山城这日，落入宋十九笑眸中的残阳。

桌上的灯烛倔强地站了起来，好似从未被打趴下过，李十一肩头一松，伸手扶住桌子。

哪怕方才的停顿微小到可以忽略不计，哪怕她不应该晓得宋十九使出了法术，但没有一个人能比她更能察觉宋十九的离开。她这才明白，原来习惯了一个人的时候，什么耳报神千里目都是不必要的，空气里有她同没有她，是彻底两码事。

她将目光移到木椅上，宋十九的外套还搭在上头，她的小姑娘长大了，有了不惧风雪的能力，她可以什么也不必带上，包括李十一。

院门前的黄狗永远没有心事，摇着尾巴同上学的小子们追逐嬉闹了一回，便气喘吁吁地叼着路边的破拖鞋回来。

阿音将一盆水泼出去，见这情景，嫌弃得柳眉倒竖，把盆一扣反手撑了腰："姑奶奶的拖鞋你细瞧瞧，回回拣这破烂儿往我跟前凑。"

她骂骂咧咧地回屋，见李十一到了厅堂，臂弯里搭着宋十九的大衣，有些奇怪，却未深究，只朝厨房努努嘴，道："今儿腊八，五钱早起熬了粥，你自去厨房舀。"

李十一将大衣搭到沙发扶手上，"嗯"一声，鼻音重重的。

阿音洗了手，一面摆碗筷一面同梳洗好下楼的阿罗好心情地飞了个媚眼儿，笑着让她去盛粥，又对厨房里喊一声："十九几时起？若醒了，也替她备上一碗。"

春萍是娃娃，瞌睡多，待她来了再热也不迟。

李十一未答，只端了一碗出来，默不作声地坐下，和她们对坐着喝完了一碗热粥。

这吃腊八粥的习俗从前是从佛教传出来的，但中国人总能将大半的节气过成团圆，粥里有了浓稠香糯的大米、甜蜜黏烂的枣泥、花生、桂圆和各色豆子，挤挤攘攘的十分热闹。

过了腊八就是年，阿音原本想感叹两句，却觉今儿气氛出奇地诡异，便惴惴不安地瞟了两眼，只管喝粥。

李十一用完了一碗粥，甚是矜持地擦了擦嘴，面色如常地将碗筷收拾进厨房里，又坐下对阿音道："阿音，我要走了。"她没特意喊阿罗，只对她点了点头。

阿音的筷子"啪"一声架到碗上，皱眉问："走？走什么？回申城吗？"她见李十一心事重重的，心里头有了不好的预感，连嘴也顾不得擦，又问："若要回申城，我这便收拾东西。"

若要回申城，十一怎么会说"我"呢？

不安的情绪来得猝不及防，阿音捏捏住绢子，等着李十一开口。

李十一抿抿唇，轻声道："昨日我同十九起了争执，她带着春萍走了，我需得去寻她。"

阿音抬起胳膊杵着下巴，这争执多半是因着春萍，她大抵能猜个七八分。虽说是担忧，可李十一决心去追，她便十分放心。阿音脑子里飞速地过了一遍，对她道："你这回倒有些长进——她往哪里去了，几时走的，你心里有数没有？"

"没有。"李十一淡淡道。

"那你追个——"阿音移了移肩膀，忍住了。

李十一抬眼，曼声道："这便是我同你说的缘由。春萍是建市人，若十九要想法子救她，多半要往建市寻去，只是……"

"只是你怕她改了主意，回这屋子来寻我们，却不见人影。"阿罗将手里捏着的勺子轻轻一放，出了声。

李十一颔首，同她对视一眼。

还有的话未说出口，她同宋十九之间，需要二人单独相谈的契机，而听十九昨日所诉，她对周遭人的态度尚有些心结，李十一觉得，暂且将罗音二人留下为好。

阿音却一瞬间低了头，再抬起来时眼眶湿漉漉的，问她："咱们这便要分开了，是不是？"

她咬着嘴唇，仍旧是厉害得寸步不让的模样，但其实陡然明白了李十一为什么没有立时去追宋十九，而是耐心地等她们醒来，同她们安静地喝完了一碗粥——她想将她们撇下，独自去寻宋十九。李十一是个事事讲究头尾的人，连告别也要郑重其事。

方才吃下肚的粥都涌了起来，堵在胸口，酸得一浪比一浪高，阿音望着李十一清淡的眼神，双眼胀胀地热起来。

她一面死死掐着大腿克制，一面在心里头骂自己，原本是够得上领个奖的潇洒姑娘，几时这样矫情。

当初搬去胡同里时，她咬着牙屏着气，愣是笑嘻嘻地同李十一抛了个飞吻，说："李十一你做什么这副丧门星的模样，咱们山高水长，山不转水转，水不转那路也转，总不至就生离死别了，你若想你姑奶奶我了，只管来喝酒便是。”

那时她孤零零一个人，除了李十一什么也没有，却也心知李十一不会将她撂下。

后来她便数着日子等李十一，李十一哪日来了，恩客便能多得两个笑，丫鬟能多得几个赏，高兴了连黄包车师傅也能有几把瓜子儿。

如今在一处过了好些惊心动魄的日子，乍然要分别，不适应极了，她眼一眨，就要滚下泪珠子来。

李十一蹙眉，安静地望着她。

阿音遮遮掩掩地揩了一把眼角，自嘲地笑一声：“也不晓得是不是年纪大了，总听不得什么别离的话。”

李十一笑了笑，突然问：“阿音，你说，我这个人，最大的好处是什么？”

阿音一怔，李十一面不改色：“漂亮。”

阿音“噗”一声笑出来，眼泪珠子还挂在睫毛上，嫌弃地望着她。

李十一将笑意收回去，又问她：“你再说，我最大的短处是什么？”

“闷葫芦。”阿音扬起下巴，笃定极了。

李十一摇头，顿了顿，叹道：“我这一生，活得太被动了。”

“你……”阿音咬了咬下唇。

阿罗抬头看李十一，听她说：“我看似主掌一切，其实不过是以主动的姿态被动接受命运的安排。我与父母分离，和师父学倒斗，与涂老幺同行，养大十九——都不是我的选择。”

她将“接受”活成了习惯，连向宋十九说句心里话，都是因着虚耗的由头。因此她才无法给身边的人安全感，才会让宋十九以为，是她步步紧逼，自己无可奈何，才将她留在了身边。

“我想，”李十一将眼神对上阿罗，“令蘅不是这样的。”

她应当主动地告诉宋十九她的选择、她的喜好、她的爱憎、她眼中的独一无二。

这是她想了一夜的话，她要先练习将它说给好友听，然后才能在重逢的时候，顺顺当当地说给宋十九听。

李十一没有再耽搁，起身将沙发角落里早已收拾好的包袱拿起，仍旧将宋十九的外套搭到臂弯上，未再寒暄两句，便独自走出了院子。

阿罗站在门槛边，阿音倚着门框，望着李十一细长的背影，将门闩有一搭没一搭地拉，仿佛是有一句“再见”还未说出口，也不晓得几时才能再会。

她在寒风里乱着头发瞧啊瞧，要瞧不清李十一了，才“啧”一声：“一个人，多可怜啊。”

02

李十一未选择坐船，只买了几张短途的车票，沿着地图一个镇一个镇挨着找过去。

出了西南，才发觉世道果真乱起来了，各处是面黄肌瘦的流民，泰半是进不了城，只能畏畏缩缩地挤在郊外，同乞丐们混在一处。

她步履匆匆地走在和平与动荡间，听着城里幼童被糖葫芦馋出的哭声，也听着城外稚子饿得前胸贴后背的哀号。

李十一手里的银钱不多，沿路散着零钱，不过四五日手头便有些紧，好在她向来会规划，将盘缠划作一拨，救急的体己划作一拨，剩下的才是沿途的救济钱。

每散出一块烧饼时，她总是会想起一回宋十九。

她是如此笃定宋十九不会乘车坐船，也笃定她曾同她一样以脚步丈量人间百态，亦会敛裙蹲下身子，伸手递出一块饼子。

李十一自认不是十分温柔的人，但她十分会给人留有余地，好比说她不疾不徐地迈着步子，将思考的余地留给宋十九；又好比她亦步亦趋地踏遍城池，将跟随的余地留给自己。

她不晓得宋十九当初是抱着什么样的心态追逐着自己，若她想要明白，一百步不够，一千步不够，恐怕要走上万万步，走过千万人。

她的性子太慢了，需得花许多的时间，才能将一壶酒烫好，盛香酿蜜地请宋十九喝。

她将酒杯放下，被“宋十九”这三个字扰得心泛涟漪，移了移目光，斜倚在酒楼的栏杆上往下瞧，汲汲营营的过路人，僵尸似的被催着往前走。

她忽然想起这是苗家的地界，当初同师父学赶魂，来拜过一回故友。

她拨着手上的红绳，手指屈起来在木栏杆上轻轻敲了三下，一声轻，一声重，一声如推门般轻轻一抵。

这吃饭的手艺，是许久未用过了，当初饥一顿饱一顿时，何曾想过会有这样的际遇——土坟里钻出了府君大人，喂鸡的姑娘是传说中凶神恶煞的阎罗王，而捡来的小婴孩，竟是大过江河的烛九阴。

她轻轻地掀唇笑了笑，她的思念从来是慢悠悠的，只会在掏钱时于袖口的摩擦声中想起宋十九，抑或是吃饭时当筷头磕到碗碟后想起宋十九，还会在夜里将门闩插上时略微晃动的余震中想起宋十九。

她的想念寻常而琐碎，又必然只在有声响时出现，好似能掩盖一些心底的悸动，却不会响得太惊天动地，怕吵醒了苦心孤诣的克制——她不敢太想念宋十九，她怕觉得自己孤独。

许久未用的腐皮又贴上了脸，旧年的瓜皮帽拢住一头青丝，李十一缩着骨头低着脖子，穿着灰扑扑的袄子揣着手，连性别都不甚分明。一旁的尘土滚滚飞扬，马蹄声踏得嚣张，李十一咳嗽了一小下，眯着眼等一队趾高气扬的军老爷御马而过。

马蹄踹翻了几个摊位，习以为常的小贩连惊呼声都没有，默默低头捡着果子。一旁的婴孩被鞭子吓得扯着嗓子号哭，颇有些撕心裂肺，小妇人颠着孩子一面哄，一面顺着幼童要岔了气的背，自个儿也心疼得凝了泪花子。

李十一侧脸瞧了瞧，走至马路中央，将婴孩掉落的虎头帽捡起来，要递给那妇人。

捏着那帽子，她有些发怔，从前有个粉雕玉琢的小婴孩，从来不哭，啃的是白面馒头，穿的是遮住手指头的旧衣，什么虎头帽拨浪鼓，旁人有的她什么也没有，但她总是甩着袖子、弯着亮晶晶的眼朝自己笑——自小到大，她果真没有哄过宋十九几回，而她也就真的如此满足，连一点多余的贪心都没有。

小妇人将帽子接过去，躬身同李十一道谢，李十一转身要走，忽闻身后一阵尖锐的鸣笛声，两旁响起此起彼伏的惊呼，硬铁皮的庞然大物自纷扬的尘土中冲过来，突突突的排气孔似猛虎觅食般喘着粗气。车头顷刻便至了眼前，李十一闪身一跃躲避开，右手习惯性地回勾，本能地护住身后。

刹车声骤起，刺耳得似挠在耳膜上，轮胎在地上划出长长的划痕，发动机咕咚咚地震，将汽车震得似苟延残喘的老头，一颠一颠地停了下来。

李十一将空落落的手垂下来，心在噔噔作响，眼一眨不眨地盯着那洋车。

两旁的行人仍旧大气儿不敢出，也不晓得是哪位老爷，一面拾掇一面偷眼瞧，那车仿佛被烧得狠了，吭哧吭哧喘着气，捕猎失败了似的，多少有些不甘心。

“咔”一声响，车门仿佛是被砸开的，滚滚浓烟里跳出一个熟悉的身影。

“李十一！”

李十一的眉头一蹙，又极快地放开，她难以置信地将眼睛睁大，自上而下，又自下而上地看了看，最后目光又恢复了原有的冷淡，凉飕飕地望着面前的人。

对了，就是这个眼神，面前的人更笃定自个儿未曾认错。

他笑嘻嘻地走过去，仍旧是缩着绿豆眼咧着香肠嘴，要伸手拍一把李十一的肩膀，又矜持地缩了回来，脖子在西装领子里活动几下，赖笑道：“十一姐。”

李十一嗤笑一声，挑起一边眉头：“涂老幺。”

是涂老幺，却不是从前那个涂老幺，如今他一身裁剪精良的西装，大肚子掖进去了些，皮带同鞋头擦得锃亮，更亮的是油油的大背头，发丝根根分明，码得齐齐整整的，鱼翅似的透着金贵。

“你这是……”李十一看一眼他，又看一眼那汽车。

他傻乎乎地乐了一回，好容易才从重逢的喜悦里抽离出来，二话不说便接过李十一的包袱，同她走到一旁的巷子口，颠三倒四地寻话说：“我给你们递的信，倒是收着没收着？怎的也不回一两句，你们文化人，欸，体面，做事却不讲究，那是好是歹，总得有个信儿，没得让人着急不是？”

他低头瞧着李十一的包袱，掂了掂，又问：“咋就这么点儿啊？”他欲言又止，一脸“你怕是过得很苦”的表情，克制地望着李十一。

李十一倒仍旧是不在意的样子，面上清汤寡水的，只问他：“因为没回信，你便寻来了？”

“啊。”涂老幺点头。

“没坐船？”

涂老幺“嗐”一声笑了：“我晕船不是，得亏没坐船，要不哪能遇上？”他抓着李十一包袱的一角，翻来覆去地捻，脚底板也一踩一踩的，他心里头很激动，但到底是个爷们儿，总不能叫得跟鸡似的。

李十一瞧出来了，抿唇一笑，又好生看了看他的西服，问他："发财了？"

涂老幺笑得更欢实了，他做梦的场景之一便是同故友重逢时有人能问一句"发财了？"尤其这话从李十一嘴里出来，更令他舒坦了，但他长进了许多，只伸手抹了一把鬓角，嘬着嘴将笑敛了，说："托您的福。您走了以后，那陆司令来公馆里寻过几回，见您不在，便说徒弟也一样。"

"徒弟？"

涂老幺哼哼两声，软了软脖子："我呗。"未等李十一有反应，又忙道，"放一百个心，没给您掉链子，我习的那点子皮毛，应付那位爷绰绰有余。也合该我发财，我替他诌了两回，他竟升了三级。听闻我要寻你，紧赶着备了洋车。"

"这洋车我练了半个月，一蹦一蹦地至了这苗家地界，如今也算功成身退。"他瞟一眼那车，决意不要了。

讲完了自个儿这头，他这才后知后觉地"咦"一声，左右瞧了瞧，问："就你一个？十九、阿音、傻阎王和跟班小鬼呢？"

李十一简单说了缘由，涂老幺愣愣张了好一回嘴，半晌才动了动下牙，嚼了两下空气，他望着李十一，突然倒吸一口凉气："十九，我怕是见过。"

李十一皱眉。

涂老幺想了想，点头："在皖省。"

李十一呼吸紊乱，定了两秒，拿起包裹就要往东边走，走出两步又停了下来，狐疑地蹙起眉头："你见着她了，怎么不喊她？"

涂老幺眨两下眼："我我我，我寻思她应当同你在一处啊。"他咽一口唾沫，又道，"那姑娘长得同十九像，却不大呆，我也没敢认。"他愣怔地望一回李十一，又望一回天。

李十一叹了口气，转身继续走。

涂老幺跟上去，心里左右开弓扇了自己几个耳光，望着李十一的背，目光渐渐在她一上一下的肩膀中软软地耷拉下来。

他三两步上前同李十一并肩，忽然小声喊了一句："十一姐。"

李十一侧脸看他。

涂老幺乐了，没头没脑慨叹一句："跟回到从前似的。从前，也是咱们两个，那阿音、十九和傻阎王，都是后来的呢。"

他想起那年的冬天，也是一顶瓜皮帽、一件灰布袄，他在转角处寻见不男不女的李十一，一脚深一脚浅地跟在了身后。

他跟那年一样将手揣在袖子里，西装硬硬的，不大舒服，但身子骨倒是舒服起来。

"嘿嘿，真逗。"他笑一声。

03

涂老幺买了车票，同李十一北上，两人马不停蹄赶至了皖省地界。

依涂老幺所言，他在安市周边的薛家岗一带瞧见的十九，是好些天前的事了。

安市是大城，市集繁华，街道上车水马龙，行人熙熙攘攘。李十一租了一辆黄包车，沿着四方大街跑了一回，又穿过小巷扫了一回，却一无所获。

出了城，李十一同涂老幺沿着河道走，两岸还有混着土的冰碴子，水流忍了一冬，跑得煞是畅快，两岸零星开了些黄紫交杂的春花，瘦瘦弱弱的，却是初春派来摇旗呐喊的前锋。

李十一在春意四起的节气里忽然感受到了后知后觉的挫败和急躁。她原本以为，寻找这件事情不必着急，上穷碧落下黄泉，她总归能找到宋十九。

但她看到这奔腾的河流、奋力的野花，像时钟一样警示光阴的流逝时，她开始固执地觉得，自己作为看客，将世间的每一样变化收入眼底时，身边应当站着宋十九。

她若不在，便是缺席。

绿芽破土，冬雪新覆，她不想宋十九缺席自己经历的每一个春秋冬夏。

她的余光里，蹲在一旁的涂老幺将西装裤腿拎起来，让其皱巴巴地堆在大腿上，屁股处的布料绷得险些炸线，他仍旧微微踮着脚，盯着河水发呆，屁股一悠一悠地前后晃荡。

他想了想，伸手拔了一根狗尾巴草。

李十一抬眸看他，以眼神询问。

涂老幺用下牙将上嘴唇包裹住，龇牙咧嘴地磨了一磨，才道："跟家里时，总念着你。这会子寻着你了，又想婆娘了。"他呸一口将嘴里的细沙子吐出去，"我是不是有病？"

李十一笑了笑，没有不屑，也没有嘲讽。

"缺席"这件事实在遗憾，所以人们才总向往团圆。人同人最生分的时刻，大抵便是讲完各自的见闻后齐齐失声的一刻，讲得再多，也不敌"你不在"三个字。

李十一望着远处的群山眯了眯眼，手指捏上腰间的神荼令，手腕一动将其摘下来往上一抛，轻声唤："木兰。"耳旁风声四起，李十一的舌尖在口腔里转了个弯，她伸手将神荼令握住，"罢了。"她仍是想自己找。

她的这点念想从凡世里生出来，没有什么惊天动地的筋骨，也不必劳师动众。

神荼令被收回，李十一蹲下来，从包袱里掏出几个小纸人，手一点令其翻身落了地。李十一替它们一一戴上枯叶做的帽子，低声说："去附近山神庙问问，有劳。”

小纸人叽叽喳喳地应了声，撒豆般四散开来。

风声低咽，李十一同涂老幺坐在河畔等，涂老幺自包袱里掏出几块镇上买的牛肉馍并两个酥梨，两人便一口硬馍就一口皖酒。涂老幺吃得唇齿生香，李十一却吃得味同嚼蜡，只用了小半个馍，便饮着酒吹风。

因着这法术有距离限制，小纸人儿不能行太远，不过小半个时辰，便陆陆续续回来了。

它们七嘴八舌一阵回禀，均是摇头，跑了最远的小纸人怕李十一不高兴，还递了一朵沿途摘的花。李十一顺从地接过来，拍拍它们身上的灰，又将其夹回书页里歇着。

李十一挨个点了数，还差一两个，纸人到底脆弱，兴许在路上出了岔子，她便收拾了包袱起身要走，才刚转身，却听得身后有细细弱弱的一声：“十一。”

她回头，见是一个浑身泥点子的纸人儿，小心地避着水坑，勉力走过来。它走得一瘸一拐，右腿沾了水，萎缩着瘫下去，腰上有半个指甲盖大的洞，像是被火星子燎的。

李十一三两步上前蹲下，将它捧到手心里，它挨着李十一的指头坐下，上气不接下气：“找，找着了。”

李十一心底的火苗蓦地烧起来，问：“在哪里？”

纸人道：“东南边的山神庙，那山神老儿好似见过。”

李十一要开口，又听它道：“他却不肯同我细说，只让你过去。”

它大声嚷嚷起来：“他瞧不起我。”瞧着是委屈极了。

李十一心头大石落下，细微的笑意噙在嘴角，她用拇指替它抹了抹泥点子，又温声安抚几句，将它放回包袱里，同涂老幺对视一眼，二人往山神庙去。

二人脚程快，依着小纸人的话，不过一炷香的工夫便到了庙前，这庙修在山底，被几株参天大树掩映着，墙面斑驳，处处残砖旧瓦，瞧着是久未修缮的模样。外部的墙垣塌了半截，院子成了野草的栖息地，正中的香火炉里是湿答答的烂泥，布着几张新鲜的蛛网。

破烂也有破烂的好处，譬如这屋里没了烛火，却有顺着残破的屋顶射进来的日光，倒是将里头照得很是亮堂。

这不是什么正经的山神庙，仿佛只是乡里乡亲胡乱垒的，两旁是铺了灰的供桌，面前有一个半人高的泥台，上头供着一座木头雕的山神。神像周身的颜料剥落得差不多了，披着的红披肩亦是烂了半截，眉目自然是辨不清了，一颗头歪歪斜斜的，没了山神的气度，却颇有些滑稽。

李十一在蒲团前站定，目光自供桌下方一扫，那里的积尘有一块四四方方的空缺，好似是有人将原本倒扣的桌子摆正了。

是十九，她心神一动，胸腔内有什么突兀地跳起来，顾不得许多，她抿了抿唇便向上首问道："方才我的傀儡说，山神曾见过一位身着白旗袍的姑娘。"

体态特征想必纸人讲过，李十一未再复述。

"吱——"一声响，山神的木身子小小地挪动了一下，灰尘簌簌落下来，似打翻了米面袋子。虽说是小仙，也到底是个仙，没了排场，也多少要摆个谱，待尘土晃干净了，他才出声，先是清了清嗓子，替经年不曾打扫的嗓子开个道。

他用那嗓子问："那姑娘，是你什么人哪？"声音自木头里传来，自带了三分嗡嗡的回响，还有焦稻草一样的气息，语调又是十足地居高临下，辨不清的眉目里也生出了些俯视苍生的味道来。

"是我很重要的人，"李十一很客气，"还请告知她的下落。"

坐落山头几百年了，稀奇事见得多，山神问了两句便没了兴致，倦怠道："寻人这事，我哪里管得。"

"欸！"涂老幺瞧不过眼了，撸起袖子便要理论，"你若不晓得，喊我们来干啥？”

山神不是很高兴：“不过瞧你的娃娃做得有趣，想讨两个同我说说话罢了。”

“如此说来，你未见过？”李十一皱眉。

山神哼一声，不言语。

涂老幺急了：“究竟见没见过，你倒是给个准话儿。”

山神重重咳嗽两回，显见是恼了，两个没大没小的娃娃，见着他不躬身不叩头，连个“您”也没一声儿，可见是欺他落魄了，于是冷哼，斥道：“哪里来的无礼小儿！本君知或不知，与你何干！”

涂老幺倒是笑了，伸出两个指头指着李十一，问：“你晓得这是谁？”说出来吓死你。

山神合眼，不愿再搭理。

涂老幺幽幽道：“她叫令蘅。”

庙里一瞬安静下来，连风声也匿了，山神身上的披肩动了动，一会子他才出声，却是笑了：“令蘅？”他未用正眼打量李十一，只略略叹了口气，将所有的轻蔑与傲慢藏在里头。

他乏得很，正要小憩，却见沙尘悬停，风声骤起，眼前猝然升起一块巴掌大的令牌，在离他眉心三指之地，缓慢地旋转。

李十一望着地面的土渣，不作声，再一抬手，将神荼令收回来，却听“咚”一声巨响，那山神歪歪斜斜的头竟骨碌碌滚下来，蹦跶几下滚到她脚边。

涂老幺被吓了一跳，抬手捂住鼻子，眨巴两下眼：“也不必……”后面的“行此大礼”还未来得及说，老头的声音便自地上传来：“见过府君大人。”他的头本就不牢靠，不过是勉强堆在上头的，李十一将他的头拎起来，扶正了放回木身上，又顺手拍了拍上面的灰。

山神忙道：“折煞老儿，折煞老儿。”

虽说不知府君大人为何要扮成这个模样，但他见李十一面色不大好，又急着弥补方才的过失，便在李十一收回手时主动搭话："前几日我头掉了，也是一位姑娘替我安上的——便是那位穿白旗袍的小姐。"

李十一的眼帘蓦地掀起来，盯着他："你果真见过她？"

"见过，见过，拉着一位罩着脸的小丫头。小丫头走累了，在院子里歇脚吃果子，那姑娘便走进来同我说了会子话。"

自别人口中听到她的消息，这样的感觉实在太奇妙，令李十一的肋骨间又是软又是疼。

此刻李十一脑海中仿佛浮现出宋十九的身影，她也曾在阳光如此好的下午，站在这破庙中仰头看山神。方才扶过山神头的指尖酥痒起来，不晓得她触到的是不是同十九一样的地方。

"她说什么了？"李十一的嗓音轻柔极了，尾音略哑，像抹了一层沙。

山神想了想："她问我，日常护着什么，灵验不灵验。我见她可爱，便问她可有什么要求的。"

"她说，"山神回想宋十九的语气，摇头，"她没有什么可求的。"

山神不信，见她眉心挂着愁，哪里是无欲无求的模样。

"那姑娘又想了想，问我，懂不懂令人忘却的法术。我便问她怎么了，她说，她此刻十分想念一个人，却不晓得那人是不是如她一般想念她。"

一滴水坠在李十一的心湖中央，她握了握指节，眉目平和地看着山神。

山神道："我顷刻便懂了，我便问她，做什么要忘了呢？"

"她说，她从前是个傻姑娘，从小便跟着那人，那人说的什么，她统统照做，想都不必想。

"可是后来，她不傻了，却变得贪心，她从要一丁点的关心，变成要许多的关心，最后想要独一无二的陪伴。她开始想要回报，想要平等，想要十二万分的肯定与包容。"

她开始觉得委屈，也明白委屈是源于计较，计较李十一付出的多少，计较她是否无意透露出否定和漠视，计较到分毫。

山神唏嘘："世间伤心事，泰半如此。我立时了然，问她可是想要忘了那人。"

李十一心脏一缩，将嘴唇抿住，呼吸无力地停住。

"她却说不是。她说，她想要忘了她自己，做回傻姑娘。"

"嗡"的一声响，仿佛是远处的撞钟声，又仿佛是李十一心底的颤动。她想要勾唇笑一笑，又觉眼里雾蒙蒙的，令她刚将笑意释放出来，便不自觉地抿住了唇角，丝毫提不起往上的弧度。

涂老幺叹了一口气，目光扫过宋十九挪过的木桌。

半晌，李十一才又开了口："还有吗？"

"有。她说，她心知那人会来寻她，恐怕也会如她一样走入这山神庙，来问我话。"

李十一润了润干燥的嘴唇："然后呢？"

山神想了想，说："然后她说，方才她讲的这些话，千万别告诉你。"

最后一个字挑了上扬的尾音，似一个短促的休止符，山神的手不能动弹，若可以，涂老幺觉着他恐怕是要立时捂住自己的嘴。涂老幺恨铁不成钢地摇了摇头，自我审视，这山神做久了脑子也会不灵光，可见人活一遭，还是得多读书勤学习，才不至成个傻子。

又问了几句，山神忆起来宋十九往前头何家村的方向去了，李十一道过谢，便要同涂老幺离开。

要迈出门时，她又转身瞧一眼山神破破烂烂的木身，方才接头上去时，里头的稻草芯子都烂了，怪道他吐气时有一股腐味，怪道他才说了没一会子，便神情倦怠口齿不清，连宋十九紧要的那句话，也是最后才记起来。

李十一忖了忖，说："待我寻着她了，替你塑一副新的身子。"

山神又是说了一回折煞，末了才道："实在不必。"

从前他也是不多言语的正经地仙，如今心知撑不了许久，才爱请人来说说话。

他笑一声："现今时兴洋派，我这山神庙是不大有人来了。再过些年头，怕也是要砸了。"他看一眼涂老幺的衣裳，小西装还带立领的，怎样看怎样精神。

李十一若有所思地"唔"一声，同他道了别，越过门槛往外去。

04

何家村在半山腰，不大好找，两人顺着沿途的茶肆问过去，好容易才探得了道路。也不晓得是不是错觉，几位挑扁担的卖茶翁一听何家村三字纷纷变了脸色，欲言又止地匆匆指了路，便讳莫如深地埋头往壶里添水。

一路往上走，天也渐渐擦黑，暮色沉沉地罩下来，像倒扣了个粗泥碗。山上到底比底下凉些，沿途的雪还未化干净，越往里头走，雪堆得越是杂乱，大道上亦结了一层滑滑的冰，只零星留着几道脚印和车辙，仿佛是没什么人往来。

涂老幺拎着西裤的裤脚走，里头几层的棉裤露出来，裤脚被掖在毛袜子里，倒是不大冷，却是这皮鞋走得十分费劲，添了好几道深深的折痕。他想起从前走街串巷的日子，大冷天儿的棉鞋裂了口子也舍不得扔，涂嫂子补了又补，都辨不出原本料子来，这才没多少时日，连上好的牛皮也不心疼了。

他望一眼旁边的李十一，好日子便是从这里开始的。他不习惯将感激挂在嘴上，可他清楚得很，若他和婆娘还同从前一样窝在京市巷子里，如今战乱四起，也不晓得还有命没有，更别说安安生生地住在租界里。

这世道连命都不大贵，什么也不奢侈，安生便是奢侈。他涂老幺屁本事没有，却得了天底下最贵的馈赠，他不晓得怎么回报才好，是以才死皮赖脸地跟着李十一。

李十一见涂老幺一个劲儿盯她，有些不自在，眼皮子一撩，问他：“怎么？”

涂老幺眨巴几下眼睛，“啊”了一声，目光越过李十一投在她身后，咋咋呼呼：“这山顶反光得厉害，怕是常年积雪吧？”

李十一瞄一眼，“嗯”一声，又望他一眼，见他说话没头没脑，仿佛是不愿交谈的意思，便也没了追问的闲心。

再绕过半座山，两旁才渐渐有了几头归家的老牛，前方是一个小村落，路边的雪里插着半根旧年的木头，上头用煤炭隐约描了一个“何”字。

村子里都是典型的徽派建筑，青瓦白墙，屋檐高低错落，跟画儿似的叠着，远远瞧着似极了水墨画，炊烟正好升起来，衬得瓦砾间雾蒙蒙的，是重逢的好场景。

李十一将步子慢了下来，鞋上还沾了未化的冰碴子，鞋头有些湿，显出了些长途跋涉的风尘仆仆。

她想了想，衣裳是不必管了，只将帽子摘下来，顺了顺头发，又将腐皮揭去，用手背揉了揉略红的脸颊，将包袱收拾齐整了，这才往里头走。

涂老幺望着她不紧不慢的动作，眼前生出了重叠的幻象。他第一回见李十一时，她也是井井有条地收拾着家伙事儿，那时她翻墙掏灶，动作利索又干净，神情却是懒怠的，仿佛只要你不太大声，她便连眼皮子也不稀得抬。

如今她又一次在他跟前整装，慢吞吞的动作里却带了藕丝似的优柔寡断，眼帘扇了又扇，好似在考量什么。

“其实，也不必太紧张。”涂老幺安慰她，“兴许，十九早走了呢？”

李十一顿了顿步子，瞥他一眼。

涂老幺险些咬舌自尽，他咬着舌尖儿左右一顿看，心底疑窦丛生：

“这村落里咋恁的没人气儿？”

处处屋门紧闭，百业关张，院儿里连条狗都没有，菜叶子也是蔫了吧唧的，只有一家是今日才浇了水的模样。小道上不见行人，巷口却搁了一个个火盆子，也没人看顾，只自顾自地燃着，涂老幺近前一瞧，烧的是几件衣裳。

他揣着手瞧：“真浪费嘿。”

李十一却道：“病村。”她骤然明白了为何半路的人都神色有异，也明白了为何途中径道覆雪。

“你咋晓得？”涂老幺诧异。

李十一抽了抽鼻子：“药味，你没闻见？”

涂老幺狗似的嗅了嗅，抬手捏鼻左右胡撸：“怕是鼻塞又犯了。”

他仔细辨了辨，是依稀有几声不大分明的咳嗽，李十一自包袱里掏出一块布帕递给他：“将口鼻掩上。”说完便抬步往前去，涂老幺一面绑布帕，一面想提醒李十一，却陡然想起紧要的，自顾自乐一声——十一姐是开了光的菩萨，自是不必怕。

李十一目不斜视，循着药味渐浓的方向往深处走，她的步子迈得有些匆忙，嗒嗒嗒的，好似在人心上敲着小鼓，才刚转过一个弯，鼓声便断电似的停了，而后是电流的滋滋余音，从她耳边掠过。

她微微喘着气望着前方，能听见街边一个药炉子“咕噜咕噜”的冒泡声，蒲扇来回扇着把握火候，蹲在一旁的小男孩一句接一句地背书，一个小姑娘“咯吱”一声掩了门，从里头抱出来一小盆炭火，弯腰递到炉子边。

更有甚者，她能听见远山顶上大雪压枝的“簌簌”声，炉子底下火舌偶尔蹿出的“噼啪”声，执扇熬药的人裙摆拂过地面的“沙沙”声，以及自己似浪拍礁般喧哗的心跳声。

其实有更吵闹的声响，好比说涂老幺在耳畔咋咋呼呼狗都嫌的叫嚷声，递完炭盆的春萍惊喜的招呼声，可她的耳朵容不下太多的声响了，只容得她慢悠悠地走过去，看着将煮药的动作生生顿住、侧过脸与她对视的宋十九。

“终于”这个词的美妙，要在你用到它的时候才知道——譬如说，李十一终于找到了宋十九。

涂老幺用布帕掩着脸，只露出一双笑眯了的眼，伸着胳膊食指不住地点：“十九！”他又回头对李十一笑嚷，“十九，十九啊！”

他见李十一颇为平静地看了他一眼，好似在说——我不晓得那是十九不成？但涂老幺并未将动作收回去，他瞧见了李十一那一眼中细微的笑意和羞赧，她不大习惯激动，那涂老幺便替她激动。

于是他小跑上前，嗓门更大了，生怕嘴被遮住宋十九听不清：“果真是你嘿。我就说前几日见过你，也是穿的这个衣裳，带着这个女娃娃，你可真是长进多了。”

宋十九站起来，将蒲扇搁下，抿着笑回涂老幺：“怎么长进了？”

涂老幺嘿嘿一笑：“从前是妹子，现如今像个姐了。”

不是小十九了，是大十九了。

宋十九不言语，只是笑，笑得涂老幺眼珠子闪亮亮的，觉着大了的十九可真是好看，他一副吾家有女初长成的自豪模样，也不晓得这自豪打哪儿来。

他又回头瞧走到近前的李十一，她却未开口说话，甚至没正经同宋十九对视几眼，只拿眼瞧着宋十九搁下的扇子。倒是春萍走上前，她裹得同涂老幺一样严实，拉了拉李十一的袖子，喊她：“十一姐姐。”一段时日不见，春萍好似长高了一丁点儿，也不像最初那样内向，甚至会主动打招呼了。

李十一含笑应一声，摸了摸她的头顶。

她忽然有些难过，难过于春萍长高的那一丁点儿，也难过于春萍活泼的那一丁点儿，宋十九是没有变化的，可春萍的变化，便恰如其分地印证了她此前所想的“缺席”。

李十一抬起头，轻轻喊一声：“十九。”

宋十九一顿，点点头：“嗯。”只瞟了她一眼，便又转头去看那炉子，仿佛十分紧要似的。

靠着李十一的春萍瞧瞧这个，又瞧瞧那个，宋十九身边的涂老幺亦如是，正清清嗓子要搭话，却见一旁的小男孩凑上来，拉住宋十九的手，问她：“‘性相近’后头是啥？”

宋十九一怔，未回过神来，却听李十一用清冷的嗓音接了话：“习相远。”她接得很温柔，眼神亦如浮尘一样落在了宋十九的侧脸上。

原来紧要的不是药炉，原来十九对自己的到来并非不为所动，原来她方才是发着呆，才被这平常的《三字经》问得不知所措。

小男孩咧嘴一笑：“你也会背《三字经》？”

李十一适时将目光收回来，心间的涩里漫出一点甜，她看向那小男孩，头大身子小，稀稀拉拉的头发掩不住宽大的额头，瞧着跟小豆丁儿似的。

她问他：“你叫什么名字？”

“小豆丁。”他脆生生答。

李十一讶异地挑了眉头，她听见宋十九的鼻息微动，她在李十一的余光里溢出一个转瞬即逝的浅笑，笑容里多少有些意料之中，仿佛宋十九第一回听到小豆丁的名字时也是如此挑着眉毛，心里头暗叹竟这般人如其名。

李十一侧脸看她，宋十九依然是看顾着炉子，面上没什么表情。

涂老幺两眼滴溜溜一转，对小豆丁道：“《三字经》有什么难？赵钱孙李的，你涂叔我也会，你来，春萍是不？你也来，咱们比个赛，瞧谁背得多。”

他三两下将两个娃娃招呼进屋里，将落日西沉的余晖留给李十一和宋十九。

宋十九眼见门掩上了，便扭回头，两手将大腿处的旗袍抚平，弯腰坐到板凳上，执起扇子专心顾火。

李十一抿了抿唇，亦坐到她身边，心里头默默数了十来下，才开口：“冷不冷？”话一出口，她便有些后悔，是因语气硬得不如想象中温柔，也是因着说了一句废话。

她实在不擅长说废话，更不晓得，若十九回“冷”或是“不冷”，她该怎样接下一句。

“不冷。”宋十九果然道。

李十一“唔”一声，想了想，觉得宋十九搭理她了，也算得上是好事，于是默了一会子，又问：“这村里，是什么境况？”

宋十九又添了两块炭，低低说：“瘟疫，村子里大半都染上了。”

她来的时候便是如此，好几户人家死绝了，剩下的心知没多少活路，便也不大下山了。

小豆丁爹妈都没了，如今住在隔壁的三叔家。三叔刚染上病，宋十九帮着熬药，又帮忙带着小豆丁认字，婶娘很是感激，便将小豆丁家空下来的屋子给宋十九落脚，有时也过来做做饭聊聊天儿。

李十一还未接话，远远地，婶娘果然来了，见着生人稍是愣了愣，寒暄两句便拎着菜篮子进了屋。

宋十九见火势稳了，便进屋帮婶娘做饭，李十一跟了进去，想要洗手帮忙，却被婶娘婉拒出来。她初来乍到的，不好勉强，便又理着袖子往厅堂里去，未走几步，听见宋十九小小的声音：“这个不洗了。”

婶娘接口：“芹菜吗？”

宋十九轻轻“嗯”一声，未再说话，里头响起哗哗的水流声，刀子有节奏地剁着砧板。

李十一的嘴角提起来，上扬的弧度比宋十九的话语还要浅，但停留了不短的时间，好似这份笑令她十分珍重。

李十一不爱吃芹菜，哪怕是在闹别扭，宋十九也时刻搁在心里。

05

小豆丁儿家许久没有这样热闹了，婶娘、十九、十一、涂老幺并两个娃娃齐齐整整坐了一桌，锅碗瓢盆碰撞的声响此起彼伏，几人摘了布帕，洗净手便开吃，唯独春萍仍旧将脸遮着，习惯性地掀了个角，将馒头从下方递上去。

这样吃饭实在不便，她原本可以独自端了饭碗回屋吃，却不大想离了宋十九，于是便这样慢吞吞地继续着十分麻烦的动作。

宋十九问了几句三叔的病情，又嘱咐婶娘记得将药汤带回去，专心致志地扒了几口饭，依然没什么同李十一搭话的心思，眼见大伙吃得差不离，她才抿了抿唇开口："这院子有三间房，我都擦洗过，一会子铺上褥子便可歇息了，涂老幺住东面，十……你住西面，我同春萍……"

"我同你住，可以吗？"李十一端着碗，抬眼看她。

饭桌上霎时安静，婶娘将筷子搁下，用手背抹一把鼻子，眨着眼瞟宋十九；涂老幺"嘿嘿"闷笑两声，又夹了一筷子菜；小豆丁打了一个小小的嗝，盯着二人，将细长的板凳前后摇得咯吱响。

春萍咬了小小的一口馒头，将它从面罩里拿出来，转头问宋十九："我想一个人睡，成吗？"

宋十九润了润下唇，未说话，倒是涂老幺"嗐"一声，对春萍笑道："成成成，你自个睡。"

"十一姐，委屈您同十九挤挤。"涂老幺腮帮子塞着饭，连笑容也鼓囊囊的，"我这爷们，自是要占一间了。"

李十一将睫毛温顺地落下来，“嗯”一声，嘴角微抿，倒是瞧不出高兴还是不高兴。

夜幕不在意人情愿还是不情愿，总之是按时到来，四合院里点起了煤油灯，却不及天井处洒下的月光亮堂。

宋十九早早地洗漱了，换了棉布的寝衣，一面拆发辫一面望着天井中央的老槐树发呆。李十一在楼下同涂老幺聊天，仿佛是刻意让她先上来，又仿佛不是。

若李十一在跟前，她兴许还能敛住自己的思绪，可李十一在下头，她的思绪便不大受控了。她抹香油，擦香粉，手里捻着一点碎碎的胭脂，将动作放得轻而又轻，只为了听见李十一上楼的动静。几个来回后，她终于笃定，李十一是故意的——故意磨蹭着不上来，令宋十九等待的时间长一些，再长一些。

宋十九索性起身先睡下，要熄灯时却顿了顿，终是将灯留了下来。

躺下的那一刻，她忽然觉得不该将李十一想得那样坏，她一遍遍地回想李十一问她“冷不冷”的模样。

她坐在自己身边，挪了挪肩膀保持一小段亲近却不冒犯的距离，将小臂横在大腿上，微微探着身子瞧她的脸色，落在另一侧的指头有一搭没一搭地抚着她灰袄子的毛边。

就是这个小到不能再小的动作，令宋十九捕捉到了她的无措。

走廊里响起有规律的脚步声，像雨打芭蕉似的，愈来愈近，宋十九将眼合上，听见门被轻柔地推开，略过了两三秒又合拢。

视线的隔绝滋生了无穷的想象力，宋十九不晓得停下的那两三秒，李十一是不是在瞧她，她很是介意这一点细节，以至于颇有些挠心挠肝。但她什么也未表现出来，只是静静地听着李十一走到桌前，应当是梳洗过了，只直接将衣裳一层层脱下。

她听见李十一吸了吸鼻子，好似有些感冒，而后放轻动作倒了一杯温水，喉头动了三下，是只喝了一两口，然后杯底轻轻一磕，杯子被放下。李十一吹熄了油灯，走到榻前将被子掀开，冷香带着寒意贴近宋十九的肌肤，令她颈后的汗毛一瞬便立了起来。

李十一又顿了顿，仿佛是顺着月光瞧了一眼宋十九颈后的异样，却什么也没说，钻进被子里，肩膀轻轻挨着宋十九僵硬的脊背，十分规矩地躺了下去。

中间的被子被支起来，簌簌地灌着凉风，将和李十一相触的地方反衬得十分暖，暖得有些燥。

宋十九静静候了一会子，李十一除却偶尔咳嗽两声，再没有旁的动作，宋十九绷直的脊背软下来，她背对着李十一睁开眼，将自己沉在柔软的被褥间。

不晓得过了多久，她听见身后传来绵长而有规律的呼吸声，李十一仿佛是睡熟了，宋十九动了动脖子，却并未侧过脸，只是将眼帘合拢，不多时也昏昏沉沉地睡了过去。

数着宋十九的呼吸，平躺的李十一睁开了眼，宋十九在她身边总是入睡得极快，哪怕思想上并不大甘愿。李十一侧过头，望着她平顺的颈后，几缕发丝弯弯曲曲地团在那里，像不当心泄露的可爱，身材玲珑有致，胸膛随着气息一起一伏。

李十一刻意拖延上来的时间，又刻意装作熟睡哄宋十九睡着，不过是想这样瞧一瞧她。

她不是在耍什么心眼，只是怕自己克制不住，求和话说得不漂亮，又或者说得太急切，令宋十九皱眉头。

她望着宋十九安静的背影，开始整理从前未曾想过的开端。她是个姑娘，虽然从前活得不太像个姑娘，不晓得是不是干错了行当，她天生性子冷，从未有过什么出格的愿望。

可宋十九不一样，她干净、澄澈、一往无前，有了她作反衬，那些李十一见过的世情百态便乱糟糟的，和这个兵荒马乱的世道一样灰头土脸，它们是她脸上那块恶形恶状的腐皮。她曾贴着它，与这世道融为一体，而宋十九便是那块腐皮下干净的肌肤，它光滑而平整，令李十一面对自己，成为自己。

第九章 俑与先生闔玉棺

玖 但与先生阖玉棺

SHI CHEN JUE

01

第二日清晨，宋十九起得十分早，李十一带着眼下的乌青醒转过来时，身边的被褥里连余温也没有。她换了衣裳，到院儿里梳洗了，一面拨着掖进外裳的发丝，一面往屋里头走。

宋十九正端了一盆醒好的面，搁到桌子上，往砧板上拍了几把面粉，便要调馅儿包饺子，这村子里没什么吃的，馅儿也不过是剁碎了的白菜罢了。见李十一来了，她擦了擦蹭了一半面粉的双手，轻声说："起来了。"

李十一对她笑了笑，她侧过脸，有些别扭。

李十一走过去，忖了忖，说："一会子吃完饭，我有话同你说。"食指屈起来，指节在桌上勾着圈儿，宋十九瞟一眼，还未答话，便听得外头响起小豆丁一声盖过一声的惊呼。

宋十九忙擦了手，同李十一一起往外头走，见小豆丁飞奔着自街口跑过来，鞋都掉了一只，喊得上气不接下气："十九姐姐！我三叔要死了！"

宋十九眉心一凛，上前两步迎上去。

小豆丁张大了口喘气，掩着唇鼻的布帕因着吸气不断往嘴里钻，令他直犯恶心，于是索性将布帕扯掉，跑到宋十九面前，胡撸一把额头上的汗，哆哆嗦嗦地看着宋十九。

宋十九蹲下去，伸出双手扶着他的肩膀，他一抽一抽地说："我，我三叔不行了，呕起来了，要死了！"他爹娘死前也这个模样，他记得牢牢的。

宋十九心下紧张，正要起身，却见小豆丁瞪起眼盯着她，"哇"地一下呕出血来，一口血大半吐在了她的前襟，还有一小半血沫子沾在她下巴。她望着小豆丁的嘴唇，只有中间还有些血色，其他部分已是惨白惨白。小豆丁抽着气，抬手抹一把嘴唇，垂头瞧着，眨巴两下眼，用气声说："我也要死了。"这句话说得平淡又无所谓，比他背书还僵硬些。

李十一下颌一收，望向沉默的宋十九。

宋十九的肩膀一动不动，她捏住小豆丁的手稍微用了用力，而后温柔地用拇指替他将嘴唇擦拭干净，再一回手将别在发间的一个不起眼的玄铁色簪子抽出来，手腕翻转两三下，"唰唰"两声甩成一柄合拢的折扇。她将扇子收在掌心，站起身来，回头望一眼李十一，而后牵着小豆丁往三叔家走。

"死不了。"她温声说。

三叔家比小豆丁家还破，久未修缮的院门扑哧跑着风，院子角落里堆着几个积了灰的簸箕和篓子，架子上的葡萄藤早枯了，还垂着几个风干了的丝瓜瓤并一溜硬得同木头似的熏肉——想来是晓得不大会被主人光顾了，连熏肉也垂头丧气的，吊在将断未断的麻绳上，像是悬了梁。

宋十九几个径直进了里屋，婶娘掩着口鼻，未说话便是哭，落了两滴泪又揩了，哽声叹气："不中用了。"

宋十九握住她的手，轻拍两三下："不必慌。"说罢便往榻边去。

屋子小得很，一溜人进去便显得挤了，小豆丁不想让婶娘晓得自己呕血了，便捂着布帕睁着清亮的眼珠子。三叔躺在木板床上，咳得一声比一声大，声嘶力竭地扯着嗓子，喉咙里咯咯地响，好似要断气。他的脸色比外头的熏肉还灰黄些，两颊已不剩几两肉了，眼珠子凸出来，死鱼似的泛着白，地下同嘴边是黄黄红红的呕吐物，他虽是庄户人家，却向来爱干净，如今意识已不大清晰，也是顾不上了。

他脱力地躺回枕头上，像是被抛进去的，一双青筋毕露的大手握成拳头，一下下砸着木板子，嘶声喊着："他娘，他娘啊——"

婶娘忙拭了眼泪上前去，"欸"一声。

三叔晃悠着脑袋，却是哽了一口气，空气里弥漫出浓重的铁锈味，混合着难以遮掩的腥臭，他又硬生生咽回去了，混混沌沌地望着天花板，问："阿顺啥时候回来呢？"

婶娘一怔，随即伏在床边掏心扯肺地哭起来。

小豆丁抬脸看向宋十九，脆生生说："阿顺哥月前就烧了。"

婶娘那时不干，扯着他的衣裳求好歹留个全尸，村里头的壮丁却不由分说，将婶娘一把推开，拿粗布一裹便将阿顺抬走了。那几个壮丁，也没多撑三两日，最后也烧了。

小豆丁想，烧了也好，这寒冬腊月的，往后便不冻骨头了。他又有些怕，你说等到都烧成了灰，底下的爷娘还认他不认呢？他新习的《三字经》，要背给谁听呢？他自个琢磨着，未同宋十九说。

思绪戛然而止，似被人扼住咽喉，咳嗽声和哭泣声也戛然而止，和风干的丝瓜瓤子一起入定，画面停在最撕心裂肺的一刻，停得荒诞而滑稽，像皮影师傅捏了最大开大合的一场戏，将精彩纷呈的表情定格下来。

光线似一根根任人摆弄的丝绦，浮尘点点是极好的装饰，宋十九的发尾一动，她走在光线间，脸上明明暗暗，缓慢地变幻着光影。

李十一呼吸起落，看着她几步走到床边。她未回头看李十一，却也未将其定住。李十一心知她有旁的打算，便将烟杆子抽出来，食指一探架格在右手间。

宋十九却未急着动作，只垂头望着被定住的三叔，像是在仔细搜寻着什么。过了一会子，便听得“吱吱”的声响，似幼鼠觅食的尖叫，却要小上许多，若不是此刻安静得过分，怕是压根不能觉察。

宋十九侧耳听着声响，耳郭一动，手腕翻转如倒挽剑花，玄铁扇绕着指尖圆满一转，疾如闪电地敲向三叔的中庭、灵墟、鸠尾三穴，胸前的散尘被震得一抖，“吱吱”声惊乍乍地响起来，好似有什么被烧了尾巴。

李十一凝神细看，三叔的身子骨里迸出几条蚯蚓似的线虫，却比蚯蚓小上许多，不过棉线宽，浑身金黄，无眼也无口，叫声仿佛是从天灵盖里震出来的。离了人体，那线虫在空气中摆动几下，便直冲宋十九面部，宋十九反手握扇柄，“哗啦”一声将扇面抖开，轻扫两下挡住袭击，弹指一震，将其狠狠摔在地上。

她只用眼尾扫了一眼身后，还未收回视线，便见两张蓝莹莹的符纸贴上线虫，顷刻间烧了个干净。宋十九侧回头，目光落在李十一捏了符纸刚刚收回的手上。

二人未再说话，只如法炮制地将小豆丁身上的疫虫敲出来，烧了入肺的两三只，宋十九将扇子收回，簪于脑后，肩头一动，法术尽消，婶娘的哀号声片刻未停地响起来，三叔却好似被掏空了力气，沉沉睡了过去。

小豆丁眨巴两下眼，心有所感似的摸了一把胸口，他转过脸，却见方才还在自个儿附近的宋十九此刻靠在墙边，后脑勺抵在墙上，仰着下巴，有些困倦了。李十一站在她身旁，将一柄不晓得何时掏出的烟杆子收起。

宋十九哑着嗓子说：“走吧。”眼神是瞧着三叔同婶娘的，话却是对李十一说的。

李十一颔首，同她一起掩了门出去。

许久未使招式，也不晓得是不是方才抻着了筋，李十一的掌根处有些疼，她一边走一边轻轻揉，将连着无名指同小指的手筋挨个推开。

“方才那个，是疫虫。”待走到无人处，李十一才开口。

“是。”

李十一看一眼她：“你便是这样救他们的？”

宋十九垂下眼，摇头：“西王母掌管人间刑罚、散播瘟疫，疫虫便是她所布下，自树根里生发，藏匿于五行之中，金木水火皆可依附，成百上千，生生不息。”

除非将所罚之人惩灭干净，疫虫失其宿主，自会灭亡。而宋十九方才所做的，不过是清除入肺的两三只疫虫，暂缓其病势罢了，它还会自头发里生出来，自脚底板生出来，自指甲缝里生出来，一寸寸占领宿主的肌理，侵入五脏六腑，最终耗尽肺气，咳血而亡。

她将宿主“冻”住，再灭疫虫，虽能解救一时，却终究是一己之力，难抗万敌。有好些回，她白日里眼瞧着好些了，第二日一睁眼，便听小豆丁跑来说那家人昨夜里死了，一早便烧了。无孔不入的忧惧最令人窒息，也最令人无可奈何。她好些天未睡过好觉，直到躺在李十一身边。

她眼神里的落寞明显极了，李十一靠近了些，手背垂下来，轻轻挨着她的手。宋十九未挪开手，细腻白净的肌肤同李十一的手轻碰两下，动作里有不大明显的依赖。

李十一看一眼她鬓间的簪子，又问她：“这是你的法器？”

“是，”宋十九偏了偏头，“叫浮光。我自黄山云谷中拿回来的。”

浮光掠影，扇如其名，宋十九使起来真正是行云流水，如梦似幻。

更令李十一在意的，是宋十九主动同她介绍了，眼里的无助也被温和的眸色逐渐替代——她对李十一的依赖未减分毫，只要李十一同她说说话，她便能好一些。

宋十九动了动嘴唇，未同李十一说，她这扇子原本是执在手上的，取回那日忽然想起阿音打螣蛇时用骨扇的招式，便同她一样将其插在了发间——她那时有些想念阿音。

未说出口，是怕李十一问她——那么我呢？你有没有想念我呢？

通常有些话人们不想答，是怕怎样说都不够。

夜凉如水，李十一仍旧同宋十九一起睡，这日宋十九歇得很早，想来是施了术法乏了，刚躺上床，便背对着李十一睡了过去。

李十一闭着眼，在寂静而疏离的月影中回想白日的事。床板忽然颤了颤，地板上响起扫帚扫地一般的声响，李十一蹙眉，睁眼环顾四周，却再没什么动静，她若有所思地看了看沉睡的宋十九，又将眼合上。

又过了半炷香的时间，李十一朦胧的意识被一阵错落的低吟勾醒，那声音极其克制，似是痛苦，又仿佛是无力，自喉头里叹出来，混着青涩的果味同陈年的酒香。汗涔涔的香气弥漫开，若有若无地铺了一层薄雾，身旁的被褥微微耸动，似结束了冬眠的春虫正在破土。

李十一心尖一颤，霎时便清醒了大半，顺着月光望向宋十九。

她浑身冒着灼人的热气，一浪一浪的，棉布寝衣的领口敞了一小半，露出汗涔涔的脸颊同肩膀，她的背脊轻轻抖着，湿漉漉的青丝贴着纤长的脖颈，弯弯曲曲地爬进衣裳里。她动一下，那发丝便扯一下，在白玉似的肌肤上形色分明，弯曲的形状似有了生命力，是杯中弓，是青蛇影，要射杀周遭人一样。

李十一心跳如擂鼓，探手扶住她的肩膀，却见一截被光晕裹住的尾自被衾里探出去，拖到地上，沿着墙根缓慢探索。

“我在换鳞。”宋十九微微喘着气，桃花酿似的一双眼盯着李十一。

她这几日法术用得过多，肌体有了感应，要给她一副新生的铠甲。

她的眸子一冷一媚地眯起，到底显出了些不受拘束的野性来，她轻声说：“我的身子弱得很。”墙根处的尾巴一扬，贴着木柱蹭了蹭。

李十一很心疼，伸手揽住了她，将她抱住。

尾巴摆了两下，最终以退为进地垂在地上，将木板敲出湿漉漉的声响。

宋十九此刻的确脆弱得很，李十一不过是抱了抱她，她便想要原谅李十一了。

未等到李十一说话，宋十九注视着她的双眸，温声说：“我想……”

“可以。”李十一的回答很轻。

宋十九摇头，将下唇一咬，似是不知如何开口。

“可以。”李十一仍旧是这一句，她顿了顿，又道，“我帮你。”

宋十九原以为李十一又会同她争论，怪她感情用事，却不承想李十一说——我帮你。

她将和解的姿态摆得诚意十足，将这三个字说得无比温柔。

宋十九突然明白，在自己同李十一之间，从来就不需要争一个对错，她要的只是李十一在乎她。正如当初，令她难以招架的从来不是李十一关于是非的态度，而是她那一句“感情用事”的评价。

而如今，李十一的一句“可以”，令她前怨尽消，令她轻了骨头、软了心肠，真真正正成了一弯伏地贴腹的游蛇。

她就是这样不讲道理的姑娘，就是这样没有见识的姑娘，曲直利害抵不过她开心，好坏黑白都不如她愿意。

02

第二日一早，涂老幺熬好了臊子，请几位姑娘出来吃面，李十一应了门，涂老幺又转向另一间，才刚抬手，便同正要开门的春萍打了个照面。

春萍向来起得早，又同宋十九住惯了，一时未蒙上面，见着涂老幺，还不大清醒地愣了愣神，而后才用双手捧住脸，将唇鼻掩得严严实实。

“你瞧不见我。”她闭着眼，着急得睫毛都在颤。

“我瞧见了。”涂老幺否认。

春萍睁眼，又赶紧合上，嘴里念念有词：“你没瞧清我。”

涂老幺乐了：“咋没瞧清，双眼皮子利刀眉，元宝鼻子小鸡嘴，长得同耗子似的。”他的比喻一向是瞎来的，薅着啥用啥，话了了才觉得有些怪。

春萍倒未留意这个，只掩着脸懊恼，这涂老叔瞧着比老锈刀还钝，脑子却转得飞快。她于是将手放下来，也不挣扎了，只同涂老幺说：“我不是这里的人，十九姐姐嘱咐我，不许给旁人瞧见脸。”

“瞧见了，能如何？”涂老幺没明白，“要砍了我？”按说书里头讲的，江洋大盗露了脸，见了的人那必定是要被灭口的。但他的凉气只吸了半口，便怀疑地看着这小丫头，弱得跟狗崽子似的，能把她涂爷爷灭了？

春萍只哀怨地望了他一眼，摇着头闷声把脸罩好。

人才刚刚聚齐，小豆丁又趿拉着鞋飞快地跑来，昨儿被宋十九抽了虫，他又恢复了些精神，绕着桌子吭哧吭哧喘着气，眼巴巴地守着面汤盆。

“怎么一早起来做了面？”李十一的鼻音糯糯的。

宋十九咳嗽一声，鼻音也糯糯的。

“今儿三十。”涂老幺“嘿嘿”笑一声，给各人盛臊子。

这还是他媳妇祖传的手艺，先将豆腐、咸菜同肉沫子剁碎了，搁一块猪油炒出香味，再调上几个鸡蛋，倒入热水下锅焖着，最后以芡粉勾了浓浓的汤，那叫一个咸香入味。虽说今日短了肉和猪油，他便做了个简易的，好歹热闹热闹。

涂老幺一说，众人才想起来竟到了除夕，出门在外不兴数日子，又兼着这村里病了好几个月，人丁单薄，炮仗没备着，春联也未贴，哪来半分年味——命还短着，谁还过年呢？

小豆丁捧着面，也不拿筷子，先是舔了舔上头的汤汁，眯着眼啧一口，又对涂老幺说：“涂叔，你做个炮仗吧！”

这小子，倒是半点不见外，涂老幺笑他：“你这玩心是大发了。”

小豆丁摇头：“我爹说，炮仗是赶年兽的。你做了炮仗，我拎着去村里跑一圈儿，将疫兽也吓唬吓唬，没准就把它吓死了。”

“你拎着跑。”涂老幺吓他，“疫兽不好说，你先被炸死了。”

小豆丁却半点不怕，低头想了想，说：“我死了便死了吧，三叔和婶娘活着就成。”

李十一的筷子顿住，听见宋十九问他：“为什么？”

小豆丁说：“三叔是好人，村里的新井是他挖的，好人不该绝命。我不好，我烧过鸟蛋。”

宋十九一怔，抬手摸了摸他的头。

热闹撑不过半日，至晚上，月亮又变得孤零零的。涂老幺倒果真给小豆丁做了个“炮仗”。他砍了几节竹子，中间打上孔，用麻绳穿成一串，给小豆丁绑到腰上，一跑起来竹筒在地上磕得哗啦啦的，倒很有几分爆竹的动静。

小豆丁喜不自胜，拉着竹筒子便疯跑乱窜，在屋子里众人身边转了一圈，又跑去冷冷清清的街道上，一面跑一面喊，挨家挨户驱疫兽。

“哗哗”的声响渐渐远去，涂老幺将思绪渐渐拉回来，同春萍坐在天井旁，望着星子守岁。手里头没有瓜子胡豆什么的，他有些不习惯，只胡乱地捶着腿肚子，也不晓得是问谁：“你说四顺在干啥呢？你说音大奶奶和傻阎王，吃饺子没吃？”

没人应他，只春萍将头靠在回廊上，摸一把自个儿的额头，顿一顿，又摸一把自个儿的额头。

宋十九和李十一自屋里出来，皆换了青色的长衣长裤，在月影下透着墨字一样的风骨。宋十九将头发拨到一边，李十一则反常地束了一个高马尾。浮光玄铁扇在宋十九手中一转，李十一两手空空，慢吞吞地将手套戴上。

二人同涂老幺交代了两句，便要出门，还未过门槛，听得身后的春萍喊了一声："十九姐姐。"

宋十九回头看她。

春萍看一眼涂老幺，又按了按自己的脸蛋，她想问宋十九，今晨她见了涂老幺，却为何没起烧——涂老幺不是渝州宅子里的人，是她后头碰见的。她整理着思绪，好半天未开口，再抬头时见宋十九安抚性地笑了笑，道："回来说。"

纵横的街道齐整似棋盘，两旁高低错落的房屋是不可落子的空格，而日月星辰是走棋的手，用影子将行人挟持。村落的另一头是哗啦哗啦的"炮仗"声，随着小豆丁的脚步起起停停，稚子的琅琅清音飘远，和着浓重而不知疲惫的喘息声。

"过年啦！来年一定好！"他挨家挨户拍着门，竹筒子在台阶上唰唰砸过，他又拎着敲了敲，想要将驱赶凶兽的阵仗敲得再大些。

蓦地倦意袭来，身子骨到底染了病，只跑了不到一半，他便乏得很，眼皮子似灌了铅，肩膀也塌下来。他跑两步，又停下，再跑两步……他将眼神儿努力亮起来，晃着脑袋背："人之初，性本善……"两句反复念的《三字经》荡着回音，和身后的竹筒声混在一处。

小豆丁的脚步慢下来，头耷拉着，脑袋大身架子薄，更似一个土豆吊在了筷子上，他筋疲力尽，喃喃地背着书，忽然心有所感地往后一瞧，眨了两下眼。

身后空荡荡的，连两旁的路灯也没了精神，将地面割成豆腐块似的，一块明，一块暗。

村落的中央有两个清瘦的身影，李十一埋头数着石板路上的石板，至中央略青的一块停下，五指一合将掌心简易的罗盘收拢，塞回靴子里。

何家村依山而建，东兴龙骨，西下削平，按风水圣典《撼龙经》里所言："平地龙从高脉发，高起星峰低落穴。"李十一依贪狼至破军之势，寻了村里聚龙汇金之源地，此处为正风正水，四方围合，村落周遭的树木同气连枝，皆根于此。

李十一对宋十九点了点头，而后俯下身子，于北向井内贴坎卦符，于南向点灯，灯下书离卦符，又于东向柴木中插震卦符，最后将金怀表掏出来，搁到西面，以兑卦符封贴。

金木水火各安四方，中央一抔黄土，便成了五行阵。

一套动作做完，恰恰是子时正刻，李十一直起背，又掏一把纸片，落地成人，她轻声道："听声。"纸人四散而去，或爬往屋檐，或贴于角落，皆盘腿坐下报信护法。

宋十九立于阵法正中，待四下又归于寂静，才望了望李十一，随后合上双眸，手腕微颤，将玄铁浮光扇往上一抛。铁扇徐徐展开，夺取万千月华，光影自扇面的镂空处透出来，将时辰碾落成细碎的泥屑。扇面上有巍峨的群山、娟秀的溪流、纤弱的扶柳同烂漫的春花，薄如蝉翼的花瓣轻轻一颤，柔若丝绦的柳枝略略一摇，山河俱震，日月沉塘。

被风吹动的符纸顿住，南面的幽幽烛光顿住，远处依稀的竹筒声顿住。村落似有了经脉，被一双大手自地底下拽住一抽，经脉尽断，生机顿失。

唯一例外的李十一站在阵中微微蹙眉，将目光投向玄铁扇。月色穿过扇面，碎雪似的落下来，落到宋十九身上，似拎起了她的骨头。宋十九脚尖悠悠然一踮，便脱离了地面，手背上的鳞片若隐若现，眉间现出了一弯青白色的纹路，她垂着秀丽的脖颈，面上一派笃定。待扇面的浮光将她的脸颊尽数晕染，她才抬起右臂，掌心竖直，往外抵门似的柔柔一推，施了一个无畏印——一如她的表情，无所畏惧，心神笃定。

地面出现了细小的裂缝，似干涸了几十年似的，沿着阵中央四散裂开，那裂纹仿佛有神识一般，大半避开了房屋建筑，雷劈似的袭向村落里的树木。

子时三刻，李十一将手中的神荼令抛向空中，盘腿而坐，左手拇指同中指相捻，竖于胸前作说法印，右手垂下指端，成与愿印。

两印相成，神骨初现。

夜幕里只剩两人交错的呼吸声同成百上千的树木被撼动的声音，李十一轻抿嘴唇，听见身后宋十九的细语："日游夜游，乾坤因由，混沌未开，时不我待。"

李十一颈边的红痣娇艳欲滴，仿佛被宋十九绕梁的余音蛊惑，她薄唇一掀，续上真言：

"从从往生，生而复死，傀儡夜行，听我号令。"

风起不来，云涌不来。天地间成了大型的坟冢，统御一切的是错乱的时序同颠倒的生死。生人入定成了死物，百鬼沸腾闯入人间。

一棵棵巨树被连根拔起，是七零八落的殉葬者，树根处沾着金黄的微光，莹莹似流火。流火离了宿主，慌乱地蹿入空中，而一道疾如闪电的剑光，将其斩作两半，落到地面砸出脓液似的血浆。

木兰将剑放下，立于青砖瓦砾间，马尾扫在脸颊，似凛冽的刀疤，身后是滚滚惊雷、尘土飞扬，魂策军百马千骑踏阵而至。

李十一耳郭一动，听见军旗呼呼摇动的声响，听见马蹄嗒嗒踢踏的声响。铠甲噼啪碰撞，箭矢划破长空，死寂被嘈杂替代，遥远而封闭的村落成了吹响号角的战场，迎接一场毫无悬念的屠杀。

疫虫自树根处蹿出，自瓦缝里蹿出，自残破的躯体间蹿出，惊叫着冲向天空。金黄璀璨的虚线悬浮在苍穹，带着微弱的啸叫，似轰然炸裂在眼前的焰火，又似远方遥遥升起的夜灯。

箭矢的顶端带着淡蓝色的冥火，仿佛将星子也射落了人间，成千上万的疫虫来不及挣扎，便被冥火烧成灰烬，连一点子烟渍也未留下。

李十一睁眼，在兵荒马乱的厮杀中望向面前的宋十九，宋十九眉睫一颤，睁开湿漉漉的眼回望她。她们在战火中对视，亦是在焰火中对视；在天灯中对视，也在星辰中对视。

不晓得是不是凡人之躯难以支撑，李十一的双眼有些酸涩，令她只能微微敛着凤目，眼波将宋十九的模样模糊，勾勒出银边。

宋十九瞧见李十一抿了抿嘴角，目光静得似被法术冻住，但她好似听见了李十一在柔声问她——

这一场声势浩大的剿灭，能如你所愿地带来生命与希望吗？

阵中的烛火快要燃尽，厮杀也至了尾声，魂策军叩首后大半重归泰山，只剩木兰同几十位兵将巡视查验，确保无一遗漏。李十一跌落地面，扶住一旁的竹篁，薄汗将她的衣衫黏住，贴着身体。她气喘吁吁地环顾四周，地面仍旧似被敲了壳的鸡蛋，横七竖八的树木拦在路中，幸好未有几棵砸到农户，想来是宋十九在尽力把控。但即便如此，仍旧是杂物四落，砖瓦齐飞，仿佛遭遇了一场剧烈的风暴。

金怀表的指针又转动起来，村里的人被清除了疫虫，要陷入一整日沉沉的昏睡。

浮光扇稳稳合拢，宋十九落在李十一身后，李十一回头看她，她手上鳞片未褪，一双唇白得毫无血色，瞳孔比往日淡上许多，像剔透的琥珀。

李十一正要过去牵她，却听得街道上响起辘辘的车轮声，滚动的木轮同寻常的没什么两样，只是此时此刻，出现在这样的村落里，却令李十一和宋十九心神不宁，不由自主地回头望去——那不是什么车辆，而是紫檀木的轮椅，逆着雾蒙蒙的光线，自青石板路的尽头滚来。

轮椅上是一位极其瘦弱的白衣姑娘，一手掩在腹间，一手搭在轮椅扶手上，指尖随着轮椅的行进稍稍颤动。

待近了些，二人才看清她的模样，若说阿音美在窈窕身段，十九美在眉目天然，那么这姑娘便美在通身的气派，烟眉潭眸，是不大需要瞧清的，只消一个乌发薄肩，便好看得似对着婵娟描出来的谪仙。

轮椅在离宋十九不远处停住，这姑娘看着虚弱得很，抬手掩唇咳嗽起来，细腰一收一收的，仿佛抖落了身上披星戴月的清辉。她咳得气喘不及，似立时要背过气去，好一会子才停下，抬头望着宋十九，以泉水一样清澈的声音说："烛龙，令蘅不曾管教你吗？"

"你是谁？"宋十九抬眼。

白衣姑娘笑了，声音像从雪山深处来的："阿瑶。"

03

寥寥古道，檀木车轮，她坐在时光的山穷水尽处，也坐在阴阳的风生水起处。

传说中的西王母，豹尾虎齿，蓬发戴胜，可她此刻坐在那里单薄而脆弱，说话时颈部皮肤绷紧，好似连呼吸都有些吃力。

她慢腾腾地仰头望了望天，又扫一眼地上零落的疫虫，嘴角仍旧带着笑，连一丁点儿心疼的表情也无。

车轮缓缓行进，她自逆光中过来，面上一半是光影褪去后的阴鸷，一半是眉目明晰的苍白，她的五官、神情同她的身体一样单薄，经不起蹂躏似的。

她看向宋十九，问道："这是何故呢？"说话时指头叩了叩轮椅的扶手，指甲剐蹭着上头栩栩如生的蛟龙脑袋。

宋十九将扇子在指尖转了一圈。昆仑山上古女神王母阿瑶，从前只在桂宫兔嘴里听过，司刑罚掌瘟疫，手握不死药，可赐人长生。头一回打照面，竟是这个时候。

于是她敛了敛下巴，想要开口，却见阿瑶又摸了摸蛟龙的牙齿，笑道：“方才一问不过白开一句场，我并非很想听。”

“有话，”她勉力一笑，“同它说。”

她的笑容似一盏油尽灯枯的煤油灯，在灯光若有若无的照拂中，背后响起令万马齐喑的嘶啼。那是极短促的一声，仿佛只是为了令人闭一闭眼，再睁开时已是遮天蔽日的黑暗，扭曲涌动的庞然大物将天地撑开，黑漆漆的身子悬浮其间，半个庭院大的脑袋压下来，一对招子冷冷眯着，连出气都似凛冽的寒风——轮椅上雕的蛟龙仿佛被神笔一勾，成了气吞山河的活物，顷刻便压至了眼前。

宋十九本能地将右腿一撤，小臂横拦身前，做了一个防卫的架势。方才到底耗了许多精气，未等她将应敌的姿态摆好，蛟龙便一摆巨尾来到身前，扭曲的空气似被掀翻的巨浪，眼见要砸向庭院。宋十九暗咬银牙，回手圈了一个光阴罩，硬生生将这一尾接下来，浮光扇盈盈一绕，将众人圈在其中，隔出与世断绝的空间。

扇面合拢，自封闭的光圈处坠下来，宋十九足底一踏腾身接住，却不料那蛟龙利爪近前，以迅如闪电之势直击心脏。她一个慌神，正要翻身躲过，面前竟是一声脆响，一块巴掌大的紫檀令牌精准地格挡其中，将蛟龙的攻势硬生生止住。再定神一瞧，李十一立于身前将她护住，双手结一个兰花印，肩膀前倾，足底后撑，眉心紧皱，手腕一推，以令牌将蛟龙逼退回去。

迎面袭来的压迫感骤然消失，好似是下端的阿瑶姑娘轻轻拂了拂袖子，她望着仍旧未被收回的令牌皱了皱眉头，问：“神荼令？”

“你是——”她这才将目光移到面前的人类上，她的眼睛不大好，方才只感应到烛龙的气息，以为身旁这位是小喽啰，直到她使出了神荼令。

“令蘅？”她颇有些惊讶地笑了，顿了顿才续道，“哦，李十一。”

晓得令蘅不算稀奇，可她能精准地喊出“李十一”的名字，这倒是有些怪异了。李十一喘着粗气回到地面上，同口干舌燥的宋十九对视一眼。

阿瑶叹一口气，将身子倚在轮椅的一边，食指为难地撑着额角，问她：“府君大人，当初你渡劫入轮回，诸神予你方便，我如今不过行我权职，大人怎的竟同我为难？”

李十一收回神荼令，将眼帘垂下来：“司尔职天经地义，打她不行。”

“其余的，”她坦诚，“听不懂。”

师父从前说，这世间万事逃不过一个你来我往，若有人要你承不该之情，只道听不明白便是。更何况，若李十一的人生已算是予了方便，实不晓得不予方便是什么模样。

她这性子，同令蘅倒是有些差异，再思及她方才的招式动作，阿瑶驱动轮椅又靠近了些，将人从上至下打量一回，仍是笑：“想来，令蘅并未回归。是什么缘故呢？”她轻咳两声，病恹恹的尾音一吹便散。

宋十九见她语气尚算温和，便将浮光扇放下，只以为要同她好生相谈，却见阿瑶吹气如兰，幽幽笑道：“若令蘅尚未回归，你打不过我。”

“你我恩怨，同十一有何干系？”宋十九皱眉。

阿瑶将耳侧的头发挽到后头，又开始猛咳起来，待唇边沾了血，才抬头，笑得颇有些触目惊心：“只是想，泰山府君换人来做，也未尝不可。”

宋十九的鸡皮疙瘩自脊背处生发，繁衍生息似的遍布全身，她从未见过这样的姑娘，病态、孱弱，脸上的笑意却残忍、诡谲，带着隐隐约约的疯狂。

空气似被人拧了一把，是一触即发的紧张，宋十九捏紧了扇子，将唾沫牢牢咽下去，又瞥见李十一风轻云淡的面容。她的眼波转得慢悠悠的，仿佛面前的境况仍旧稀松平常，只是背在身后的手抚摸了几回神荼令，不紧不慢的。

宋十九在她的小动作中奇异地镇定下来，她忽然觉得生同死都没什么要紧的，只要身边是李十一，只要被打的时候，别痛太久。她这样想着，便又摇头笑了起来。她心知自己未必很占理，但李十一肯陪她捣一次乱，那也称得上一句痛快。

阿瑶这回不笑了，只瞧着她们，眸子暗了暗，这才显出了些生而为神不可冒犯的骄矜。她侧了侧身子，为背后垂涎已久的蛟龙让路，蛟龙势如破竹般猛然袭来，李十一拉着宋十九的手腕回身一退，一柄利剑自脑后飞来，“嗡”的一声砸在蛟龙面前，地面破裂，入石三分。

李十一回头，是木兰率方才余下的神策军赶来，同蛟龙缠斗在一处。木兰虽神力不比蛟龙，但好在身姿灵巧、招法诡变，又兼有魂策军诸将助阵，蛟龙一时也占不得便宜，因而竟很有些难分胜负。

宋十九正要腾身而起助木兰一臂之力，却见一条白练眨眼便至，堪堪擦过她侧头躲避的右颊。右脸火辣辣的，她转头一瞧，只见那阿瑶足尖一点，自轮椅上平地升空，似有一个小小的方垫将其托起，洁白的衣袂随着小腿垂下，双脚却是赤裸的，在寒夜里发着冷玉般的光。

她双手各执一匹细长的白绢，以此为器，向李十一同宋十九袭来。那绢布似有思想，灵蛇一般左右攻击，时而缠住宋十九的手腕，时而捶击李十一的胸骨，而它的主人稳坐云端，仿佛在牵引不大听话的木偶，又仿佛在瞧一出名为负隅抵抗的皮影戏。

阿瑶到底是上古之神，击败宋十九这钟山之兽自然不在话下，又兼着宋十九方才救村一举元气大伤，而李十一更是人身尚存难抗天击，二人打得十分吃力，只凭一己硬骨相抗。

光阴圈经不住阿瑶神力的冲击，摇摇欲坠，木兰的刀剑同蛟龙的鳞甲磕碰在一处，电光石火般地交锋，魂策军诸将的闷哼一声声传来，木兰将喉间的腥甜硬生生咽下去，肃杀的空气中唯有浓烈的血腥味一阵阵挑动人的神经。

才缠斗了半盏茶的时间，李十一已是精疲力竭。她单膝跪在地面，不知从何处拣了一柄魂策军的长剑，反手支撑着上身，高马尾散了一半，七零八落地附在湿透了的肩颈处，下颌至锁骨上是一道深深的划痕，覆着层老村陈年的黄沙。

她来不及喘口气，见白练将宋十九的腰身裹住，正要重重一抛，赶紧抬起沉重的手腕，将飞剑刺过去，“刺啦”一声斩断白绢。宋十九翻身落地，却见那白练又朝李十一处游去，勒住她纤细的脖颈，阿瑶收回手，将白练狠狠攥紧，扼住李十一的咽喉。

喉咙火辣辣地疼，里头冒出了阵阵反胃的酸水，却溢不上来，甚至连气也喘不上，只能同血沫子一起堆在喉间。伤口处的沙子被填进血肉里，仿佛能听见沙子研磨血肉的声响，汗水浸透了她整个脸庞，眉目似自水里捞出来，眼睛却瞧不大分明了。

她从未如此痛过，筋骨尽断是痛，呼吸难续是痛，肺部沉沉的起伏和嗡鸣是痛，指尖难以合拢的虚脱和无力也是痛，更痛的是耳旁宋十九惊惧的呼叫。李十一透过汗水遮掩的眼睛，瞧见宋十九发出了一声震颤山脉的嘶吼，指尖生出利爪，双腿相缠，裙间的尾巴若隐若现，她双目发红，目眦尽裂，眉间印出深刻的青白色裂纹。

宋十九怕是要以原形相抗。

阿瑶有所察觉，急唤一声蛟龙，那蛟龙将木兰狠狠一扫，便踏雾而来，千钧重的利爪将宋十九拂倒在地，而后将她瘦削的人身牢牢按压在地上，五指一扣陷入地里，止住她身体的摆动。

上古神兽，个个有神通，这蛟龙爪便是混沌惩戒众神时，锢神骨的锁链之材。

宋十九发出了一声如同猫犬被捶打时的哀鸣，撕心裂肺中又带着兽类委屈的呜咽。

李十一心神俱颤，想要说话，一提气却剧烈地咳嗽起来。她抖着十指想驱使神荼令，却一个失力令紫檀令牌掉落在地。她只能以肉身将白练拉出一段距离，蹲下身子，抽出短靴里的小刀，用刀刃往自己脖子处狠狠一拉，带血的白练顷刻断裂，颈间涌出汩汩的血流。李十一只胡乱擦了一把，便要向宋十九奔去。

白练又欺身而上，将李十一的脚腕缠住，将她狠狠抛向地面。李十一闷哼一声，腰背撞在石块上，脊柱仿佛错了位，她的身体似一块破布，以诡异的姿态耷拉着，湮灭理智的剧痛让牙关不禁抖动，抖得她四肢百骸都仿佛侵入了冷气。

她吐一口血水，眼皮子已是肿得同桃儿似的，却仍想再站起来，才迈了一个步子，便踉跄得摔了下去。她的腿已不堪驱使，只能滚过去，同宋十九靠在一处。蛟龙一个爪子要扣下来，李十一合上眼，又睁开，对着泪流满面的宋十九眨了眨眼。

她不晓得自己为什么要眨眼，但她连微笑的力气也没了，她只能将上下眼皮合拢又分开，给出一个她能力所及的安抚。她时常这样安抚宋十九，在讹兽洞里时的拥抱，在咖啡厅里脱口而出的解释，以及在仙乐斯她要同旁人跳舞时，不动声色地拍了拍宋十九的膝盖。

此刻她又一回安抚了宋十九，以靠到她身边的残破不堪的身体，以面无表情的沉默的眨眼。

宋十九号啕大哭，哭得上气不接下气，哭得崩溃而又突兀。她从未在战败时哭过，方才险些被打出原形时，她也只拼着最后的一口骨气，可李十一的安抚令她心酸至极，令她瞬间就软了骨头，她忽然发觉其实自己庸俗得很，她不想要什么同生共死，她还是想要李十一活着。

李十一想要皱眉，却露出了一个扭曲的神情，她无力再说什么，只能将头偏过去，等待蛟龙巨爪的禁锢。

“嘭”的一声，是铁器的碰撞，一个闪着寒光的物事将蛟龙爪打得一顿，它收回爪子，抬起巨眼看过去，阿瑶将白练收回，也抬眼看过去。

残破不堪的小巷中，颤颤巍巍地站起一个顶着箩筐的男人，他穿着被撕扯得破破烂烂的西服，脸上的肉不晓得是被吓得还是怒得，总之是抖得不成样子。他浑身上下都写着恐惧，连瞳孔都放大了几分，一抬步便险些跪下去。

涂老幺看一眼方才扔出去的铁盆，又看一眼面前的庞然大物，他从未见过这么大的蛟龙，比那报上的巨蟒还大些，从前还吹嘘过自个儿能一拳干一个猛虎，如今一瞧，他咕咚一声咽了口口水。

凡人？阿瑶回到轮椅，又留心瞧了好几眼，拧起的眉头透出实实在在的困惑。

蛟龙复要将爪子伸向李十一，却听涂老幺大叫一声："别动！"他蹲身捡了一把锄头。

阿瑶定睛瞧了两眼，这回是真心实意地笑了，她用手托着下巴，眨眼瞧着他，手指在轮椅上轮番敲击。敲击声每停一秒，蛟龙便抬爪将李十一翻滚着拂过一回，瞧她衣不蔽体地跌到街道旁的石阶上，仿佛拨弄一个好玩的物件。

涂老幺怒从胆边生，上前几步又吼一声："我跟你说别动！"他的嗓音仍旧抖得厉害，可却不是怕的，他从未见过十一姐被折辱成这个模样，他心知自个儿也活不了了，既没了活头，他还怕个球。

于是他将头上的箩筐一扔，指着阿瑶，气红了眼眶，骂一句："小丫头片子，你涂爷爷说的话，最好听清楚喽！"

"涂什么？"阿瑶问。

"涂三平。"涂老幺将锄头砸过去。

阿瑶甩袖一挥，那锄头便转了个方向，落至气若游丝的李十一身上，"咔嚓"一声，将她的右肩卸下来。

涂老幺不说话了，他只默默地盯着李十一血肉模糊的脸，好似从未见过她似的，一眉一目看仔细了，记牢了，而后他堆起眼皮子，同往常一样赖笑一声，抬起头来看着阿瑶。

他不紧张了，也不惶恐了，以街头巷尾的二流子惯用的身姿斜着重心，另一条腿没教养地抖起来，这是神同人的对峙，亦是高高在上的神同三教九流的对峙。他将脖子缩着，手在袖子里揣起来，西装袖子太小，他揣着不大舒服，却也只能将就。

“涂三平。”他又重复一遍，对阿瑶赖皮赖脸地笑着，说，“我涂三平要你的命。”

他说得笃定，连阿瑶亦不由自主扶住了轮椅，却见涂老幺呵呵一乐，俯下身子做了一个助跑的动作，清冷的巷子里响起“咚咚”几声闷响，随后便是“轰”的一声余响。

她瞧见涂老幺一头撞在坚硬的石柱上，肥硕的身子抖了一抖。他似是没想到会这样疼，连骨肉都起了退缩的反应，可他回身坐在石阶上，被血覆盖的脸庞无畏又无惧，眼珠子原本便小，此刻更是睁不开了。他大口大口喘着粗气，盲目地寻找李十一的方向，手里握着的神荼令隐隐颤动。

人常说人之将死其言也善，他尽力掏了掏，也说不出一句好话来，更不晓得该从何处说起，唯有一句记得牢牢的。那还是在螣蛇洞内，他躲在巨石后，瞧见李十一头一回变成发光的菩萨时，听见阿罗说——三魂祭，神荼出。

他算过了，木莲、芸娘，再加上他涂老幺，这三魂是顶够了。

听老人说，魂魄刚离体时，人的身体里还能残存些意识，也不知道是不是真的，他便想拘着这些意识，瞧一瞧回归的令蘅，瞧一瞧她怎样将这臭婆娘打得落花流水。

涂老幺有些得意起来，靠坐在台阶上，忍不住唱起了曲儿，他的歌声仍旧比杀猪声还惹人烦，但他也顾不得许多，只胡乱抹了一把脸上的血，呸一口唾沫，咧着大嘴大声唱起来。

“鸦瓴般水鬓哎——似刀裁。

“小颗颗芙蓉花哎——额儿窄。

“待不梳妆怕娘左猜。不免插金钗，一半儿蓬松一半儿歪。”

时断时续的曲声中，他感到困意自四面八方袭来，同样自四面八方袭来的还有别的，那是一浪又一浪的声响，是万鬼千魂的叩头声伴着狼嚎虎啸和神音仙乐。这些声响出现在静谧而萧瑟的冬夜里，是如此的热闹，也是如此的不合时宜，更是如此的矛盾而微妙，可它们齐齐叩向这一处，似某种虔诚的皈依。

同宋十九的回归不同，那时万兽欢腾，百虫破土，令蘅的出现是安静的暗涌，仿佛成千上万根游走而来的丝线，交织在这片宁静里，只待那人沉睡醒来，用眼神轻轻一拎。

神荼令是最忠诚的前锋，令蘅仅仅动了动指头，它便回到了她手里。涂老幺无力地将指头松开，朦胧中瞧见原本生死不明的李十一浑身漫了一层淡淡的光，那光晕将她抬起来，抬至半空中，身下是那朵曾见过的睡莲。

睡莲开得安谧而温柔，仿佛在包裹初生的婴儿，又仿佛在安抚流浪的归人，它将她的肌体重塑、记忆填充，将她的眉峰略微挑高，唇鼻添了清冷，最浓墨重彩的一笔给了她的双眼，将人间烟火剥离，以疏远的慈悲替代。

光芒逐渐散去，中央静静停着的是一位白裳神女，她似是尚未为一场酣睡画下句点，强行被提起来的，腹部稍高，头尾稍落。不久，她睁开了眼，才直起身子，缓缓降下来。

她仍是那身白衣，仍是那个发髻，仍是一样的神情，只是未在手里拎一盏彻夜亮着的灯。

在涂老幺已经稀薄的意识里，依稀有衣袂飘动，令蘅走过来，他咧了咧嘴，望着她的手指说：“又……”

又见面了。

我是涂三平。

我爹叫涂二旺，我爷叫涂一兴。

我爹说，人活一世，稀里糊涂；我爹说，穷有穷高兴，富有富忧愁；我爹说，你爷是个疯的，你轻易别招他。

我爷总爱拎着我说疯话。

我爷说，咱祖上是大人物，复姓神荼，后来落败了，撑不起这么大的姓，又因着旁人总说这姓怪，便改作了涂。

人活一世，稀里糊涂的涂。

我过得实在对得起这糊涂姓，夜里看坟，白日里走街串巷，和包子陈唠闲嗑，和猪肉张胡吹瞎侃。直到那天夜里，我守坟撒尿，撞见了十一姐。

往后的事，十一姐都晓得，唯一不晓得的是，我瞧见神荼令那日，回去问了问媳妇：咱爷说咱祖上姓啥来着？

她想了半宿，天蒙蒙亮时同我说：“神荼。”

我说不好这其中有什么干系，总归是有些渊源，不然我咋总惦记李十一。

直到今日，我见了令蘅，才忆起其中关窍，原来我祖上是神荼令上的一根穗子。令蘅同烛龙打斗那日，烛龙捏的控时诀正转着呢，那穗子不当心被打落，自此入了轮回道。

只是不晓得为啥咱一脉落魄成了这德行，我爷疯，我爹㞞，我又疯又㞞。

四顺没了我的言传身教，应当能好点儿。

我叫涂三平，我叫神荼三平。

04

“睡一觉。”令蘅道。

涂老幺便什么也瞧不见了，只眼里眯缝着一道雾蒙蒙的光，光里有个白透透的影子，颈边有一颗泣血似的红痣。

睡一觉……这令蘅的声音，真好听啊。

涂老幺呕出一口血来，想问问她，李十一呢？方才被打得只有进气没有出气的李十一，是死了不是？

听说京市啊，有个烟摊儿。烟摊儿的老板瘦瘦弱弱的，一副没精打采的模样，头发修得短，遮不住脖子，刘海跟狗啃似的，长一簇短一簇，盖着耷拉的眼睛，头上一顶旧年瓜皮帽，又有几分滑稽。

她姓李，向来是这么个不男不女的模样，没名字，排行十一。

李十一面目可憎，旧袄子洗得发白，电灯只舍得装在仓库里，不爱说话，心肠却很软。

李十一能耐很大，有问棺的好手艺，妖魔鬼怪都不怕，笑起来像春日里清朗的风。

李十一不爱吃腊肉，爱吃咸鸭蛋，尤其是城南包子铺旁边的那家，求她时若揣上两个，她便能将凉凉的眼神收回一寸。

涂老幺笑了一声，又叹了一口气。

他想说罢了罢了，方才还想唤出菩萨来要这鬼婆娘的命，此刻却觉得，若李十一还在，别打了，赶紧逃命，安生过日子吧。若李十一不在了，他同这令蘅菩萨，也未见得很熟，更不好意思请她作法了。

他一生冒失，死前的想法更是毫无章法，连催人泪下的排比都整不出几句，最终只嗫嚅了一句：“小十九。”

没敢提四顺，没敢提婆娘，至死亦胆小。

涂老幺落下最后一口气时很安静，连天上的云层都未动弹几分，没有比这更微不足道的死法了，仿佛连哭丧亦没有必要。宋十九气血尽失地躺在蛟龙爪下，胸腔如破败的风箱般一抽一抽，熬得通红的双眼死死盯着涂老幺的方向，泪珠子自眼角滚下来，淌得似一股小小的溪流。

她没了哀号的力气，只能一哽一哽地抽着鼻子，眼睁睁望着涂老幺的身子逐渐僵硬，目光最终定格在他仓促又狼狈的坐姿上。她毫无生气的眼珠子上沾了灰，渍得血丝遍布，终于她不堪重负地眨了眨，而后木偶似的挪了挪瞳孔。

令蘅朝她走过来，在兵荒马乱的场景里干净得要命，令宋十九想起自己幼时头一回撞见洗了头的李十一。

阿瑶的车轮一动，是显而易见的忌惮，蛟龙心有所感，将爪子放开，令蘅未瞧她们二人一眼，只径直走到宋十九身边，蹲下身，将她抱在了怀里。

她身上有比昙花略淡的香气，衣裳是凉凉的，指头也是凉凉的，她一手搂住宋十九的腰身，另一只手的袖子掩住她露出的腰腹，掌心停在她被眼泪打湿的耳边。

宋十九一动不动地望着令蘅，她的五官明明同李十一相似极了，轮廓却更为精巧圆融，没了下颌处棱角分明的骨头，自然也不再容易瞧出她究竟生气还是不生气。

宋十九的身子一瞬间紧绷起来，却又在令蘅抬眼看她的一刹极快地放松下来。令蘅的眼神温和而熟悉，不是当日倚栏而过的凉薄，而是将下眼睑略略堆起来，眉头稍稍一提，里头是不受控的心疼。她弧度美好的嘴唇抿起来，嘴角略微向下，这个动作清冷又克制，同李十一一模一样。

宋十九忽然便委屈了起来，她哽咽着喊她："十一。"

她是十一，还是十一。

令蘅听得她这一声，眉尖轻轻地颤了颤，而后拍了拍她的背，对她轻声道："不哭。"

再没有比这更简短的安慰，宋十九将头靠在她的胸口，觉得自己成了归主的小兽，仅仅有力气将发丝在她的衣裳上蹭一蹭，留下些不言自明的亲昵。

她感到令蘅又不慌不忙地拍了自己两三下，这才将她放开。令蘅直起身子看向不远处的阿瑶，又扫了一眼颇有些躁动的蛟龙，随即合了合眸子，手间捋着神荼令上的璎珞，理干净了绳结，才对阿瑶点了点头：“阿瑶。”

阿瑶的手在膝盖处一缩，她气定神闲地对蛟龙偏了偏头，令它退至身后，悠悠看了令蘅一眼，这才驱动轮椅上前，停至令蘅前两三米处，笑盈盈道：“阿蘅。”

若不是一旁的宋十九血流如注，若不是一旁的涂老幺双目未合，竟似极了一场久别重逢的寒暄。

阿瑶又张了张口，将一声“别来无恙”含在了病气间。令蘅未再开口说话，只粗粗扫了四周一眼，神荼令的璎珞扫在袖口，一搭一搭的。她愈是不紧不慢，愈是风平浪静，阿瑶便愈是慌张，眼一横便开了口：“这病村得疫，自有因由，我身为刑罚之神，与你山头各立，自司其职，你不该插手。”

“不插手。”令蘅摇了摇头，低声道。

阿瑶的慌乱又添了几分，手上的白绢绕了又绕，好一会子才又道：“今日我探得有人逆天改命，将阖村疫虫屠戮殆尽，如此任性妄为，我自当守序。”

令蘅抬头瞧她一眼，未接话。

阿瑶呼吸起落，仍是笑，后牙却渐渐发紧：“待我赶来，却发觉是你这烛龙小宠作乱，少不得出手训诫一二。”

“训诫？”令蘅平淡地反问她，又转头看了一眼宋十九身上遍布的伤痕。

阿瑶的目光随她追过去，在令蘅的目光停留第三秒时便明白过来，她极快地将笑意敛了，嘴角提起一个嘲讽的弧度，嗓音在喉间咽下去，幽幽问令蘅："要报复吗？"

她"嗒嗒"敲两下轮椅扶手，身后蛟龙如参天巨树般立起，触须悬浮在空中，做好了拼死一搏的准备，而她亦动了动筋骨，只伸展两臂打了个优雅的哈欠，传来的却是一声地动山摇的虎啸。那啸声如嗡嗡的雷鸣，将人的耳膜劈得七零八落，早已死去的涂老幺耳朵眼里流出殷红的血，连宋十九亦忍不住呕了半口血，令蘅却静立在啸声中，长袍长发如迎浅风。

阿瑶笑道："若我拼死一搏，也未见得毫无胜算。"

令蘅摇头："你没有胜算。"未等阿瑶反驳，她又添了一句，"此其一。"

"其二？"阿瑶将脊背弓起来。

令蘅道："你不敢。"

阿瑶的手搭在扶手上，手腕朝上，紧绷的肌肤苍白到近乎透明，能瞧见里头静静流淌的血液。

令蘅扫一眼她的腿，将嘴角提了提，也不晓得是否能称得上是一个笑，顿了顿，才道："方才为何要趁我未归，招招下死手？"什么训诫烛龙，不过是引子，引的是面前泰山府君的命。

阿瑶的脸色比之前更惨白了些，连呼吸都细得似一根将断未断的线，她将脊背放松，靠在轮椅椅背上，似笑非笑地望着令蘅。

令蘅往前迈了一小步，又停下，轻声道："我替你说。"

阿瑶瞧见她冷淡的嘴唇一张一合，说了三个字——周穆王。

"瑶池阿母绮窗开，黄竹歌声动地哀。

八骏日行三万里，穆王何事不重来。"

一首李商隐的《瑶池》，讲的恰是周穆王西征昆仑，与昆仑神女在瑶池相会，得长生不老术一事，民间引为佳话，口口相传。

“当年你与穆王两情相悦，为求长相厮守，私授不死药令其长生，混沌震怒，命泰山府拘了穆王魂魄，而当年独上昆仑擒走穆王的，是我。”

面前的神女古井无波的双眸里终于有了些神采，似被精于画龙的巧匠点了睛。

“你不服，为穆王反叛混沌，由此折了双腿，只能以轮椅为伴。”

当年满脸意气的少女，一条昆仑练直上九重霄，天地失色山河震颤，将斩断的豹尾扔入南海，砸起巨浪惊涛。

“混沌判你掌刑罚、布瘟疫、看遍人世生老病死，又因怕你再生祸心，令泰山府将穆王魂魄拘于炼狱，不入轮回，以此牵制。”

阿瑶望着面无表情的令蘅，也不知是想起了当年瑶池贪欢的故人，还是从她的袖口里听见了泰山府最底层难以企及的风。

她是何时发觉自己变得偏执、嗜杀、视人为蝼蚁命为草芥的呢？不记得了。

“因此……”

因此，她想借烛龙作乱，佯装失手斩杀令蘅，再探泰山府，将穆王魂魄放出。

令蘅未将后半句说完，仍旧以清风朗月的眼神瞧着她。

“阿蘅，”阿瑶望着她，低眉浅笑，“我杀不了你了。”

“你要杀我吗？”她咳嗽几声，莞尔问令蘅。

令蘅摇头：“不杀。”除疫一事，由她而起，扰了旁人的清净，她自该承担。何况人间同泰山府相互制衡，暗流涌动，若此刻除了西王母，恐将大乱。

阿瑶仿佛是松了一口气，偏头仔仔细细地望了一眼风暴肆虐后的地面，这场闹剧将会以令人猝不及防的方式收尾。

何家村里的病人疫虫初清，纷纷陷入昏迷，也算是一场伤筋动骨后的好眠，明日醒来任谁也无法得知今夜出了怎样九死一生的变故。

凡人到底渺小，凡人到底无知，凡人到底幸福。

她抬手将蛟龙召回来，对令蘅颔首算作告辞，尚未转身，却听得身后清冷的女声道：“还有一事。”

阿瑶回头，见令蘅扫了一眼涂老幺的尸身，对蛟龙道：“你的双爪，留下。”

05

宋十九做了很长的一个梦。

梦里她同阿音、阿罗、涂老幺一起打牌，牌桌子上哗啦啦响，阿音呸一口瓜子皮儿，从偷瞧阿罗中回了神，非说没留神要悔牌。涂老幺坐了一会子浑身难受，想起身蹲凳子上，阿音骂他蹲得高要偷看，俩人便唇枪舌剑地争起来。

李十一路过，搁一杯温水到宋十九手边，低头同她说：“别坐太久。”

宋十九捧着那杯温水，像捧着李十一暖融融的心。

捧了一会子，水又成了钟山的温泉，她裸着身子在里头泡汤，先前似是饮了酒，两颊红扑扑的，绾上去的头发淋漓滴着水，她枕着手臂趴在池畔，问思春的雨师妾：“你说心？心，是什么？”

情谊，又是什么？

是风来时飘动的柳叶，是雨散时缠绵的瓦檐，是李十一倒水时拿手背试探温度，是阿音呸瓜子皮儿总是朝阿罗相反的一面，是涂老幺应了涂嫂子的一声喊，放下牌便溜过去——随后再死皮赖脸地赔不是。

涂老幺总爱赔不是，“哎哎”两声脖子一缩，说：“对不住了对不住了，您可千万别往心里去。”

宋十九一只手攥得发白，另一只手死死抓着床前人的手腕，面色酡红眼皮直颤，抖着嘴唇说胡话，待靠近了，才听得她嘴里是迷迷糊糊的一句："对不住。"话说得反反复复、哆哆嗦嗦，令人一听便心颤。

又过了一会子，她才停下来，睁眼时眼里一片平静，甚至连望着床顶发会子呆都没有，一扭头便对上了屋里的人。

仍旧是豆丁家的院子，仍旧是她与李十一同住的房间，墙面有些裂缝，露出里头粟米一样的断面。屋子里有草料的气息，被冬日的冷气一激，颇有些冲鼻子，桌椅箱柜都破得很，一动便咯吱咯吱地叫唤，可中间站着一位姑娘，正垂着脖颈泡茶。

宋十九在瞧清人的一瞬便有些讶异地扬起了眉头。她穿着旧日宽大的黑袍子、料子厚实的布鞋，一头柔顺的长发被拨到一边，面上清汤寡水，半点装饰也无，一双手素净得很，若不是十指纤纤未沾阳春水的模样，同这屋子没什么格格不入的地方。

宋十九润了润嘴唇，想要喊她，却不晓得该以什么称呼起头。她的穿着打扮同从前的李十一并无二致，可宋十九竟无法似昨夜窝在令蘅的怀里那样，泪眼蒙眬地喊她一声："十一。"

她开始觉得尴尬，只因她发觉，令蘅也好，十一也好，她还是如此依赖面前的人，一丁点儿也没有减少。正因如此，她才不能同往常一样撒娇卖乖，她不敢确定，闯下如此弥天大祸之后，神识回归的李十一还要不要她。

她不再是从前一往无前无法无天的姑娘了，她犯了错。

面前的人转过头，见宋十九望着她，于是将茶壶放下，端着茶盏递给她，温声道："醒了。"

宋十九坐起来，一个小小的动作疼得她倒吸一口冷气，只能慢吞吞地挪着身子，将茶盏接过来捧在手里，发了一会子呆，而后又将右肩轻轻一耸，发觉被打断的骨头竟悉数接了回去。她瞄一眼床边人，小声问出口："几日了？"

"七日。"两个字，说得唇齿生香。

“小豆丁他们……”

“好了。”再两个字，余味悠长。

“我……”宋十九将头低下去。

却听见一道极轻的嗓音说：“你叫我一声。”

宋十九看向她，润了润苍白的嘴唇，眼睛湿漉漉的，虚弱地眨了两下，她眼眶里倒映的姑娘将头一偏，温柔地注视着她。

“十一。”她的眼波如灯晃般一闪，她不自觉地拧了一把被褥，只因这两字刚落下，床边的李十一便勾住了她的手指，搁在掌心里轻轻地揉捏，从指腹到骨节，再到酥麻麻的掌根，一寸寸将她的手指唤醒，又极细致地避开了上头的伤口。

这个动作从前在螣蛇洞里，李十一头一回知晓自己身份时做过，如今她依样再来一回，像一个不必诉诸言语的提醒。她特意换的衣裳，讨要的称呼，娴熟的动作，通通在抚摸宋十九的记忆，通通在告诉她——别怕。

宋十九的心一瞬间因她的举动软得不像话，鼻间一酸便哽住了喉头，她咬着下唇低头不语，余光里看到李十一仿佛是牵了牵嘴角，软声道：“唤得不错。”未等宋十九回神，她便自身后抽出一根长条状的物件，另一只手将宋十九五指摊开，将那物件搁在她手心里。

配上方才的话语，看起来似一个合了她心意的奖赏。

宋十九细瞧，却是一柄扇子，同她从前用的一般大小，只是略沉些。扇面一样是由钟山的晨曦微光织就，扇骨却换了，从前的玄铁架被换成了木头料子，黑漆漆的，隐约散发着氤氲古旧的光。她伸手触了触，里头有些血气，每一根的顶端和底端都镌了小小的鳞片。

她看一眼那鳞片，又瞧一眼李十一，觉得自己确确实实地被哄了。

那鳞片分明出自李十一之手，意味便微妙得厉害，好似成人为幼童备着汗巾子时，绣上一个小小的名字。

她再瞄一眼李十一，李十一一直用一双温润的眼望着她，只是嘴角抿了抿，像在等待她的评价。宋十九忽然有了一种奇妙的直觉，觉得这位不善言辞的姑娘，同她骨子里淡漠疏离的神女，在用不大熟练的伎俩一起抚慰她，抑或说，救赎她。

宋十九于是将那小小的鳞片摸了又摸，将口腔内壁的嫩肉咬了又咬，好一会子才细声问她："这是什么？"

"蛟龙右爪。"

斩下来时约莫有半人长，略施了法术便变得极小，李十一抽了里头最精细的掌骨，替她重做了这小小的浮光扇。

宋十九提了一口气，想要说什么，却欲言又止地住了口。她那日晕了过去，不晓得这蛟龙爪是如何留下来的，原本想问上一两句，想起涂老幺，便又提不起什么兴致来。她的双目雾蒙蒙的，终于藏了不能宣之于口的故事，将原本四射的光芒笼起来，笼成一盏孤灯。

李十一却未再劝慰她，只抿唇对她道："你若笑一下。"

宋十九侧脸看她。通常这个"若"字，后半句皆跟着"便"或者"就"，但李十一并未接下去，只淡然地抿了抿嘴角，以目光牵引她。

宋十九将咬着的下唇放开，怔怔望着她，随她抿嘴角的动作，露出一个略显难看的笑容。她有些懊恼，即使到了这样的时候，自己仍旧对李十一言听计从，甚至更言听计从。

李十一的手轻轻一抬，碰了碰她的下巴，她轻声道："瞧见了。"

宋十九失落，却并不蠢笨，警觉地盯着她的面庞，生怕错过一点线索。却见李十一含笑敲了敲腰间的神荼令，门外响起叩门的声响，噼里啪啦，捶捶打打，半点教养都没有。

宋十九的心却被这把敲门声颠了起来，仿佛被放入了油锅，不拘配着什么瓜果蔬菜一顿乱炒，时大时小的火将她燎得晕头转向，甚至有难以躲避的黑烟，呛得她微微咳嗽起来。

宋十九求助一样看着李十一，好像在等一个否定，却在她通透的双目里令猜测跑了起来。不是小豆丁，小豆丁没有这样高；不是春萍，春萍没有这样的力气；更不是村里人，没有理由，宋十九就是知道。

她拉住李十一的袖子，正要说什么，门却等不及，自顾自“啪”一声开了。进来的先是一盆衣裳，有个人的脸藏在衣裳后头，粗声粗气道：“醒了是不？吃啥？臊子面吃不吃，汤圆也有现成的。敲这半日，也不喊开门，傻了不是？”

“小十九？”放大在宋十九面前的是一张饼子似的大脸，天庭饱满地阁方圆，两颊坑坑洼洼地留着些痘印，一绺儿刘海搭到眉间，被他吹上去，嘴角咧到耳根处，笑得龇牙咧嘴的。

那炒菜似的烟雾呛进了眼睛里，宋十九望着涂老幺的笑脸，喉头一动便滚下眼泪来，她哭得无助又沉默，神情也是木然的，好似隔着玻璃在瞧一幅叫作涂老幺的画儿。

“傻了。”涂老幺将笑脸缩回去，忧心忡忡地对李十一说。

李十一微微偏头，示意他出去，随后靠坐到宋十九旁边，将她扶到自己肩膀上，又是轻轻拍了拍，才开口：“这回，是蛟龙左爪。”

涂老幺原本便同神荼令有渊源，不属六道轮回，因此要将他的魂魄留下，也不算什么难事。她以另一只蛟龙爪为涂老幺重编了筋骨，令他有了肉身得以重返人间，只是到底不同于一般人，每日入夜要回到神荼令里歇着，否则精神便会日益衰弱。

宋十九愣愣听完她所言，却并未露出什么欣喜若狂的样子来，仍有些回不过神，仍有些晕头转向，只因她头一回如此真切地体会到什么叫失去，也是头一回失而复得。

原来失去并不是涂老幺硬了舌头断了气，而仅仅只是两个字——如果。如果当初她没有逞强，如果她没有胡闹，如果一切没有发生，涂老幺也不会成这副人不人鬼不鬼的模样。而失而复得也并非涂老幺又睁了眼睛迈开步子，也仅仅是两个字——傻了。

还有别的，她透过濡湿的睫毛看着李十一眼下的乌青，想着她在自己昏迷时是如何万分细致地雕着扇骨上的鳞片，又是如何一针一线将涂老幺的筋骨缝起来。她缝的不是涂老幺，是自己的过失，是在宋十九闯了弥天大祸之后，像送两个称心的物件一样，将她的悔不当初堵在口中。

她听见李十一摸着她的头发，轻轻道："涂老幺糊涂半辈子，到底聪明了一回。"他虽舍了一副肉身，却救了李十一同宋十九，也心知令蘅有本事救他。

李十一想起涂老幺当初睁眼时，笑嘻嘻地同她作了个揖，说："府君大人，我涂老幺往后便是您泰山府的弟兄了，您可千万多照应。"

她问他要什么照应。

他抠了抠眼皮子，说："能让我守着婆娘同四顺吗？"

他想好了，回去同婆娘说，自己吃了长生不老药。他婆娘傻，他说啥也信，否则当初怎会被他这一穷二白的二流子诓来呢？待过完这辈子，婆娘断了气，他便回泰山府，守着李十一和宋十九。

如此一来，十分美妙，余下的，只差点细节。

李十一思及此处，微微笑起来，又听见肩膀上软软的宋十九抽了抽鼻子，缓过了神，也醒过了脑，忽然呼着烫烫的气道："你的法术，原来这样高。"

连阿瑶同蛟龙亦要忌惮三分，那么……

"那么……"宋十九欲言又止。

她听见旁边的人温和笑了一声，接道："那么，我当年，是不必同你打那么久的。"

宋十九抬头，心怦怦跳："什么意思？"

"自己想。"

是想上了那么两三日，其实倒不必想上两三日，但松鼠得了一颗脑袋大的栗子，必定要抱在怀里揣两日，烛龙得了一颗觊觎已久的糖，便要窝在心里存两日。

原来当年令蘅的“不必”，不是“旁人不必插手”，而是“我不必同你打那样久”。

其实她还有许多未想明白的地方，好比说令蘅是在天上地下挑小宠时瞧上了她，还是在泰山府初见时瞧上了她，又或者是在交手时瞧上了她。但她愿意将令蘅的心思想得长一些，再长一些。她又想，是不是令蘅早挑中了她做小宠，却沉住气等了两三百年，将朱厌一事设成一个小小的圈套，只等冒冒失失的她闯上门呢？

阿音说得对，伙伴之间，偶尔猜心，也算得上情趣。

06

再待了一日，几人便踏上归途，宋十九、李十一并涂老幺和春萍同何家村的人道别，三叔的身子损耗太甚，仍很虚弱，拄着拐杖靠着墙根儿送别他们。婶娘抓着袖子揩眼泪，她拣了好几把尚算油亮的菜，又掏了几个鸡蛋，煮熟了，用洗干净的布包着，塞进涂老幺的包袱里。原本她还捉了一只鸡，可那鸡饿了好些时日，蔫了吧唧的，恐在路上死了，带着不便，便只好作罢。

“姑娘。”道别的话说不出来，她只喊了这一句。她知道十九不是寻常人，也心知这疫病去除同她有干系，但她没见识，怕话说不好，因此只将十九的手捏着搓了搓。

宋十九抬头看她，婶娘近来是哭得厉害，眼皮子都松松垮垮叠了好几层，她看着总觉得面目模糊，心里头不安了一秒。

“十九姐姐。”小豆丁靠着婶娘，腰上仍旧缠着过时的“爆竹”，手里时轻时重地绕着线，扯一下，再扯一下。这是他唯一的玩具，也是他唯一的武器。

他觉得自己是个小小的英雄，没有人晓得他拖着“爆竹”跑了一户又一户，跑到筋疲力尽，才将这疫兽吓了回去。

不过英雄的事迹是不必讲出来的，他永远都不说。

宋十九同他们说了几句话，便拉着李十一往村口走去，这日雾很大，山上的雪仍旧未消融，地上走起来咯吱咯吱的，好在有阳光自雪山后晃出来，晃得宋十九眯起了双眼。

她心有所感地回头一望，墨瓦白墙的村落，仍旧好看得同水墨画似的，灰扑扑的村民沉默地挤在一处，袄子摩擦出窸窸窣窣的声响，他们没什么精神，只伸了伸脖子，其中一大半都同十九没什么交情，全不过瞧个热闹。有零星几个妇人牵着孩子转头，要往炊烟升起处去。小豆丁跑了几步，又停下来，身后噼里啪啦一阵响。

宋十九转回头，靠着李十一的肩膀，手里牵着小小的春萍。

这一切都是一个规规矩矩的道别，令人挑不出错来。

第二日几人就歇在邻近的村落，直到第三日中午，才觉着些城镇的热闹，陆续有赶集回来的牛车。这一路兼程甚是辛苦，几人远远地望见一个简陋的茶摊儿，便上前歇歇脚。

茶摊儿稀稀拉拉的没几个人，老板仿佛是退下来的乡兵，额头上有一指长的刀疤，上来添了茶，又同邻桌的几位爷们儿说闲话。

涂老幺端一碗茶汤，咕噜喝了几口，听邻座谈及学生运动，便过去偷耳听了几句。右手边的瘦猴儿消息灵通，任谁说话也能搭两句腔，他递给涂老幺两个胡豆，问他：“兄弟打哪儿来？”

“原本是京市的，现下世道乱，随处落脚呗。”涂老幺用后牙咬着胡豆，“刚从何家村过来。”

“何家村？”瘦猴儿变了脸色。

李十一右眉一动，朝那头侧了侧脸。

"啊，"涂老幺瞧他脸色，笑了，"嗐，瘟疫呗，早好了。"他想吹嘘个一回，想想又住了嘴。虽说李十一没应承什么，但他自比阿罗身边的五钱，高人不多话，多话不高人。

他于是悠着脑袋晃了晃大腿，又专心致志剥起胡豆来。

却见那瘦猴儿神色复杂，干笑一声："您也是命大。"

涂老幺抬脸，听出不对来："怎么说？"

"还不知道呢？"瘦猴儿向同伴递个眼色，将筷头在桌面杵了杵，嘴撇下来，拉得似哭丧，"前两日雪崩，全死了。"他扬了扬下巴，挑着眉头，像在激人后怕，"整个村子。"

对面的胖哥果然后怕了，并且怕得有些厉害，眼皮子同脸蛋都抖起来，嘴唇白得同墙腻子似的，愣愣转头望着宋十九。

宋十九越过涂老幺望着他身后，呼吸缓慢而平和，她用拇指指甲抠着筷子，不大用力，像在挠痒痒。

春萍吓得没了话，仓皇的目光在宋十九同李十一之间来回转，李十一却只抿了抿嘴唇，叹一口气，问宋十九："花生，还吃吗？"

宋十九回过神来，喉头接连咽了两三下，耳后的汗毛火辣辣地立起来。她极力平复心情，感到胸腔都酸得发胀，眉目倒是忍住了，只有一丁点不明显的泪花子。

她伸出筷子，有些抖，又放下了，然后抬头看李十一，李十一坐在身边，以看大人的目光看着她。宋十九低下头，想了想，问她："你一早便知道，是不是？"

"是。"李十一点头。

命数如此，不是瘟疫，也会是别的。

"什么时候知道的？"

"从我知道阿罗十分在意阿音，却未插手她的生死的时候。"李十一坦然。

她又叹一口气："我同你说过。"

生死有序，勿乱时辰。

"可是，"宋十九闪着眼波望向她，"你仍旧由着我的性子，助我除疫，险些丧命。"她说不清此刻震荡在她心里的回响是什么，总之又是酸又是涩，却又是教化，又是驯服。

她感到李十一以目光抚了抚她的脸颊，同她说："许多事情，我们不见得一开始便明白，但也有许多事情，一开始便知是无用功。"李十一顿了顿，轻轻说，"我愿意陪你做无用功。"

只要你最终懂得，最终了解，那么便不算一无所获。

李十一的眼神最后落到春萍身上，睫毛轻轻地扇了扇，然后垂下了眼帘。

夜里他们歇在邻近的小镇上，镇极小，客栈也破，木质小楼里有遮掩不了的霉味，偏偏老板爱熏香，混在一起的味道更是怪异。

李十一同宋十九早早梳洗完毕，坐在桌前看书，摊开时里头夹着几页春萍练过字的宣纸，李十一将其拿出来，忖了忖，忽然道："要一直带着她吗？"不是命令，也不是逼迫，好似只是随口一问，若宋十九说带，她便"嗯"一声，再不过问地陪她走下去。

可宋十九犹豫起来，那些横七竖八的字迹在眼里渐渐糊作一团，她问："若她回去了，还会记得我们吗？"

"不记得。"李十一道。

并且，她留下的所有痕迹皆会消失。

宋十九将同春萍的合照掏出来，摆到桌上，瞧着它发怔。

门被轻轻地拍了三下，李十一偏头应了一声，却是春萍，她穿着略有些长的袄子，袖口盖过指甲，令李十一想起幼年时总穿着大衣裳的宋十九。

“怎么了？”李十一的声音很温柔。

“睡不着，说说话儿。”春萍走进来，乖巧地将门掩了，拉着宋十九的手坐到桌边。

宋十九有心事，连笑意也很勉强。

春萍见她这副模样，眨了两下眼，忽然笑了：“十九姐姐，你说，我聪明不聪明？”

她甚少如此主动挑起话头，也从未讨要什么夸奖，宋十九一时有些回不过神来。

春萍自顾自道：“我想，是聪明的。那日，你同十一姐姐出去时，我原本想同你说，我见过了涂老叔，却没起烧。第二日我便明白了，涂老叔不是人。

“你同十一姐姐救了何家村，自己却伤得好几日醒不过来，待咱们走了，却听说何家村的人亡于雪崩，我便又明白了。我娘常说，阎王叫你三更死，绝不留人至五更。各人有各人的命数，躲得过初一，躲不过十五。我……”

不想再留在不属于自己的地方，也不想再让任何人为自己承担责任和冒险。

春萍抬头，笑盈盈的：“十九姐姐，将我送回去吧。”

宋十九自她说第一个字起便有预感，听到此言却仍旧心头一震，她哽着喉头望着春萍，濡湿的呼吸令眼眶迅速模糊，但她咬着牙根，牢牢记着劫后余生的李十一嘱咐她的“不哭”。

“我这几日，吃饱喝暖，却成日在想那一头。”春萍盯着自己的绣鞋，“那一头，还有万万人过着油锅里的日子，我若是……我若是只顾自个的快活，令他们再多受一日、一个时辰、一秒……”她咬了咬嘴唇，眼里冒出温热的晶莹。

李十一上前，扶住她的肩膀。

春萍狠狠吸了吸鼻子，再抬头时仍是尽力笑着，也顾不得笑得是不是寒碜，她绞尽脑汁地想着宽慰她们的话语："我福大命大，那种时候都跑出来了。十九姐姐同十一姐姐更不是常人，待到了那年，你们若记得我，再来渝州寻我，就在缙云山脚下的庙里。我不记得哪一日到了那里头，你们神通广大，问一问，便知道了。若我不在了，若我不在了……"

她终究忍不住，眼泪"啪嗒"一声掉下来，又极快地抹了，说："若我不在了，便不拘在什么泥里立个牌子，写上春萍二字，那年头许多人都没有个坟，我若有，也是好的。"

"写春萍也好，"她挂着泪珠子喃喃道，"写……萍水相逢也好。"

宋十九拉着她的手，终于咬唇掉下眼泪来。

春萍被吓了一跳，笨拙地伸手抚摸她的头发，似从前李十一那样，她想了想，又道："等我回去入了轮回，再转生时，指定能过上顶好的日子，不挨炮，不挨打，有饭吃，有书念，人人见了只管笑。"

"我娘说，"她顿了顿，"能胜利的。"

黑夜将一切结束，似守序的黑无常。世间总有规矩，如太阳东升西落，如黑夜与光明轮番值守。但总有那么些规矩之外的东西，决定了白日是阴雨天还是艳阳天，决定了夜里是否有星辰。

说完了话，宋十九送春萍回屋睡觉，李十一立在书桌前，摊开方才那本书。屋外来了一阵清凉的风，有坠星似的光华落下，这光华寻常人瞧不见，只落在李十一的眼里。

她伸出右手，将那一沓宣纸三两下拨开，歪歪扭扭的"萍水相逢"四个字逐渐变淡，似被人用橡皮仔细地擦去，不留一丁点痕迹。一旁的照片上，有个局促却喜庆的姑娘，穿着红艳艳的袄子靠在宋十九身边，她的身形渐渐模糊，最终消失不见。

李十一将照片同纸张夹进书里，合拢放至一边，抬头看窗外星星点点的光芒。

不知过了多久，门才被推开，宋十九不置一言地走进来，两眼生艳，手指萦香，长长的头发垂到了地上——她使一回时间之术，头发便长长一寸。

李十一坐在床边候着她，宋十九悄无声息地走过去，依偎在她怀中，脸颊枕着手背，将起伏的单薄的脊背留给她。她没有哭，也没有闹，但这个乖巧的趴着的动作，像在请求李十一抚摸她的背部。

李十一执起一旁的梳子，为她梳理长长的头发，一下又一下，她将头在李十一身上蹭了蹭，低声说："我知道，她活不了了。当初在缙云山上遇到秦良玉时，你同我说，秦将军寿终正寝，轮回转世，你说，你查阅了府间籍。

"若春萍回去后活得好好的，你会告诉我的，我便会欢欢喜喜地送她回去。

"你不想骗我，却也不忍心告诉我。"

李十一仍旧专心梳她的头发，等她将话吐尽了，才缓慢而温柔地开口："神之无为，不是不作为，公平，便是最大的作为。"

神之一职，便是在守护世间最大的公平与因果。

"发动战争，挑起侵略之人，必定付出代价；奋起抵抗，得道多助之人，终将迎来光明。历经硝烟，能懂和平之珍贵；穿越死亡，才有对生之敬畏。"

太阳会落下，可也会在第二日升起。人之生生不息，便在于他们永远不缺乏承受黑暗的勇气，也永远不抛弃迎接朝阳的希望。而人类自己的正义与胜利，从不靠神仙也不靠佛。

任何事情由李十一讲出来，都成了道理，宋十九喜欢听李十一讲道理。

"还有吗？还想听。"宋十九轻轻问。

“有。”

世上有许多相遇，是为了令人长相厮守，可有更多的相遇，只是为了在离别的时候，让你认认真真地讲一句“珍重”。

这话李十一未说出口，但她知道宋十九明白，所以她有更重要的话要说。

“你知道，当年我为何挑中了你吗？”

宋十九抬了抬头，眼依旧通红：“为什么？”

李十一淡淡笑：“因为你暖乎乎的。”

时间被这句话抵着一秒秒往前挪，从搂住脏兮兮的春萍时宋十九扔下伞，到宋十九明知被防着却仍旧走回院子；从她被偷走的快活归位时里头满满当当全是李十一，到她在讹兽洞里因众人被困发出的第一声怒吼；从为不舍得大明的秦将军造的一个梦，到因素昧平生的阿春哭红了的鼻头……最后是一个男装少女，毫无畏惧地闯入泰山府，要为好友讨一个说法。

她或许不算成熟，也未见得时时理智，但她赤诚而柔软，大大的身体里，有小小的温暖的心脏。

“那日在渝州的小楼里，我等你归来时，有一句未说出口。”李十一将梳头的手停下来，搭在她温顺的颈窝。

“你……”她顿了顿，“你比我见过的所有的姑娘都要好。”

“不，不只是姑娘。男人、女人、神仙、鬼怪、飞禽、走兽，目之所及，目之不所及，你都最好。

“不是尚可，是你最好。

“我早该同你说的，是我不对。”

宋十九咬住下唇，含泪微微笑起来，笑着笑着又有些心酸，她觉得自己越发像一个人，听闻只有人才如此，笑着笑着便会想哭。

她想起阿瑶说李十一渡劫投胎，忽然有了一种荒诞的想法。兴许令蘅挑了烛龙之后，上报府间籍，府间籍道烛龙顽劣，犯下诸多错事，因此判令蘅同她共入轮回，弥补她的过失，归整她的因果，教养她，驯化她。否则，举世无双的令蘅大人怎的轻而易举就被自己推入了轮回道呢?

或许是命中注定，就似唐三藏给孙悟空戴上了紧箍咒，令蘅也给烛龙扣上了锁心咒。

听起来多少有些天马行空，但她还有许多许多的时间可以问身边的人。

这一日辰光大好，是二月十八，冬日未过，初春将至。

此时离万物复苏的三月还有一段距离，更未到草长莺飞的人间四月天。不过，好事未至时最有希望，不太好时就最好。

李十一同宋十九收拾了行装，要往申城去。她都想好了，回公馆同涂嫂子交代两声，瞧一瞧四顺，再等一等阿罗和阿音，若她们不来，便留个信，随后回泰山府去看一看。

一别经年，该是归期。

或许还有许多许多的问题，譬如——

吴老爷还活着吗；

连妈等了多少年；

鲛人的蜡烛何时才会烧尽；

讹兽又吃了几个谎言；

木兰是否终于长到了二十六岁；

阿白可曾再淋过一场突如其来的大雨；

芸娘的嫉妒心够不够辨别真心；

虚耗又偷走了几百斤快乐；

秦将军的大明或许会再冉冉升起；

迷失的阿平终将找到新的回家路；

朱厌做猪做得快活不快活；

小豆丁是不是能背下一整段《三字经》。

阿音从了良，涂嫂子追着涂四顺满街跑，阎浮提爱上了喂猪，涂老幺在神荼令里研究五香瓜子的炒制方法。

听闻五钱时常去一个庵堂坐坐，奈何桥下的桃金娘也抽了新花蕊。

新历十六年的冬天，会有一位懵懂的姑娘在山神庙里做一场如无稽之谈的好梦。

而李十一和宋十九，总有一日会睡饱了一觉，从冬日的阳光中醒来，以叩棺之手，叩响心门。

叩心门，问三声，一问何处来，二问何处往，三问尘世好颜色，何人与我事丘壑？

李十一听见了一个长长的回答。

她说——

我走过万里河山，走过波澜壮阔，才最知道你不一样。

夏柳梳枝条，春风两岸生，冬雪映新酒，天凉好个秋。

尘世如此斑斓，却只有三种好颜色，你的明眸是一种，笑纹是一种，心头情谊是一种。

我不过是衬你的底色，也如此有幸成为你的底色。

（全文完）

金风玉露一相逢，
便胜却人间无数。

七情通

番外篇

七情通

SHI CHEN JUE

天阴得要挤出水来，灰蒙蒙的，分不清是雾气还是涤魂水洗出的人间烟火气。

孟婆汤的硫黄味儿太浓，黄泉边上的兰草闻着也不香了。一艘乌篷自水中央过，晃悠悠的，船娘将零落的七情六欲打捞起来，于船舷上晾干，要往轮回司送去。

这些是往生人遗落的贪嗔痴怨，捻成粉末撒入畜生道后，便成了通性情的灵识，阿猫阿狗若得一二两灵识，便能悟几分人性。

水面划开，乌篷船一沉，一双葱白似的玉臂搭上船舷，湿漉漉的，往下淌着水。

船娘将摇橹放下，侧脸一瞧，手臂上方是一张新鲜的姑娘脸，一对墨色的眼珠子要占了整个眼眶去，因着眼白还未生出来，显得诡谲又妖异。

那姑娘累得很，头一偏便要歇过去，却听得船上人唤她："阿五。"

姑娘轻叹一口气，病恹恹的，言语也不大利索："我有名儿，唤作阿罗。"

不过八个字，已用了她不小的力气，扒拉着船舷的胳膊也在隐隐打战。

令蘅大人今儿晨起给她赐了名姓，大名她不记得了，小字阿罗。

船娘伸出手，将人拉上来，青黑色的袍子裹住妙曼的身姿，她卧在船上，似一条被捕捞上来的鱼。

船娘一笑："已两日了，还未学会行走？"

阿罗慢悠悠地转动脚腕子，这手啊脚啊，仿佛四根柱子，将她的身子骨架起来，能撑住这皮相，已是了不得，哪里还能使得十分顺畅呢？

她本是黄泉上晃悠的冥气，被几千年的七情六欲网罗，逐渐聚痴成形，又有了五感，令蘅大人念她修行不易，便用冥气捏了个身子，将她变作人形傀儡。同船娘一样，在泰山府做鬼差。

只是她初成人形，不明事理，难免笨拙，令蘅命她每日于黄泉中涤荡，与船娘一道打捞人间欲念，以通七情、修灵根。

"你歇够了，便回殿里去，到了侍书的时辰了。"船娘右手一撑，乌篷将水面割成两半。

阿罗点头，身子一侧滚入泉中，水面微澜，几下人便上了岸，水滴滚落一地，轻拂兰草往殿里去。

殿内暗香浮动，令蘅一袭白衣坐在回廊下，素手执着一杆白玉竿，钓花叶上的露珠。

阿罗软着脚腕子，半走半游地悠过去，令蘅垂眼盯着手下的直钩，淡淡道："偷懒。"

阿罗立时站住，站直了，大气不敢出地瞧了好一会儿，眼见令蘅面上没有什么愠色，才绷直腿，摆正肩膀，踏步上前，勉力撑着眼皮儿，恭敬道："大人。"

字正腔圆，令蘅不置可否，只道："来做什么？"

阿罗想了想："侍书。"

“如何侍书？”

“磨墨、备纸、洗笔、添香。”阿罗说话不大顺畅，不当心咬了一下舌头，“嘶”一声抿住嘴。

令蘅又问：“昨儿的书背了吗？”

“背了。”

“我听听。”

阿罗娇软的眼皮子困惑地耷拉下去，一会儿又提上来，舌头在口腔中摆弄几回，断断续续地背：“上回说道，这皇帝瞧上了农家女，那姑娘却誓死不从，三尺白绫上了吊。皇帝震怒，派人修了十二镇魂台，要她生生世世不得往生。”

……

令蘅缓慢地合了合眼，这才看向她：“这是……我教的？”

话音未落，阿罗的脑海中“啪”一声响了个惊堂木，好似……好似是黄泉边上一个醉醺醺的游魂说的，他生前是说书先生，到了泰山府还想再续前言。

阿罗有些无地自容，却见令蘅慢悠悠地笑了，抬腕拎着鱼竿，望着满园春色不作声。

尽管阿罗才活了三两日，但她莫名觉得，今日的大人同昨日的不大一样。

昨日的大人不苟言笑，端坐于桌后批阅公文，今日的大人却不急着要她侍书，难得闲散地坐在回廊下发呆。

“站得累吗？”令蘅问她。

阿罗点头。

“坐。”令蘅侧点了点头。

阿罗小心地挨着栏杆坐下，又陪令蘅钓了会子花，才听她问：“人间的故事，比泰山府的好听，是不是？”

阿罗不明白她为何有此一问，却也仔细想了想，而后答："泰山府，没有故事。"

没有故事……令蘅眼波一动，垂下的钓钩也一动。

"难怪。"她轻声道。

"什么？"阿罗侧头问她。

令蘅淡淡一笑："难怪，那些小宠不肯来。"

泰山府太闷了，只有孑然一身的令蘅，能够无波无澜地守在这里，但守得久了，也有些倦意。鬼差同她说，可以效仿别的神女，挑上古神兽以作小宠，可她从无相熟的神兽，连天上地下最爱四处闲逛的横公鱼，听得泰山府，都要摇头叹一句恐怖如斯。

恐怖吗？她不觉得。

好山好水好星辰，十寸上好云锦缎，七寸归于泰山府。

"小宠？"横公鱼偶尔也来黄泉游荡，时常说些钟山兽族的见闻，阿罗倒是略知一二，"若是不来，如何是好？"

"总会有想来的。"令蘅收起钓竿，拂拂衣袖。

"大人想要什么样的小宠？"

令蘅撑着额角，忖了一会儿。

玄武喜静，龟壳笨重，要居于西山之上日日晒太阳才有精神，泰山府阴凉，不适宜它居住。

白虎好斗，生性暴戾，曾食鬼拆魂，与泰山府有过节。

"青龙呢？"阿罗趴在栏杆上，出主意。

青龙深居简出，好生子，据闻膝下已有十八子女。

"若收了他，我要做老祖宗了。"令蘅平静道。

阿罗感到自个儿胸腔一震，嘴角不自觉地往上提，她新奇地掩住唇线，品了好一会儿，才问："朱雀也瞧不上？"

"朱雀生性爱美，好穿花衣。"

这算什么缺点？阿罗不明白。

“她瞧不上我。”令蘅微阖眼帘，掸掸一袭素裳。

阿罗这下明白了，自己的表情叫作笑，情绪叫作愉悦。

她尝尽了笑意，又不作声了。

令蘅静静候了一会子，启唇：“还有一个，你怎的不问？”

“哪一个？”阿罗眨眼。

令蘅抿唇：“烛龙。”

钟山之神，横公鱼的老大，以阿罗浅薄的人生经验，她觉得……不太好，不大利于泰山府和钟山的安定团结。

但以她浅薄的人生经验，也还未学会忤逆，见令蘅也未再有交谈的心思，俩人默默饮了一会子风，她便退下了。

再三五日，阿罗的步子便走得很稳当了，婷婷袅袅孤柳扶风，还有一些孱弱的风韵。

这日，她自黄泉中出来，坐在船边，怔了好一会儿。

帘子一掀，船娘躬身而出，问：“怎的了？”

“没什么。”阿罗轻踏船沿，往岸上去。

殿里令蘅在雕刻一朵云，不成什么形状，只看出一个小小的尾巴。

阿罗走上前，声调软绵：“大人，我今日……”

“怎么？”小小的尾巴上雕出鳞片。

“我在黄泉里，捡到了一个梦，想要捞上来，又碎了。”阿罗有些失落。

她的眉毛微微蹙起，学会了另一个表情。

“梦？”令蘅素手捏着云朵。

“是，梦里仿佛是梦主早逝的娘亲。”

令蘅动作一顿。

“我来的时候，瞧见一只游魂蹲在岸边找东西，她扯住我的衣摆，说东西丢了，我问她什么东西，她说，记不起来。”

那姑娘望着阿罗，有些迟疑。

“她问我，有没有瞧见什么，我说……我说……”

阿罗说，没有。

“大人，这叫作，”阿罗心里惴惴，“谎言。是吗？”

令蘅瞧她一眼，将云朵收了，往书房去。

阿罗立了一会儿，紧随其后，见令蘅开始挑笔，便净手为她磨墨。

“大人，这游魂若要投胎，我同她便再也见不着了。”

“你想要见她？”令蘅敛袖，落下一撇。

“我不大懂什么是想，”阿罗摇头，墨汁在她手下一圈圈绽开，“只是忽然想起来，她的梦里有人念了一句诗。”

或许，她应该告诉她的。

“什么诗？”

阿罗眉头一动，似懂非懂地望着令蘅袖中的云雕小蛇。

“金风玉露一相逢，便胜却人间无数。”

图书在版编目（CIP）数据

时辰诀 / 七小皇叔著. — 武汉 : 长江出版社,2023.8
ISBN 978-7-5492-8890-8
Ⅰ. ①时… Ⅱ. ①七… Ⅲ. ①长篇小说－中国－当代
Ⅳ. ①I247.5
中国国家版本馆CIP数据核字(2023)第091081号

时辰诀 / 七小皇叔 著

出　　版　长江出版社
（武汉市解放大道1863号　邮政编码：430010）
选题策划　漫娱图书　马飞
市场发行　长江出版社发行部
网　　址　http://www.cjpress.com.cn
责任编辑　陈　辉
执行策划　李子若
总 策 划　两脚猫工作室
装帧设计　殷　悦　　邵艺璋
印　　刷　武汉鸿印社科技有限公司
版　　次　2023年8月第1版
印　　次　2024年12月第7次印刷
开　　本　889mm×1230mm　1/32
印　　张　9.25
字　　数　250千字
书　　号　ISBN 978-7-5492-8890-8
定　　价　46.80元

电话：027-82926557(总编室)　027-82926806（市场营销部）